# QUÉ VIDA ÉSTA

# JANET EVANOVICH
# QUÉ VIDA ÉSTA

Título original: *Hard eight*

© 2002, Evanovich, Inc.

© 2005, de la traducción: Manu Berástegui

© De esta edición: 2006, Santillana Ediciones Generales, S. L.

Torrelaguna, 60. 28043 Madrid

Teléfono 91 744 90 60

Telefax 91 744 92 24


Diseño de cubierta: Eduardo Ruiz

Diseño de interiores: Raquel Cané


*Primera edición: enero de 2006*


ISBN: 84-96463-27-3

Depósito Legal: M-48.977-2005

Impreso en España por Fernández-Ciudad, S. L. (Madrid)

Printed in Spain

*Éstos son los miembros del mejor equipo del mundo: Betty y Veronica, Stephanie y Lula, Ralph y Alice, y Jennifer Enderlin, mi editora de St. Martin's, y yo. Gracias, Jen..., eres la mejor.*

*Gracias a Ree Mancini por sugerir el título de este libro.*

# 1

**Ú**LTIMAMENTE HE DEDICADO mucho tiempo a rodar por el suelo con hombres que creen que tener una erección representa un crecimiento personal. Esos revolcones no tienen nada que ver con mi vida sexual. Esos revolcones son lo que termina pasando cuando una detención sale mal y una intenta, con un último esfuerzo físico, reducir a un tipejo rudo y malvado que sufre una disfunción congénita del lóbulo frontal.

Me llamo Stephanie Plum y me dedico a la persecución de fugitivos... Trabajo para mi primo, Vinnie, como agente de cumplimiento de fianzas, para ser exactos. No sería un mal empleo, si no fuera porque la consecuencia inmediata de la violación de una fianza es el encarcelamiento, y a los fugitivos no les suele gustar la idea. Lógico. Para persuadir a los fugitivos de que vuelvan al redil, normalmente les convenzo de que se pongan esposas y grilletes en los tobillos. Esto funciona bastante bien la mayor parte de las veces. Y si se hace como tiene que ser, suele evitar el rollo de los revolcones por el suelo.

Desgraciadamente, hoy no ha sido uno de esos días. A Martin Paulson, de ciento treinta kilos de peso y uno ochenta de estatura, le arrestaron por estafa con tarjeta de crédito y por ser un tipo absolutamente impresentable. No había comparecido ante el juez la semana anterior y eso le había puesto en mi «Lista de los más buscados». Dado que Martin no tiene demasiadas luces, no había sido muy difícil dar con él. De hecho, Martin estaba en su casa haciendo lo que mejor sabe hacer: robar artículos por Internet. Había conseguido ponerle las esposas y los grilletes y meterle en mi coche. E incluso había conseguido llevarle hasta la comisaría de policía de la avenida North Clinton. Lamentablemente, cuando intenté *sacar* a Martin del coche se tiró al suelo y en aquel momento rodaba sobre la barriga, atado como un pavo en Navidad, incapaz de ponerse de pie.

Nos encontrábamos en el estacionamiento adyacente a las oficinas municipales. La puerta trasera que conducía al oficial de guardia estaba a menos de quince metros. Podría gritar pidiendo ayuda, pero me convertiría en el blanco de las bromas de los polis durante días. Podría quitarle las esposas o los grilletes, pero no me fiaba de Paulson. Estaba muy cabreado, con la cara congestionada, profiriendo maldiciones y soltando amenazas obscenas y espeluznantes gruñidos animales.

Yo estaba de pie, observando el forcejeo de Paulson mientras intentaba decidir qué demonios iba a hacer, porque para levantar del suelo a ese tipo iba a hacer falta una grúa como mínimo. Y en ese momento Joe Juniak entró en el aparcamiento. Juniak, antiguo policía, es ahora el alcalde de Trenton. Es unos cuantos años mayor que yo y unos treinta centímetros más alto. Un primo segundo de Juniak, Ziggy, está casado con mi prima política, Gloria Jean. O sea, que somos casi parientes... muy lejanos.

La ventanilla del conductor se abrió y Juniak me sonrió haciendo un gesto con los ojos hacia Paulson.

—¿Es tuyo?

—Sí.

—Está mal aparcado. Tiene el culo encima de la línea blanca.

Toqué a Paulson con la punta del pie y él empezó a balancearse otra vez.

—Está averiado.

Juniak salió del coche y levantó a Paulson por los sobacos.

—No te importará que adorne esta anécdota cuando la cuente por toda la ciudad, ¿verdad?

—¡Claro que me importa! Recuerda que voté por ti —dije—. Y además somos casi parientes.

—No cuentes conmigo, cariño. Los polis vivimos para estas cosas.

—Ya no eres poli.

—Cuando eres poli lo eres para toda la vida.

Paulson y yo nos quedamos mirando cómo Juniak se volvía al coche y se largaba de allí.

—No puedo andar con estos cacharros —dijo Paulson, mirando a los grilletes—. Voy a caerme otra vez. No tengo muy buen sentido del equilibrio.

—¿Nunca has oído el lema de los cazarrecompensas: «Tráelo... vivo o muerto»?

—Claro.

—Pues no me tientes.

La verdad es que llevar a alguien muerto es una de las cosas más desaconsejables, pero me parecía que era el momento oportuno para lanzarle una falsa amenaza. Era última hora de la tarde. Estábamos en primavera. Y yo estaba deseando seguir con mi vida. Pasarme otra hora intentando convencer a Paulson de que cruzara el aparcamiento no era lo que más me apetecía hacer.

Quería estar en alguna playa sintiendo como el sol me chamuscaba la piel hasta que pareciera una corteza de cerdo frita. Cierto es que en esta época del año eso tendría que ser en Cancún y Cancún no entraba en mi presupuesto. Aun así, la cuestión principal era que no quería estar *allí*, en aquel estúpido aparcamiento, con Paulson.

—Lo más seguro es que ni siquiera tengas pistola —dijo Paulson.

—Oye, déjame en paz. No puedo quedarme aquí todo el día. Tengo otras cosas que hacer.

—¿Como qué?

—No es asunto tuyo.

—¡Ja! No tienes nada mejor que hacer.

Yo llevaba vaqueros, camiseta y botas negras marca Caterpillar, y sentí una incontrolable necesidad de darle una patada en la corva con mis Cats del número siete.

—Contesta —dijo.

—He prometido a mis padres que estaría en casa a las seis para la cena.

Paulson soltó una risotada.

—Es patético. Es patético, joder.

Su risa se transformó en un ataque de tos. Paulson se inclinó hacia adelante, se tambaleó de un lado a otro y cayó al suelo. Intenté detener su caída, pero era demasiado tarde. De nuevo yacía sobre la barriga, haciendo su imitación de una ballena varada.

Mi padres viven en una diminuta casa adosada, en una zona de Trenton que llaman el Burg. Si el Burg fuera una comida, sería pasta: macarrones, fetuchinis, espaguetis y lacitos, bañados en salsa marinara, de queso o mayonesa. Una comida buena, sencilla, que gusta a todos, que te dibuja una sonrisa en la cara y te acumula grasa en el culo. El Burg es un vecindario sólido, en el que la gente se compra una casa y vive en ella hasta que la muerte los saca de allí. Los patios traseros se usan para poner el tendedero, almacenar los cubos de la basura y proporcionar al perro un lugar para evacuar. A los habitantes del Burg no les van las terrazas de fantasía ni los cenadores. Prefieren sentarse en los pequeños porches de delante o en las escaleras de entrada. Son mejores para ver discurrir la vida.

Llegué justo cuando mi madre sacaba el pollo asado del horno. Mi padre ya estaba sentado a la cabecera de la mesa. Tenía la mirada perdida al frente, los ojos vidriosos, los pensamientos en el limbo, y el tenedor y el cuchillo en la mano. Mi hermana Valerie, que había vuelto a casa recientemente, después de abandonar a su marido, estaba atareada haciendo puré de patatas en la cocina. Cuando éramos pequeñas, Valerie era la hija perfecta. Y yo era la hija que pisaba caca de perro, se sentaba en los chicles y se caía constantemente del techo del garaje intentando volar. Como último recurso para salvar su matrimonio, Valerie había renegado de sus genes italo-húngaros y se había convertido en Meg Ryan. El matrimonio se fue a pique, pero el pelo rubio a lo Meg sigue ahí.

Las niñas de Valerie estaban sentadas a la mesa con mi padre. Angie, de nueve años, estaba correctamente sentada con las manos cruzadas, resignada a soportar la cena, como un clon casi perfecto de Valerie a su edad. Mary Alice, de siete años, la niña del exorcista, llevaba dos palos sujetos en la cabeza.

—¿Y esos palos? —pregunté.

—No son palos. Son cornamentas. Soy un reno.

Aquello me sorprendió, porque normalmente es un caballo.

—¿Qué tal te ha ido el día? —me preguntó la abuela, poniendo una fuente de judías verdes en la mesa—. ¿Le has disparado a alguien? ¿Has capturado a algún delincuente?

La abuela Mazur se vino a vivir con mis padres poco después de que el abuelo Mazur se llevara sus arterias atascadas de grasa al buffet que hay en el cielo. La abuela tiene setenta y tantos años y no aparenta ni un día más de noventa. Su cuerpo envejece, pero su cerebro parece ir en dirección contraria. Iba con zapatillas de tenis blancas y un chándal de poliéster color lavanda. Llevaba el pelo gris acero muy corto y con una permanente de rizo muy pequeño. Tenía las uñas pintadas de color lavanda para hacer juego con el chándal.

—Hoy no le he disparado a nadie —dije—, pero he entregado a un tipo buscado por estafar con tarjetas de crédito.

Se oyó un golpe en la puerta principal, y Mabel Markowitz asomó la cabeza y gritó «Yuju».

Mis padres viven en un pareado. Ellos tienen la mitad sur, y Mabel Markowitz ocupa la parte norte de una casa dividida por un muro común y años de desacuerdo sobre la pintura de la fachada. Empujada por la necesidad, Mabel hizo del ahorro una experiencia religiosa, sobreviviendo gracias a la Seguridad Social y los excedentes gubernamentales de mantequilla de cacahuete. Su marido, Izzy, era un buen hombre, pero se mató a una edad temprana a base de beber más de la cuenta. La única hija de Mabel murió de cáncer de útero hace un año. Su yerno murió un mes después en un accidente de coche.

En la mesa cesó toda actividad y los comensales miramos a la puerta, porque en todos los años que Mabel llevaba viviendo en la casa de al lado, nunca se había presentado con un «yuju» durante la cena.

—Siento interrumpiros —dijo Mabel—. Sólo quería preguntarle a Stephanie si podría pasar un momentito después. Tengo que preguntarle una cosa sobre eso de las fianzas. Para una amiga.

—Por supuesto —dije—. Me paso cuando acabe de cenar —supuse que sería una conversación breve, porque todo lo que sé sobre fianzas se puede decir en dos frases.

Mabel se fue y la abuela se inclinó hacia adelante poniendo los codos sobre la mesa.

—Apostaría a que eso de que quiere consejo para una amiga es mentira. Seguro que han detenido a Mabel.

Todos pusimos los ojos en blanco al mismo tiempo.

—Bueno, vale —dijo—. A lo mejor quiere trabajar. A lo mejor quiere ser cazarrecompensas. Ya sabéis que se pasa la vida fisgoneando.

Mi padre se llenó la boca de comida, con la cabeza gacha. Se estiró para alcanzar el puré de patata y se sirvió otra ración.

—Dios... —murmuró.

—Si hubiera alguien en esa casa que pudiera necesitar una fianza sería el ex nieto político de Mabel —dijo mi madre—. Ha acabado enredándose con mala gente. Evelyn hizo bien en divorciarse de él.

—Sí. Y el divorcio fue realmente asqueroso —me dijo la abuela—. Casi tan asqueroso como el tuyo.

—Dejé el listón muy alto.

—Fuiste dura de pelar —dijo la abuela.

Mi madre volvió a poner los ojos en blanco.

—Fue una desgracia.

Mabel Markowitz vive en un museo. Se casó en 1943 y todavía tiene su primera lámpara de mesa, su primera olla y su primera mesa de cocina de formica y metal cromado. Y la última vez que cambió el papel pintado de la sala fue en 1957. Las flores se han borrado, pero el engrudo resiste. La moqueta es oriental y oscura. Los muebles tapizados muestran ligeros huecos en el centro, causados por traseros que hace tiempo se fueron... bien con Dios, bien a Hamilton Township.

Desde luego, si hay una huella que no aparece en los muebles es la del trasero de Mabel, puesto que ella es un esqueleto ambulante que nunca se sienta. Mabel cocina y limpia y va de acá para allá mientras habla por teléfono. Tiene los ojos brillantes y se ríe con facilidad, dándose palmadas en el muslo, o secándose las manos en el delantal. Su pelo es fino y gris, corto y rizado. Lo primero que hace por la mañana es darse en la cara unos polvos blancos como la tiza. Lleva un lápiz de labios rosa que renueva cada hora y que se le corre por las profundas arrugas que bordean sus labios.

—Stephanie —dijo—, me alegro de verte. Entra. He hecho bizcocho de café.

La señora Markowitz *siempre* tiene bizcocho de café. Así son las cosas en el Burg. Las ventanas limpias, los coches grandes y siempre un bizcocho de café en casa.

Me senté a la mesa de la cocina.

—La verdad es que no sé mucho de fianzas. El experto en el tema es mi primo Vinnie.

—No se trata realmente de fianzas —dijo Mabel—. La cuestión es encontrar a una persona. Y he mentido en eso de que era para una amiga. Me daba vergüenza. Lo que pasa es que ni siquiera sé por dónde empezar a contarte la historia.

Los ojos se le llenaron de lágrimas. Partió un trozo de bizcocho de café y se lo metió en la boca. Furiosa. Mabel no era del tipo de personas que se dejan llevar fácilmente por las emociones. Ayudó a bajar el bizcocho con un trago de un café que era lo bastante fuerte como para disolver la cucharilla si la dejabas un rato dentro de la taza. *Nunca* aceptéis un café de la señora Markowitz.

—Me imagino que ya sabes que el matrimonio de Evelyn no salió bien. Ella y Steve se divorciaron no hace mucho y fue bastante desagradable —dijo por fin Mabel.

15

Evelyn es la nieta de Mabel. Conozco a Evelyn de toda la vida, pero nunca fuimos amigas íntimas. Ella vivía a varias manzanas de distancia e iba a un colegio católico. Nuestros caminos sólo se cruzaban los domingos, cuando venía a comer a casa de Mabel. Valerie y yo la llamábamos Risitas, porque se reía por todo. Venía a casa a jugar juegos de mesa vestida con su ropa de domingo y se reía al tirar los dados, se reía cuando movía la ficha, se reía cuando perdía... Se reía tanto que le salieron hoyuelos. Y cuando creció fue una de esas chicas que los hombres adoran. Evelyn era toda curvas suaves, hoyuelos y energía vital.

Últimamente casi no veía a Evelyn, pero, cuando la veía, no le quedaba mucho de aquella energía.

Mabel apretó los labios.

—Durante el divorcio hubo tantas peleas y tanto resentimiento que el juez le impuso a Evelyn una de esas nuevas fianzas de custodia infantil. Supongo que temía que Evelyn no dejara que Steven viera a Annie. En fin, la cosa es que Evelyn no tenía dinero para pagar la fianza. Steven se quedó con el dinero que Evelyn recibió al morir mi hija y no le dejó disponer de nada. Evelyn era como una prisionera en aquella casa de la calle Key. Soy prácticamente la única familia que les queda a Evelyn y a Annie, de modo que puse mi casa como aval. Evelyn no habría conseguido la custodia de no ser así.

Todo aquello era nuevo para mí. Nunca había oído hablar de fianzas de custodia. Las personas que yo perseguía habían violado la libertad bajo fianza.

Mabel recogió las migas de encima de la mesa y las tiró al fregadero. A Mabel le costaba estar sentada.

—Todo iba bien hasta que la semana pasada recibí una carta de Evelyn en la que me decía que ella y Annie se iban algún tiempo. No le di demasiada importancia pero, de repente, resulta que todo el mundo está buscando a Annie. Steven se presentó en mi casa hace un par de días, dando voces y diciendo cosas terribles de Evelyn. Decía que no tenía derecho a llevarse a Annie así, alejándola de él y haciéndole abandonar el curso en el colegio. Y dijo que iba a recurrir a la fianza de custodia. Y esta mañana recibo una llamada de la agencia de fianzas y me dicen que me van a quitar la casa si no les ayudo a encontrar a Annie.

Mabel recorrió la cocina con la mirada.

—No sé lo que haría sin mi casa. ¿De verdad me la pueden quitar?

—No lo sé —dije—. Nunca he trabajado en un caso como éste.

—Entre todos han conseguido preocuparme. ¿Cómo sé si Evelyn y Annie están bien? No tengo forma de ponerme en contacto con ellas. Y sólo me mandó una nota. Ni siquiera hablé con Evelyn en persona.

A Mabel se le volvieron a humedecer los ojos y yo deseé en lo más profundo que no se pusiera a llorar abiertamente, porque no soy muy buena con los grandes despliegues de sentimentalismo. Mi madre y yo nos demostramos nuestro afecto mediante velados elogios a la salsa.

—Me siento fatal —dijo Mabel—. No sé qué hacer. He pensado que, a lo mejor, podrías buscar a Evelyn y hablar con ella... comprobar que Annie y ella se encuentran bien. Podría soportar perder la casa, pero no quiero perder a Evelyn y a Annie. Tengo algún dinero ahorrado. No sé lo que cobras por este tipo de trabajo.

—No cobro nada. No soy investigador privado. No me ocupo de casos particulares como éste —¡Joder, si ni siquiera soy una cazarrecompensas especialmente buena!

Mabel se agarró al delantal; las lágrimas le caían por las mejillas.

—No sé a quién más recurrir.

Ay, madre, no me lo puedo creer. ¡Mabel Markowitz llorando! Era una situación tan cómoda como hacerse un examen ginecológico en medio de la calle Mayor a pleno día.

—Vale —dije—. Veré que puedo hacer... como vecina.

Mabel asintió con la cabeza y se secó los ojos.

—Te lo agradecería —tomó un sobre de encima del aparador—. Tengo una foto de Annie y Evelyn para ti. Es del año pasado, cuando Annie cumplió siete años. Y también te he escrito la dirección de Evelyn en un papel. Y los números de su carné y de la matrícula de su coche.

—¿Tienes la llave de su casa?

—No —dijo Mabel—. No me la dio nunca.

—¿Tienes alguna idea de adónde puede haber ido Evelyn? ¿Cualquier idea?

Mabel negó con la cabeza.

—No me imagino adónde puede haber ido. Se crió aquí, en el Burg. Nunca ha vivido en ningún otro sitio. No fue a la universidad fuera. La mayoría de nuestros parientes están aquí.

—¿La fianza la presentó Vinnie?

—No. Es otra compañía. Lo apunté —rebuscó en el bolsillo del delantal y sacó un trozo de papel plegado—. Es la True Blue Bonds y el hombre se llama Les Sebring.

Mi primo Vinnie es dueño de la Oficina de Fianzas Vincent Plum y lleva su negocio desde un despacho de la avenida Hamilton. Hace tiempo, cuando necesitaba un empleo desesperadamente, chantajeé a Vinnie para que me contratara. Desde entonces, la economía de Trenton ha mejorado y no estoy muy segura de por qué sigo trabajando con Vinnie; quizá sea porque la oficina está enfrente de una pastelería.

Sebring tiene sus oficinas en el centro y el dinero que mueve hace que el de Vinnie parezca calderilla. No he tenido la oportunidad de conocer a Sebring, pero he oído hablar de él. Se dice que es extremadamente profesional. Y se rumorea que tiene unas piernas sólo superadas por las de Tina Turner.

Le di a Mabel un torpe abrazo, le dije que me enteraría de lo que pudiera y me fui.

Mi madre y mi abuela estaban esperándome a la entrada de la casa de mis padres, con la puerta entreabierta y las narices pegadas al cristal.

—Chist... —dijo mi abuela—. Entra deprisa. Estamos que nos morimos de curiosidad.

—No os lo puedo contar —contesté.

Las dos mujeres resollaron. Aquello era contrario a las leyes del Burg. En el Burg, la sangre siempre manda. La ética profesional no servía para nada cuando se trataba de un jugoso cotilleo entre miembros de la familia.

—Muy bien —dije, entrando—. Da lo mismo que os lo cuente. Os vais a enterar de todas maneras —en el Burg también somos muy reflexivos—. Cuando Evelyn se divorció le impusieron una cosa llamada «fianza de custodia infantil». Mabel puso su casa como garantía. Ahora Evelyn y Annie han desaparecido y a Mabel la está agobiando la compañía de fianzas.

—Oh, Dios mío —dijo mi madre—. No sabía nada.

—Mabel está preocupada por Evelyn y Annie. Evelyn le mandó una nota diciéndole que se iba a ir con Annie durante algún tiempo, pero no ha sabido nada más de ellas desde entonces.

—Si yo fuera Mabel estaría preocupada por mi *casa* —dijo la abuela—. A mí me parece que puede acabar viviendo en una caja de cartón debajo del puente.

—Le he dicho que la ayudaría, pero la verdad es que esto no es lo mío. No soy investigador privado.

—Podrías pedirle ayuda a tu amigo Ranger —dijo la abuela—. En cualquier caso estaría bien; con lo bueno que está, no me importaría verle pasearse por el vecindario.

Ranger es más un socio que un amigo, aunque también supongo que hay un cierto componente de amistad. Además de una tremenda atracción sexual. Hace unos meses hicimos un trato que me ha tenido obsesionada. Otra de esas cosas mías como lo de saltar desde el tejado del garaje a ver si volaba, sólo que en esta ocasión afectaba a mi dormitorio. Ranger es un cubano-norteamericano con la piel de color café con leche, más bien largo de café, y un cuerpo que sólo puede describirse como «ñam-ñam». Tiene una amplia cartera de clientes, un interminable y misterioso surtido de coches negros de lujo, y unas habilidades que dejan a Rambo a la altura de un aficionado. Estoy bastante segura de que sólo dispara contra los malos y creo que sería capaz de volar como Superman, aunque esta última parte nunca se ha confirmado. Ranger se dedica a la recuperación de fianzas, entre otras cosas. Y Ranger siempre consigue detener a sus fugitivos.

Mi Honda CR-V negro estaba aparcado junto a la acera. La abuela me acompañó hasta el coche.

—Si hay algo que pueda hacer no dejes de decírmelo —se ofreció—. Siempre he pensado que sería una buena detective, dado lo chismosa que soy.

—A lo mejor podrías indagar por el barrio.

—Por supuesto. Y mañana podría ir donde Stiva. Es el velatorio de Charlie Shleckner. He oído que Stiva ha hecho un gran trabajo con él.

Nueva York tiene el Lincoln Center. Florida tiene Disney World. El Burg tiene la Funeraria de Stiva. La Funeraria de Stiva no sólo es el centro de entretenimiento más importante del Burg, también es el centro neurálgico de la red informativa. Si no consigues enterarte de algún chismorreo en la Funeraria de Stiva, es que no hay ningún chismorreo.

Todavía era temprano cuando salí de casa de Mabel, así que pasé con el coche por delante de la casa de Evelyn en la calle Key. Era un pareado muy parecido al de mis padres. Un pequeño porche en la fachada, un pequeño patio detrás y una casa pequeña de dos pisos. En la parte de Evelyn no se veían señales de vida. Ningún coche aparcado delante. Ni luces encendidas detrás de las cortinas corridas. Según la abuela Mazur, Evelyn había vivido en aquella casa mientras estuvo casada con Steven Soder, y se había quedado en ella con Annie cuando él se fue. La propiedad es de Eddie Abruzzi, que alquila los dos domicilios. Abruzzi tiene varias casas en el Burg y un par de edificios de oficinas en el centro de Trenton. No le conozco personalmente, pero tengo entendido que no es precisamente el tío más encantador del universo.

Aparqué y me acerqué andando al porche de la casa de Evelyn. Golpeé ligeramente en la puerta. No hubo respuesta. Intenté espiar por la ventana del salón, pero las cortinas estaban bien cerradas. Me dirigí a un lado de la casa, poniéndome de puntillas para curiosear. No tuve suerte con las ventanas laterales del salón ni con las del comedor, pero mi insistencia fue recompensada en la cocina. Allí las cortinas no estaban corridas. En la encimera, junto al fregadero, había dos boles de cereales y dos vasos. Todo lo demás parecía recogido. Ni rastro de Evelyn ni de Annie. Regresé a la fachada principal y llamé a la casa de los vecinos.

La puerta se abrió y Carol Nadich me miró desde el interior.

—¡Stephanie! —dijo—. ¿Qué tal estás?

Carol y yo fuimos al instituto juntas. Cuando nos graduamos, consiguió un trabajo en la fábrica de botones y dos meses más tarde se casaba con Lenny Nadich. De vez en cuando nos encontramos en la carnicería de Giovichinni, pero, aparte de eso, hemos perdido el contacto.

—No sabía que vivías aquí —dije—. Venía a preguntar por Evelyn.

Carol levantó los ojos al cielo.

—Todo el mundo está buscando a Evelyn. Y, para serte sincera, espero que nadie la encuentre. Salvo tú, claro. No le desearía a nadie que le encontraran los otros capullos.

—¿Qué otros capullos?

—Su ex marido y sus amigos. Y el casero, Abruzzi, y sus esbirros.

—¿Evelyn y tú erais amigas?

—Tan amigas como era posible serlo de Evelyn. Nosotros vinimos a vivir aquí hace dos años, antes del divorcio. Se pasaba el día tomando pastillas y por las noches bebía hasta que perdía el sentido.

—¿Qué clase de pastillas?

—Unas que le recetaba el médico. Para la depresión, creo. Comprensible, puesto que estaba casada con Soder. ¿Le conoces?

—No mucho.

Vi a Steven Soder por primera vez hace nueve años, en la boda de Evelyn, y me cayó mal de inmediato. En los breves contactos que pude mantener con él a lo largo de los años siguientes, no encontré nada que hiciera cambiar mi primera mala impresión.

—Es un hijo de puta manipulador. Y maltratador —dijo Carol.

—¿Pegaba a Evelyn?

—Que yo sepa, no. Sólo la maltrataba psicológicamente. Le oía gritarle a todas horas. Le decía que era estúpida. Estaba un poco rellenita y él la llamaba «la vaca». Y un día, de repente, la dejó y se fue a vivir con otra mujer. Joanne no sé qué. Fue lo mejor que le pudo pasar a Evelyn.

—¿Tú crees que Evelyn y Annie estarán bien?

—Por Dios, espero que sí. Las dos se merecen un respiro.

Dirigí la mirada a la puerta de Evelyn.

—Supongo que no tendrás la llave.

Carol negó con la cabeza.

—Evelyn no se fiaba de nadie. Estaba muy paranoica. Creo que ni siquiera su abuela tenía llave. Y no me dijo adónde se iba, en caso de que ésa fuera la siguiente pregunta. Un día simplemente cargó un puñado de bolsas en el coche y se largó.

Le di a Carol una de mis tarjetas y me dirigí a casa. Vivo en un apartamento de un edificio de ladrillo de tres plantas, a unos diez minutos del Burg... cinco si llego tarde a cenar y pillo bien los semáforos. El edificio se construyó en un momento en el que la energía era barata y la arquitectura estaba inspirada en la economía. Mi cuarto de baño es naranja y marrón, el frigorífico verde aguacate y las ventanas fueron fabricadas antes del Climalit. A mí me vale. El alquiler es razonable y los otros inquilinos no están mal. El inmueble está habitado mayoritariamente por ancianos de rentas modestas. Los ancianos son, por regla general, buena gente... siempre que no les dejes ponerse al volante de un coche.

Aparqué en el estacionamiento y entré por la puerta de doble acristalamiento que da paso a un pequeño vestíbulo. Me sentía rellena de pollo, patatas, salsa, pastel de chocolate y bizcocho de café de Mabel, así que me salté el ascensor y subí las escaleras en penitencia. Vale, sólo es un piso, pero por algo se empieza, ¿no?

Cuando abrí la puerta del apartamento, mi hámster, Rex, me estaba esperando. Rex vive dentro de una lata de sopa instalada en un acuario de cristal que tengo en la cocina. Dejó de correr en su rueda cuando encendí la luz y se me quedó mirando con los bigotes temblorosos. Me gusta pensar que con ello quiere decir «bienvenida a casa», pero seguramente es más «¿quién coño ha encendido la luz?». Le di una pasa y un pedacito de queso. Se metió la comida en los carrillos y desapareció dentro de la lata de sopa. Y hasta ahí llega la relación con mi compañero de piso.

Hubo un tiempo en que Rex compartía su condición de compañero de piso con un poli de Trenton llamado Joe Morelli. Morelli es dos años mayor que yo, quince centímetros más alto y tiene una pistola más grande que la mía. Empezó a mirar debajo de mi falda cuando yo tenía seis años y nunca ha conseguido librarse de esa fea costumbre. Últimamente hemos tenido algunas diferencias de opinión y, en la actualidad, el cepillo de dientes de Morelli no está en mi cuarto de baño. Desgraciadamente es mucho más difícil sacar a Morelli de mi corazón que de mi cuarto de baño. Aunque hago lo que puedo.

Saqué una cerveza del frigorífico y me tiré delante del televisor. Recorrí todas las cadenas buscando algo interesante, pero no encontré nada. Tenía la foto de Evelyn y Annie delante de mí. Estaban juntas, de pie, con aire de felicidad. Annie tenía el pelo rizado y rojizo, y la piel clara de las pelirrojas naturales. Evelyn llevaba el pelo castaño recogido hacia atrás. El maquillaje, clásico. Sonreía, pero no lo suficiente como para que se le marcaran los hoyuelos.

Una madre y su hija... y yo tenía que encontrarlas.

Cuando, a la mañana siguiente, entré en la oficina de fianzas, Connie Rosolli tenía un donut en una mano y una taza de café en la otra. Empujó la caja de donuts con el codo por encima de su mesa y el azucar glaseado del que se iba a comer le cayó sobre las tetas.

—Cómete un donut —dijo—. Tienes pinta de necesitarlo.

Connie es la secretaria de dirección. Se encarga de los gastos menores y lo hace muy sensatamente, comprando donuts y carpetas de archivo, y financiando alguna excursión esporádica a Atlantic City para apostar. Eran las ocho y unos minutos y

Connie estaba lista para empezar el día: los ojos delineados, las pestañas cubiertas de rímel, los labios pintados de rojo brillante y el pelo rizado formando un gran matojo alrededor de la cara. Yo, por el contrario, dejaba que el día me fuera ganando la partida. Llevaba el pelo recogido en una coleta desmadejada y mis ya habituales vaqueros, camiseta y botas. Aquella mañana me había parecido que acercarme el cepillo de rímel a los ojos podía resultar una maniobra peligrosa, así que iba con la cara lavada.

Tomé un donut y miré alrededor.

—¿Dónde está Lula?

—Llega tarde. Ha estado llegando tarde toda la semana. Aunque tampoco es que importe mucho.

Contrataron a Lula para que se encargara del archivo, pero la verdad es que hace lo que le da la gana.

—Oye, que te he oído —dijo Lula entrando por la puerta—. ¿No estarás hablando de mí? Llego tarde porque estoy yendo a la escuela nocturna.

—Vas un día a la semana —dijo Connie.

—Sí, pero tengo que estudiar. No es nada fácil esa mierda. Además, no se puede decir que mi experiencia como puta me ayude especialmente. No creo que el examen final vaya a tratar de cómo hacer trabajitos manuales.

Lula es unos centímetros más baja que yo, y un montón de kilos más gorda. Se compra la ropa en el departamento de tallas pequeñas y luego se embute en ella como puede. En otras no resultaría bien, pero en Lula sí. Lula se embute en la *vida*.

—¿Qué hay de nuevo? —dijo—. ¿Me he perdido algo?

Le entregué a Connie el recibo de la entrega de Paulson.

—Chicas, ¿alguna de vosotras sabe algo de fianzas de custodia infantil?

—Son relativamente recientes —dijo Connie—. Vinnie todavía no las gestiona. Son muy arriesgadas. Sebring es el único que las acepta en esta zona.

—Sebring —dijo Lula—. ¿No es el tío de las piernas estupendas? He oído decir que tiene unas piernas como las de Tina Turner —se miró las piernas—. Mis piernas son del color apropiado, sólo que tengo más cantidad.

24

—Las piernas de Sebring son blancas —dijo Connie—. Y creo que le van bien para correr detrás de las rubias.

Le di el último bocado a mi donut y me limpié las manos en los pantalones vaqueros.

—Tengo que hablar con él.

—Hoy estarás a salvo —dijo Lula—. No sólo no eres rubia; además hoy no estás precisamente arrebatadora. ¿Has pasado una mala noche?

—No se me dan bien las mañanas.

—Es por tu vida amorosa —dijo Lula—. Como no tienes vida amorosa, no hay razón para que sonrías. Te estás abandonando, eso es lo que pasa.

—Podría tener mucha si quisiera.

—Y, ¿entonces?

—Es difícil de explicar.

Connie me dio un cheque por la captura de Paulson.

—No estarás pensando en irte a trabajar con Sebring, ¿verdad?

Les conté lo de Evelyn y Annie.

—Quizá debería acompañarte a hablar con Sebring —dijo Lula—. Puede que consigamos que nos enseñe las piernas.

—No hace falta —dije—. Puedo arreglármelas sola.

Y no tenía ningún interés en verle las piernas a Les Sebring.

—Fíjate. Ni siquiera he soltado el bolso —dijo Lula—. Estoy lista para salir.

Lula y yo nos miramos fijamente un instante. Yo iba a perder. Lo veía venir. Lula había decidido venirse conmigo. Probablemente no quería quedarse en el archivo.

—Vale —dije—, pero nada de tiros, nada de empujones y nada de pedirle que se levante la pernera del pantalón.

—Pones demasiadas condiciones —dijo Lula.

Atravesamos la ciudad en el CR-V y aparcamos cerca del edificio de Sebring. La oficina de fianzas estaba en la planta baja y Sebring tenía su despacho encima.

—Igual que Vinnie —dijo Lula mirando con admiración el suelo enmoquetado y las pareces recién pintadas—. Sólo que aquí parece que trabajan seres humanos. Y mira qué sillas para que se siente la gente... ni siquiera tienen manchas. Y su recepcionista tampoco tiene bigote.

Sebring nos acompañó a su despacho privado.

—Stephanie Plum. He oído hablar de ti —dijo.

—El incendio de la funeraria no fue culpa mía —dije—. Y casi nunca disparo a la gente.

—Nosotras también hemos oído hablar de ti —intervino Lula—. Nos han dicho que tienes unas piernas estupendas.

Sebring llevaba un traje gris plata, camisa blanca y corbata de rayas rojas, blancas y azules. Emanaba respetabilidad desde la punta de sus brillantes zapatos negros hasta la coronilla del pelo blanco y bien cortado. Y detrás de su cortés sonrisa de político, tenía pinta de no pasar ni una tontería. Hubo un momento de silencio mientras observaba a Lula. Luego se levantó la pernera de los pantalones.

—Fíjate bien en estos remos —dijo.

—Seguro que vas al gimnasio —dijo Lula—. Tienes unas piernas excelentes.

—Quería hablar contigo de Mabel Markowitz —dije a Sebring—. La has llamado respecto a una fianza de custodia infantil.

Asintió.

—Lo recuerdo. Hoy he mandado a otra persona para que hable con ella. Hasta el momento no ha colaborado mucho.

—Vive al lado de mis padres y no creo que sepa adónde han ido su nieta y su bisnieta.

—Mal asunto —dijo Sebring—. ¿Sabes algo sobre las fianzas de custodia infantil?

—No mucho.

—La AAFP, que como sabes es la Asociación de Agentes de Fianzas Profesionales, colaboró con el Departamento de Niños Desaparecidos y Explotados para poner en marcha una normativa que evitara que los padres secuestraran a sus propios hijos. Es una idea muy sencilla. Si se cree que existe la posibilidad de que uno o ambos padres vayan a llevarse a sus hijos a paradero desconocido, el tribunal puede imponer una fianza en efectivo.

—O sea, que es como una fianza de comparecencia, pero es al niño al que se considera en peligro.

—Con una gran diferencia —continuó Sebring—. Cuando un avalista se hace cargo de la fianza de un delincuente y el acusado no se presenta al juicio, la fianza se paga al tribunal. Luego, el avalista puede perseguir al acusado y entregarlo al tribunal y, con un poco de suerte, éste le reembolsará la fianza. En el caso de la fianza de custodia infantil, el avalista tiene que entregar la fianza al padre o madre engañado. Presuntamente, el dinero se utilizará para buscar al niño.

—De manera que, si la fianza no es suficiente para disuadir a los padres de la idea del secuestro, al menos hay dinero para contratar a un profesional que busque al niño —dije.

—Exactamente. El problema es que, al contrario que en las fianzas de comparecencia, el agente de la custodia infantil no tiene derecho legal de buscar al niño. El único recurso que tiene el agente de fianzas de custodia infantil para recuperar su pérdida es embargar las propiedades o el dinero que se haya puesto como aval de la fianza. En este caso, Evelyn Soder no tenía dinero en efectivo para avalar su fianza. Por eso acudió a nosotros y ofreció la casa de su abuela como garantía de nuestro pago. Nuestra esperanza es que cuando llamemos a la abuela y le digamos que empiece a hacer las maletas, ella revelará el lugar en el que se encuentra la niña desaparecida.

—¿Le han entregado ya el dinero a Steven Soder?

—Se le hará entrega del dinero dentro de tres semanas.

O sea, que me quedaban tres semanas para encontrar a Annie.

**2**

**E**SE LES SEBRING parece un buen tío —dijo Lula una vez que hubimos vuelto a mi CR-V—. Estoy segura de que ni siquiera se lo monta con animales de granja.

Lula se estaba refiriendo al rumor de que mi primo Vinnie había mantenido en otros tiempos una relación sentimental con un pato. Aquel rumor nunca fue ni confirmado ni desmentido oficialmente.

—¿Y ahora qué? —preguntó Lula—. ¿Qué es lo siguiente de la lista?

Eran poco más de las diez. El bar restaurante de Soder, La Zorrera, ya estaría abriendo para la hora del almuerzo.

—Lo siguiente es una visita a Soder —dije—. Probablemente será una pérdida de tiempo, pero tengo la sensación de que es algo que debemos hacer de todos modos.

—Que no se diga que no lo hemos intentado —dijo Lula.

El bar de Steven Soder no quedaba muy lejos de la oficina de Sebring. Estaba encajonado entre la tienda de electrodomésticos de ocasión Carmine y un salón de tatuajes. La puerta de La Zorrera estaba abierta. Su interior resultaba oscuro y poco atrayente a esas horas. A pesar de ello, dos fulanos habían logrado dar con la puerta y estaban sentados junto a la barra de madera pulida.

—Yo ya he estado aquí —dijo Lula—. No está mal el sitio. Las hamburguesas no son malas. Y si llegas temprano, antes de que el aceite se rancie, los aros de cebolla también están bien.

Entramos y nos detuvimos unos instantes, mientras se nos acostumbraban los ojos a la oscuridad. Soder estaba detrás de la barra. Cuando entramos levantó la mirada e hizo un gesto de reconocimiento con la cabeza. Medía más o menos un metro ochenta. Corpulento. Pelo rubio rojizo. Ojos azules. Piel sonrosada. Tenía pinta de beber más de la cuenta de su propia cerveza.

Nos instalamos en la barra y él se acercó a nosotras.

—Stephanie Plum —dijo—. Hace tiempo que no nos veíamos. ¿Qué se te ofrece?

—Mabel está preocupada por Annie. Le he dicho que iba a preguntar por ahí.

—Sería más exacto decir que está preocupada por perder esa ruina de casa.

—No va a perder la casa. Tiene dinero para cubrir la fianza —a veces miento sólo por no perder la costumbre. Es la única habilidad de los cazarrecompensas que domino a la perfección.

—Qué pena —dijo Soder—. Me encantaría verla tirada en la calle. Toda esa familia es una calamidad.

—¿O sea que crees que Evelyn y Annie se han largado sin más?

—Sé que es así. Me dejó una puta nota. Fui a su casa a recoger a la cría y había una carta para mí en la repisa de la cocina.

—¿Qué decía la carta?

—Decía que se largaban y que nunca más volvería a ver a la cría.

—Supongo que no le caes bien, ¿eh? —dijo Lula.

—Está loca —dijo Soder—. Es una borracha y está loca. Se levanta por la mañana y no sabe ni abrocharse la chaqueta. Espero que encontréis a la cría pronto, porque Evelyn no está capacitada para cuidar de ella.

—¿Tienes alguna idea de adónde puede haber ido?

Soltó un bufido desdeñoso.

—Ni la menor idea. No tenía amigos y era más aburrida que una caja de clavos. Y que yo sepa no tenía mucho dinero.

Probablemente estarán viviendo en el coche alrededor de Pine Barrens, comiendo de lo que encuentren en los contenedores de basura.

No era una bonita imagen.

Dejé mi tarjeta sobre la barra.

—Por si se te ocurre algo que pueda ayudarme.

Cogió la tarjeta y me guiñó el ojo.

—Oye —dijo Lula—. No me ha gustado ese guiño. Si vuelves a guiñarle el ojo te lo arranco de la órbita.

—¿Qué le pasa a la gorda? —me preguntó Soder—. ¿Es que sois pareja?

—Es mi guardaespaldas —contesté.

—No soy *gorda* —dijo Lula—. Soy una mujer grande. Lo bastante grande como para correrte a patadas en el culo por todo el bar.

Soder se la quedó mirando fijamente.

—Estoy impaciente por que lo hagas.

Saqué a Lula del bar a rastras y nos paramos en la acera, deslumbradas por la luz del sol.

—No me ha gustado —dijo Lula.

—No me digas.

—No me ha gustado cómo a su hija la llamaba todo el rato «la cría». Y no está bien que quiera que echen a una anciana de su casa.

Llamé a Connie por el móvil y le pedí que me consiguiera la dirección de la casa de Soder y los datos de su coche.

—¿Crees que tendrá a Annie en el sótano? —preguntó Lula.

—No, pero no vendría mal echar un vistazo.

—¿Qué hacemos ahora?

—Ahora vamos a hacerle una visita al abogado divorcista de Soder. Tuvo que haber alguna justificación para que pusieran la fianza. Me gustaría conocer los detalles.

—¿Conoces al abogado de Soder?

Entré en el coche y miré a Lula.

—Dickie Orr.

Lula sonrió.

31

—¿Tu ex? Siempre que le vamos a ver te echa de la oficina. ¿Crees que te va a contar cosas de un cliente?

Yo había tenido el matrimonio más breve de la historia del Burg. Casi no había acabado de abrir los regalos de boda cuando pillé a aquel capullo en la mesa del comedor con mi archienemiga, Joyce Barnhardt. Cuando lo pienso, no acabo de entender por qué acepté casarme con Dickie Orr. Supongo que estaba enamorada de la idea de estar enamorada.

Las chicas del Burg tienen unas expectativas muy concretas. Una crece, se casa, tiene hijos, procura disfrutar de la vida y aprende a preparar un buffet para cuarenta personas. Mi *sueño* era ser irradiada como Spiderman y poder volar como Superman. Mis *expectativas* consistían en casarme. Hice lo que pude para estar a la altura de las expectativas, pero la cosa no funcionó. Supongo que me porté como una estúpida. Arrastrada por la educación y la apostura de Dickie. Perdí la cabeza cuando supe que era abogado.

No vi sus defectos. El pobre concepto que Dickie tiene de las mujeres. Su capacidad para mentir sin remordimientos. Supongo que eso no debería reprochárselo demasiado, puesto que a mí también se me da bastante bien. Pero yo no miento sobre cosas personales... como el amor y la fidelidad.

—A lo mejor Dickie tiene un buen día —dije—. A lo mejor hasta tiene ganas de charlar.

—Sí, y puede que sea más fácil si no saltas por encima de la mesa de su despacho para intentar estrangularle, como la última vez.

El despacho de Dickie estaba al otro lado de la ciudad. Había dejado un bufete muy importante y se había instalado por su cuenta. Por lo que yo sabía, las cosas le iban bien. Ahora ocupaba una oficina de dos habitaciones en el Edificio Carter. Yo ya había estado allí una vez, brevemente, y había perdido un poquito el control.

—Esta vez me portaré mejor.

Lula puso los ojos en blanco y entró en el CR-V.

Enfilé por la calle State hasta Warren y giré hacia Somerset. Encontré sitio para aparcar justo enfrente del despacho de Dickie y lo consideré una buena señal.

—Uh-uh. Tienes buen karma para aparcar. Eso no es bueno para las relaciones interpersonales. ¿Has leído tu horóscopo de hoy?

Volví la mirada hacia ella.

—No. ¿Decía algo malo?

—Decía que tus lunas no están en buena posición y que tienes que ser prudente al tomar decisiones sobre el dinero. Y no sólo eso: vas a tener problemas con los hombres.

—Siempre tengo problemas con los hombres.

En mi vida había dos hombres y no sabía qué hacer con ninguno de los dos. Ranger me daba más miedo que vergüenza, y Morelli había decidido que, a no ser que cambiara mi forma de vida, le daba más problemas que satisfacciones. Hacía *semanas* que no sabía nada de Morelli.

—Ya, pero éstos van a ser problemas *gordos*.

—Te lo estás inventando.

—Para nada.

—Te lo *estás inventando*.

—Bueno, vale, puede que haya exagerado un poco, pero la parte de los problemas es verdad.

Metí veinticinco centavos en el parquímetro y crucé la calle. Lula y yo entramos en el edificio y subimos en el ascensor a la tercera planta. El despacho de Dickie estaba al final del pasillo. En la placa de la puerta se leía «Richard Orr, Abogado». Reprimí el impulso de escribir «gilipollas» debajo de su nombre. Después de todo era una mujer desdeñada y eso conlleva ciertas responsabilidades. De todas formas, sería mejor escribir «gilipollas» al salir.

La recepción de la oficina de Dickie estaba elegantemente decorada en estilo industrial. Negros y grises con alguna silla tapizada en púrpura. Si los Supersónicos hubieran contratado a Tim Burton para decorarla habría salido algo parecido. La secretaria de Dickie estaba sentada detrás de una amplia mesa de caoba. Caroline Sawyer. La recordaba de mi última visita. Levantó la mirada cuando Lula y yo entramos. Abrió los ojos despavorida y alargó la mano hacia el teléfono.

—Si te acercas más, llamo a la policía —dijo.

—Quiero hablar con Dickie.

—No está aquí.

—Apuesto a que está mintiendo —dijo Lula—. Tengo un don especial para descubrir cuándo miente la gente —Lula sacudió un dedo ante la cara de Sawyer—. Al Señor no le gusta que la gente mienta.

—Juro por Dios que no está aquí.

—Ahora estás blasfemando —dijo Lula—. Ahora sí que te has metido en un lío.

La puerta del despacho interior se abrió y Dickie asomó la cabeza.

—Mierda —dijo al vernos a Lula y a mí. Metió la cabeza de nuevo y cerró de un portazo.

—Necesito hablar contigo —grité.

—No. Vete. Caroline, llama a la policía.

Lula se inclinó sobre la mesa de Caroline.

—Si llamas a la policía te rompo una uña. Tendrás que volver a hacerte la manicura.

Caroline bajó la cabeza y se miró las uñas.

—Me las hice ayer mismo.

—Hicieron un buen trabajo —dijo Lula—. ¿Adónde vas?

—Uñas Kim's, en la calle Segunda.

—Son los mejores. Yo también voy allí —dijo Lula—. La última vez hice que me las dibujaran. ¿Ves? Tienen estrellitas chiquititas pintadas.

Caroline echó una mirada a las uñas de Lula.

—Alucinante —dijo.

Sorteé a Sawyer y llamé a la puerta de Dickie.

—Abre. Prometo que no intentaré estrangularte. Necesito hablar contigo sobre Annie Soder. Ha desaparecido.

La puerta se abrió un poco.

—¿Qué quieres decir con... desaparecido?

—Al parecer se la ha llevado Evelyn, y Les Sebring va a reclamar la fianza de custodia de la niña.

La puerta se abrió del todo.

—Es lo que me temía que ocurriera.

—Estoy intentando ayudar a encontrar a Annie. Esperaba que tú pudieras darme alguna información sobre el caso.

—No sé si podré ser de alguna ayuda. Fui el abogado de Soder. A Evelyn la representó Albert Kloughn. Durante el proceso de divorcio hubo tanta saña y tantas amenazas por ambas partes que el juez consideró conveniente imponer las fianzas.

—¿Soder también tuvo que pagar una fianza?

—Sí, aunque fue relativamente insignificante. Soder tiene un negocio en la ciudad y no es probable que huya. Evelyn, por su parte, no tenía nada que la atara aquí.

—¿Qué opinión te merece Soder?

—Fue un buen cliente. Pagó los honorarios cuando tuvo que hacerlo. Durante el juicio perdió un poco los estribos. Entre él y Evelyn no queda ni un rescoldo de amor.

—¿Te parece que es un buen padre?

Dickie se encogió de hombros.

—No lo sé.

—¿Y qué me dices de Evelyn?

—Nunca me pareció que estuviera muy centrada. Siempre en las nubes. Encontrarla sería lo mejor para la niña. Evelyn puede perderla y no darse cuenta hasta después de varios días.

—¿Algo más? —pregunté.

—No, pero se me hace raro que no me hayas saltado al cuello —dijo Dickie.

—¿Decepcionado?

—Sí. Me había comprado un espray de defensa personal.

Habría resultado divertido si hubiera sido un chiste improvisado, pero sospechaba que Dickie lo decía en serio.

—Tal vez la próxima vez.

—Ya sabes dónde estoy.

Lula y yo salimos contoneándonos de la oficina, recorrimos el pasillo y bajamos en ascensor.

—No ha sido tan divertido como la vez anterior —dijo Lula—. Ni siquiera le has amenazado. No le has perseguido alrededor de la mesa ni nada.

—Creo que ya no le odio tanto como antes.

—Qué lástima.

Cruzamos la calle y miramos al coche. Tenía una multa colocada en el parabrisas.

—Lo ves —dijo Lula—. Es por tus lunas. Al elegir este parquímetro estropeado hiciste una mala elección económica.

Metí la multa en el bolso y abrí la puerta con rabia.

—Ten cuidado —dijo Lula—. Los problemas con los hombres están a punto de llegar.

Llamé a Connie y le pedí la dirección de Albert Kloughn. Al cabo de unos minutos ya tenía las direcciones del despacho de Kloughn y de la casa de Soder. Las dos estaban en Hamilton Township.

Primero pasé por delante de la casa de Soder. Vivía en una urbanización de apartamentos con jardín. Eran edificios de ladrillo de dos plantas, decorados con contraventanas blancas y columnas en las puertas principales para darles un aire colonial. El apartamento de Soder estaba en la planta baja.

—Supongo que no tendrá a la niña en el sótano —dijo Lula—. Dado que no tiene sótano.

Nos quedamos sentadas observando el apartamento durante varios minutos, pero no pasaba nada, así que nos fuimos a ver a Kloughn.

Albert Kloughn tenía una oficina de dos despachos en una galería comercial, al lado de una lavandería automática. Dentro había una mesa para la secretaria, pero no parecía haber secretaria fija. En su lugar, Kloughn ocupaba la mesa y tecleaba en el ordenador. Era como yo de alto y parecía estar entrando en la pubertad. Tenía el pelo de color arena, carita de querubín y el cuerpo del muñequito de las pastas Pillsbury.

Cuando entramos, levantó la mirada hacia nosotras y sonrió inseguro. Probablemente pensó que queríamos cambio para las lavadoras. Notabas en los pies las vibraciones de los tambores del otro lado de la pared y se escuchaba el rugido sordo de las inmensas lavadoras comerciales.

—¿Albert Kloughn? —pregunté.

Llevaba camisa blanca, corbata de rayas rojas y verdes y pantalones caquis. Se levantó y se alisó la corbata con un gesto automático.

—Yo soy Albert Kloughn —dijo.

—Vaya, qué desilusión tan grande —dijo Lula—. ¿Y dónde está la nariz roja que pita cuando se la estruja? ¿Y los zapatones de clown?*

—No soy de esa clase de clown. Jo. Todo el mundo me dice lo mismo. Llevo oyendo lo mismo desde el jardín de infancia. Se escribe K-l-o-u-g-h-n. ¡Kloughn!

—Podría ser peor —dijo Lula—. Podrías llamarte Albert Folla.

Le di a Kloughn mi tarjeta.

—Soy Stephanie Plum y ésta es mi ayudante, Lula. Tengo entendido que representaste a Evelyn Soder en su proceso de divorcio.

—¡Guau! —dijo él—. ¿De verdad eres una cazarrecompensas?

—Agente de fianzas —respondí.

—Ya, y eso es cazarrecompensas, ¿no?

—Hablemos de Evelyn Soder...

—Claro. ¿Qué quieres saber? ¿Se ha metido en algún lío?

—Evelyn y Annie han desaparecido. Según parece, Evelyn se llevó a Annie para que no tuviera que ver a su padre. Dejó un par de cartas.

—Debe de haber tenido alguna buena razón para irse —dijo Kloughn—. No le hacía ninguna ilusión poner en peligro la casa de su abuela. Pero no tenía otra alternativa. No tenía otro sitio de donde sacar el dinero de la fianza.

—¿Se te ocurre alguna idea de dónde pueden haber ido?

Kloughn negó con la cabeza.

—No. Evelyn no hablaba mucho. Que yo sepa, toda su familia vivía en el Burg. No quiero ser cruel con ella ni nada por el estilo, pero no me dio la impresión de que fuera especialmente inteligente. Ni siquiera estoy seguro de que supiera conducir. Siempre que venía a la oficina la traía alguien.

---

* Juego de palabras en inglés, al pronunciarse igual el apellido del personaje, Kloughn, y la palabra *clown*, payaso. [N. del T.]

—¿Dónde está tu secretaria? —preguntó Lula.

—En este momento no tengo secretaria. Antes tenía una a tiempo parcial, pero dijo que la pelusilla que salía de las secadoras le producía sinusitis. Tal vez debiera poner un anuncio en los periódicos, pero no me organizo muy bien. Abrí este despacho hace sólo un par de meses. Evelyn fue una de mis primeras clientas. Por eso la recuerdo.

Seguramente Evelyn era su *única* clienta.

—¿Pagó la factura?

—La está pagando a plazos mensuales.

—Si te manda un cheque por correo, te agradecería que me dijeras de dónde es el matasellos.

—Estaba a punto de decir eso mismo —dijo Lula—. También se me había ocurrido a mí.

—Sí, y yo también —dijo Kloughn—. Yo también lo había pensado.

Una mujer golpeó con los nudillos en la puerta abierta de la oficina y asomó la cabeza.

—La secadora del fondo no funciona. Se ha tragado todas mis monedas de veinticinco y se ha quedado como muerta. Y, por si fuera poco, ahora no puedo abrir la puerta.

—Oiga —dijo Lula—, ¿usted cree que es asunto nuestro? Este hombre es abogado. Y sus monedas de veinticinco le importan un carajo.

—Estamos todo el día igual —dijo Kloughn. Luego sacó un formulario del cajón superior de la mesa y le dijo a la mujer—: Tome, rellene esto y la dirección le devolverá el dinero.

—¿Te perdonan el alquiler a cambio? —preguntó Lula a Kloughn.

—No. Lo más probable es que me desahucien —recorrió la estancia con la mirada—. Ésta es mi tercera oficina en cuatro meses. En la primera tuve un incendio accidental en la papelera que se propagó por todo el edificio. Y después de aquello, en la siguiente, declararon el edificio en ruinas cuando un cuarto de baño se derrumbó y hundió el techo.

—¿Un baño público? —preguntó Lula.

—Sí. Pero juro que no fue por mi culpa. Estoy casi seguro.

Lula miró el reloj.

—Es mi hora de almorzar.

—Oye, ¿qué os parece si almuerzo con vosotras? —dijo Kloughn—. Tengo algunas ideas respecto a este caso. Podríamos charlar sobre todo ello mientras comemos.

Lula le miró de hito en hito.

—No tienes a nadie con quien comer, ¿verdad?

—Claro que sí, tengo montones de gente con la que comer. Todo el mundo quiere comer conmigo. Lo que pasa es que hoy no he quedado con nadie.

—Eres un peligro ambulante —dijo Lula—. Si comemos contigo lo más seguro es que nos envenenemos.

—Si os ponéis muy mal puedo conseguiros un buen dinero —dijo—. Y si morís, sería un pastón.

—Vamos a comer algo rápido —dije.

Los ojos se le iluminaron.

—Me encanta la comida rápida. Siempre es igual. Puedes confiar en ella. No da sorpresas.

—Y es barata —dijo Lula.

—¡Exacto!

Puse un pequeño cartel de «Estamos comiendo» en la ventana de la oficina y cerró la puerta con llave al salir. Pasó al asiento trasero del CR-V y se inclinó hacia adelante.

—¿Qué te pasa? ¿Eres medio perro labrador? —dijo Lula—. Me estás echando el aliento. Apóyate en el respaldo y ponte el cinturón de seguridad. Y como empieces a babear, vas a la calle.

—Madre mía, qué divertido —dijo él—. ¿Qué vamos a comer? ¿Pollo frito? ¿Sándwiches de atún? ¿Hamburguesas con queso?

Diez minutos más tarde salíamos del servicio para coches del McDonald's cargados de hamburguesas, batidos y patatas fritas.

—Muy bien, os voy a decir lo que pienso —dijo Kloughn—: Creo que Evelyn no anda muy lejos. Es una persona agradable, pero es muy asustadiza, ¿verdad? Vamos, que... ¿adónde va a ir? ¿Cómo sabemos que no está con su abuela?

—¡Su abuela fue la que me pidió que la buscara! Se va a quedar sin la casa.

—Ah, es verdad. Se me había olvidado.

Lula le miró por el espejo retrovisor.

—¿Qué pasa? ¿Fuiste a una de esas escuelas de derecho gratuitas?

—Muy graciosa —hizo otro gesto para alisarse la corbata—. Fue un curso por correspondencia.

—¿Eso es legal?

—Por supuesto. Te ponen exámenes y todo.

Entré en el aparcamiento de la lavandería y paré el coche.

—Bueno, pues ya hemos vuelto del almuerzo —dije.

—¿Ya? Pero ha sido muy rápido. Ni siquiera me he acabado las patatas —dijo—. Y luego tengo que comerme la tarta.

—Lo siento. Tenemos mucho trabajo.

—¿Sí? ¿Qué clase de trabajo? ¿Estáis detrás de alguien peligroso? Seguro que podría ayudaros.

—¿No tienes que hacer cosas tuyas?

—Es mi hora de comer.

—No lo pasarías bien con nosotras —dije—. No vamos a hacer nada interesante. Pensaba volver a casa de Evelyn y, a lo mejor, hablar con algunos vecinos.

—A mí se me da bien hablar con la gente —dijo—. Ésa fue una de mis mejores asignaturas... hablar con gente.

—No me parece bien echarle antes de que se coma la tarta —dijo Lula. Luego le miró por encima del respaldo de su asiento—. ¿Te la vas a comer toda?

—Vale, que se quede —dije—. Pero que no hable con nadie. Tiene que quedarse dentro del coche.

—Como el conductor de repuesto, ¿no? —dijo—. Por si hay que salir corriendo.

—*No*. No va a haber necesidad de salir corriendo. No eres el conductor. No vas a conducir. *Yo* conduzco.

—Claro, claro. Ya lo sé —dijo.

Dejamos el aparcamiento, entramos en la avenida Hamilton y nos dirigimos al Burg girando por el hospital St. Francis. Atravesamos el laberinto de callejuelas y me detuve delante de la casa de Evelyn. El barrio estaba muy tranquilo a mediodía. Sin niños ni bicicletas. Nadie sentado en los porches. Prácticamente nada de tráfico.

Necesitaba hablar con los vecinos de Evelyn, pero no quería que Lula y Kloughn estuvieran presentes. Lula asustaba terriblemente a la gente. Y Kloughn nos daba un aire de misioneros. Aparqué junto a la acera, Lula y yo bajamos del coche y me guardé las llaves en el bolsillo.

—Vamos a echar un vistazo por ahí —dije a Lula.

Ella miró a Kloughn.

—¿No crees que deberíamos dejarle una ventana abierta? ¿No hay alguna ley al respecto?

—Creo que la ley sólo se refiere a los perros.

—Pero es que él parece entrar en ese grupo —dijo Lula—. La verdad es que es muy mono, muy de andar por casa.

No me apetecía volver al coche y abrir la puerta. Me temía que Kloughn saliera corriendo.

—No le va a pasar nada —dije—. No tardaremos mucho.

Nos acercamos al porche y llamamos al timbre. No hubo respuesta. Seguía sin verse nada a través de la ventana de la fachada.

Lula pegó la oreja a la puerta.

—No se oye nada ahí dentro —dijo.

Fuimos a la parte de atrás y miramos por la ventana de la cocina. Los mismos dos cuencos de cereales y los mismos vasos seguían en la repisa junto al fregadero.

—Tenemos que echar un vistazo dentro —dijo Lula—. Seguro que la casa está plagada de pistas.

—Nadie tiene llave.

Lula intentó abrir la ventana.

—Cerrada.

Le dio un meneo a la puerta.

—Claro que nosotras somos cazarrecompensas y si creyéramos que ahí dentro hay algún delincuente tendríamos derecho a romper la puerta.

Sabido es que de vez en cuando he quebrantado la ley levemente, pero aquello era un fractura múltiple.

—No quiero fastidiarle la puerta a Evelyn.

Vi cómo Lula examinaba la ventana.

—Y tampoco quiero romperle la ventana. En este caso no estamos actuando como personal de cumplimiento de fianzas y no tenemos motivos para entrar a la fuerza.

—Sí, pero si la ventana se rompiera accidentalmente, sería de buenas vecinas entrar a investigar. Como para intentar arreglarla por dentro —Lula describió un arco con su enorme bolso de cuero negro y lo estrelló contra la ventana—. ¡Uy! —dijo.

Cerré los ojos y apoyé la frente en la puerta. Respiré profundamente y me dije a mí misma que había que mantener la calma. Por supuesto, tenía ganas de gritarle a Lula y puede que incluso de estrangularla, pero ¿qué lograría con eso?

—Vas a pagar el arreglo de esa ventana —dije.

—Y una mierda. Es una casa de alquiler. Tienen seguros y rollos de ésos —quitó los trozos de cristal que quedaban, metió el brazo por la ventana rota y abrió la puerta.

Saqué del bolso unos guantes de goma desechables y nos los pusimos. No tenía sentido dejar aquello lleno de huellas, teniendo en cuenta que habíamos entrado ilegalmente. Con la suerte que tengo, seguro que entraban ladrones y cuando llegara la policía encontraban mis huellas por todas partes.

Lula y yo entramos en la cocina y cerramos la puerta tras de nosotras. Era una cocina pequeña y, con Lula a mi lado, la abarrotábamos por completo.

—Tal vez sería mejor que vigilaras desde el salón —dije—. No vaya a ser que alguien entre y nos pille.

—Vigilancia es mi segundo nombre. No se me escapa nadie.

Empecé por la encimera, revolviendo los habituales cacharros de cocina. No había mensajes escritos en el bloc de notas. Revisé un montón de correo. No había nada de interés, aparte de unas toallas muy monas de Martha Stewart que se venden por teléfono. Pegado con papel celo en el frigorífico había un dibujo de una casa hecho con ceras de color rojo y verde. De Annie, supuse. Los platos estaban cuidadosamente apilados en los armarios de encima del fregadero. Los vasos no tenían ni una mancha y estaban alineados en fila de a tres en los estantes. En el frigorífico había cantidad de condimentos, pero ningún alimento perecedero. Ni leche, ni zumo de naranja. Ni fruta, ni verduras frescas.

Saqué algunas conclusiones de aquella cocina. La despensa de Evelyn estaba mejor surtida que la mía. Se marchó precipitadamente, pero tuvo la precaución de tirar la leche. Si era una borracha, se drogaba o estaba chiflada, era una borracha, drogada o chiflada *responsable*.

No encontré nada de interés en la cocina, así que pasé al salón y al comedor. Abrí cajones y miré debajo de los cojines.

—¿Sabes adónde iría yo si tuviera que esconderme? —dijo Lula—. Iría a Disney World. ¿Has estado alguna vez en Disney World? Iría allí, sobre todo si tuviera problemas, porque en Disney World todo el mundo es feliz.

—Yo he ido siete veces a Disney World —dijo Kloughn.

Lula y yo dimos un brinco al oír su voz.

—Oye —dijo Lula—, tú tenías que quedarte en el coche.

—Me he cansado de esperar.

Le lancé a Lula una mirada asesina.

—Estaba vigilando —dijo ella—. No sé cómo se me ha colado —Lula se volvió hacia Kloughn—. ¿Cómo has entrado aquí?

—La puerta de la cocina estaba abierta. Y la ventana, rota. No la habréis roto vosotras, ¿verdad? Podríais meteros en un buen lío por algo así. Eso se llama allanamiento de morada.

—Nos hemos encontrado la ventana así —dijo Lula—. Por eso nos hemos puesto guantes de goma. No queremos joder las pruebas si han robado algo.

—Bien pensado —dijo Kloughn, con los ojos brillantes y la voz una octava más aguda—. ¿De verdad creéis que han robado algo? ¿Creéis que habrá habido algún herido?

Lula le miró como si nunca hubiera visto a nadie tan simple.

—Voy a investigar en el piso de arriba —dije—. Vosotros dos quedaos aquí y no toquéis nada.

—¿Qué vas a buscar en el piso de arriba? —quiso saber Kloughn, siguiéndome por las escaleras—. Apuesto a que vas a buscar alguna pista que te lleve hasta Evelyn y Annie. ¿Sabes dónde miraría yo? Miraría...

Me giré en redondo, casi haciéndole perder el equilibrio.

—¡*Abajo!* —dije, señalando con un brazo rígido y gritándole a un milímetro de su nariz—. Siéntate en el sofá y no te levantes hasta que yo te lo diga.

—Jo. No hace falta que me grites. Con que me lo digas es suficiente, ¿vale? Madre mía, hoy debes de tener uno de esos días, ¿verdad?

Entorné los ojos.

—¿Uno de *qué* días?

—Ya sabes.

—No es uno de *esos* días.

—No, ella es así en los días buenos —dijo Lula—. No quieras saber cómo se pone en uno de *esos* días.

Dejé a Lula y a Kloughn en la planta baja y me metí por los dormitorios a solas.

Todavía quedaba ropa colgada en los armarios y doblada en los cajones de las cómodas. Evelyn debía de haberse llevado sólo lo imprescindible. O su desaparición era temporal o se había marchado a toda prisa. O puede que las dos cosas a la vez.

No había ni una señal de Steven que yo pudiera distinguir. Evelyn había esterilizado la casa de su presencia. No había productos de higiene masculina abandonados en el cuarto de baño, ni un cinturón de hombre colgado en el armario, ni una foto de familia en un marco de plata. Yo había hecho una limpieza similar en mi casa cuando me separé de Dickie. Pero, aun así, durante meses me vi sorprendida por elementos olvidados: un calcetín de hombre que se había caído detrás de la lavadora, un juego de llaves del coche que había desaparecido debajo del sofá y habíamos dado por perdido...

En el armario de las medicinas había lo de siempre: un bote de Tylenol, un frasco de jarabe infantil para la tos, seda dental, tijeras de uñas, colutorio, una caja de tiritas, polvos de talco... Ni estimulantes ni tranquilizantes. Nada de alucinógenos. Nada de píldoras de la felicidad. También era notoria la ausencia de cualquier tipo de alcohol. Ni vino ni ginebra en los armarios de la cocina. Ni cerveza en el frigorífico. Puede que Carol estuviera equivocada respecto a la bebida y a las píldoras. O puede que Evelyn se lo hubiera llevado todo.

Kloughn asomó la cabeza por el quicio de la puerta del baño.

—No te importa que yo también eche un vistazo, ¿verdad?

—¡Sí, me importa! Te he dicho que te quedes en el sofá. Y ¿qué está haciendo Lula? Ella tenía que controlarte.

—Lula está de centinela. No hacen falta dos personas para eso, así que he pensado ayudarte en la búsqueda. ¿Ya has mirado en el dormitorio de Annie? Acabo de mirar yo y no he encontrado ni una pista, pero sus dibujos dan miedo. ¿Te has fijado en sus dibujos? Esa cría está trastornada, te lo digo yo. Es por culpa de la televisión. Demasiada violencia.

—El único dibujo que he visto ha sido el de una casa verde y roja.

—¿Y el rojo parecía sangre?

—No, parecían ventanas.

—Ah-ah —dijo Lula desde el salón.

Maldita sea. Odio ese «ah-ah».

—¿Qué pasa? —grité desde arriba.

—Un coche acaba de aparcar detrás de tu CR-V.

Escudriñé entre las cortinas del dormitorio de Evelyn. Era un Lincoln negro. De él se apearon dos sujetos y se acercaron a la puerta de la casa de Evelyn. Agarré a Kloughn de la mano y lo arrastré escaleras abajo detrás de mí. Que no te entre el pánico, pensé. La puerta está cerrada. Y no se ve nada desde fuera. Hice un gesto a los otros para que estuvieran callados y todos nos quedamos quietos como estatuas, sin apenas respirar, mientras uno de los hombres llamaba a la puerta.

—No hay nadie en casa —dijo.

Solté el aire cuidadosamente. Ahora se largarían, ¿no? Pues no. Se oyó una llave entrando en la cerradura. Ésta chascó y la puerta se abrió.

Lula y Kloughn se pusieron detrás de mí. Los dos hombres se quedaron quietos en el porche.

—¿Sí? —les dije, intentando aparentar que era de la casa.

Los hombres tendrían cuarenta y muchos o cincuenta años. De estatura media. Estructura sólida. Vestidos con trajes oscuros. Ambos blancos. Y no parecía que les alegrara especialmente haberse encontrado a los Tres Chiflados en casa de Evelyn.

—Queremos ver a Evelyn —dijo uno de ellos.

—No está —contesté—. ¿De parte de quién?

—Eddie Abruzzi. Y éste es mi socio, Melvin Darrow.

# 3

MADRE MÍA. Eddie Abruzzi. Y yo que pensaba que hoy estaba siendo un día de mierda.

—He sido informado de que Evelyn se ha mudado —dijo Abruzzi—. Usted no sabrá dónde se encuentra, ¿verdad?

—No —dije—. Pero, como puede ver, no se ha mudado.

Abruzzi miró alrededor.

—Sus muebles siguen aquí. Pero eso no significa que no se haya marchado.

—Bueno, técnicamente... —dijo Kloughn.

Abruzzi le miró perplejo.

—¿Quién es usted?

—Soy Albert Kloughn. El abogado de Evelyn.

Aquello hizo sonreír a Abruzzi.

—Evelyn ha contratado a un clown de abogado. Perfecto.

—K-l-o-u-g-h-n —dijo Albert Kloughn.

—Y yo soy Stephanie Plum.

—Ya sé quién eres —dijo Abruzzi. Su voz era escalofriantemente tranquila y sus pupilas estaban contraídas al tamaño de puntas de alfiler—. Mataste a Benito Ramírez.

Benito Ramírez era un boxeador de la categoría pesos pesados que intentó liquidarme en varias ocasiones y que acabó siendo tiroteado en la escalera de incendios de mi casa cuando trataba de entrar por mi ventana. Era un psicópata asesino de una maldad extrema, que encontraba placer y fuerza en el dolor de los demás.

—Ramírez era mío —dijo Abruzzi—. Había invertido un montón de tiempo y dinero en él. Y le entendía. Compartíamos muchos objetivos comunes.

—Yo no le maté. Lo sabe, ¿verdad?

—Tú no apretaste el gatillo... pero como si lo hubieras hecho —desvió su atención a Lula—. A ti también te conozco. Eres una de las putas de Benito. ¿Qué tal lo pasabas con él? ¿Disfrutabas? ¿No te sentías privilegiada? ¿Aprendiste algo?

—No me encuentro muy bien —dijo Lula. Y se desmayó de repente, cayendo encima de Kloughn y arrastrándole con ella al suelo.

Ramírez había maltratado a Lula. La había torturado y dejado por muerta. Pero Lula no había muerto. De lo que se deduce que no es nada fácil matar a Lula.

Al contrario que Kloughn, que tenía toda la pinta de estar a punto de estirar la pata. Estaba atrapado debajo de Lula y sólo le asomaban los pies, en una excelente imitación de la Malvada Bruja del Este cuando la casa de Dorothy le cae encima. Profirió un sonido que era mitad chillido ratonil, mitad estertor de agonía.

—Socorro —susurró—. No puedo respirar.

Darrow agarró a Lula de una pierna y yo la agarré de un brazo, y juntos se la quitamos de encima.

—¿Se ve algo roto? —preguntó—. ¿Me ha despanzurrado?

—¿Qué hacéis aquí? —inquirió Abruzzi—. ¿Y cómo habéis entrado?

—Hemos venido a visitar a Evelyn —dije—. La puerta de atrás estaba abierta.

—¿Tú y tu amiga, la puta gorda, siempre lleváis guantes de goma?

Lula abrió un ojo.

—¿A quién estás llamando gorda? —abrió el otro ojo—. ¿Qué ha pasado? ¿Por qué estoy en el suelo?

—Te has desmayado —expliqué.

—Eso es mentira —dijo, poniéndose de pie—. Yo no me desmayo. No me he desmayado ni una sola vez en mi vida —miró a Kloughn, que seguía tumbado en el suelo—. ¿Y a éste, qué le pasa?

—Le has caído encima.

—Me has aplastado como a una mosca —dijo Kloughn, haciendo un esfuerzo para levantarse—. Tengo suerte de estar vivo.

Abruzzi nos contempló a todos un instante.

—Esta casa es de mi propiedad —dijo—. No volváis a entrar en ella. No me importa si sois amigos de la familia, abogados o putas asesinas. ¿Entendido?

Apreté los labios con fuerza y no dije nada.

Lula cambió el peso de su cuerpo de un pie a otro y dijo: «Hum».

Y Kloughn asintió vigorosamente con la cabeza.

—Sí, señor —dijo—. Lo entendemos. No hay problema. Sólo hemos entrado esta vez debido a que...

Lula le dio una patada en la pantorrilla.

—¡Ay! —chilló Kloughn, doblándose por la cintura para agarrarse la pierna.

—Fuera de esta casa —dijo Abruzzi, dirigiéndose a mí—. Y no volváis.

—La familia de Evelyn me ha contratado para velar por sus intereses. Eso incluye pasar por aquí de vez en cuando.

—No me estás escuchando —dijo Abruzzi—. Te estoy diciendo que te mantengas al margen. Al margen de esta casa y al margen de los asuntos de Evelyn.

En mi cabeza se dispararon varias alarmas a la vez. ¿Por qué se preocupaba Abruzzi por Evelyn y por su casa? Era su casero. Por lo que yo sabía de sus negocios, aquél no era siquiera un inmueble importante para él.

—¿Y si no lo hago?

—Haré que tu vida sea muy desagradable. Sé cómo amargarle la vida a una mujer. Benito y yo teníamos eso en común.

Ambos sabíamos cómo hacer que una mujer nos prestara atención. Dime —siguió Abruzzi—, ¿cómo fueron los últimos momentos de Benito? ¿Sufrió mucho? ¿Tuvo miedo? ¿Sabía que iba a morir?

—No lo sé —dije—. Estaba al otro lado de la ventana. No sé lo que sentía —aparte de una furia enloquecida.

Abruzzi se me quedó mirando un instante.

—El destino es algo muy curioso, ¿verdad? Has vuelto a entrar en mi vida. Y otra vez estás en el bando contrario. Será interesante ver cómo se desarrolla esta campaña.

—¿Campaña?

—Soy un estudioso de la historia militar. Y esto, en cierto sentido, es una guerra —hizo un leve gesto con la mano—. Tal vez no sea una guerra. Más bien una escaramuza, creo yo. Lo llamemos como lo llamemos, es un combate, más o menos. Como hoy me siento generoso, te voy a dar una oportunidad. Puedes salir de la casa de Evelyn y de su vida y yo te dejo en paz. Así habrás conseguido la amnistía. Si continúas la contienda, te consideraré tropa enemiga. Y empezará el juego de guerra.

Madre mía. Aquel tío estaba completamente chalado. Levanté una mano para detenerle.

—No voy a jugar a juegos de guerra. Sólo soy una amiga de la familia que se preocupa por las cosas de Evelyn. Ya nos vamos. Y le sugiero que haga lo mismo —y le sugiero que se tome una pastilla. Una pastilla *muy grande*.

Les abrí camino a Lula y a Kloughn, pasando por delante de Abruzzi y Darrow, y fui hacia la puerta. Nos metimos en el coche y nos marchamos de allí.

—Hostias —dijo Lula—. ¿Qué ha sido eso? Estoy totalmente aterrada. Eddie Abruzzi tiene los mismos ojos que Ramírez. Y Ramírez no tenía corazón. Creía que había olvidado todo aquello, pero al ver esos ojos he vuelto a revivirlo. Ha sido como volver a estar con Ramírez. Ya te digo, estoy aterrorizada. Me han dado sudores fríos. Estoy hiperventilando, eso es lo que me pasa. Necesito una hamburguesa. No, espera un momento. Acabo de comerme una hamburguesa. Necesito otra cosa. Necesito... necesito... necesito ir de compras. Necesito zapatos.

A Kloughn le brillaban los ojos.

—O sea, que Ramírez y Abruzzi son unos delincuentes, ¿verdad? Y Ramírez ha muerto, ¿no? ¿A qué se dedicaba? ¿Era un asesino profesional?

—Era boxeador profesional.

—Recórcholis. *Aquel* Ramírez. Recuerdo haber leído cosas sobre él en los periódicos. Recórcholis, tú eres la que mató a Benito Ramírez.

—Yo no le maté —dije—. Estaba en mi escalera de incendios, intentando entrar, y alguien le disparó.

—Sí. Ella casi nunca le dispara a nadie —dijo Lula—. Y la verdad es que a mí me da igual. Yo lo que tengo es que salir de aquí. Necesito aire de centro comercial. Podría respirar mejor si tuviera aire de centro comercial.

Llevé a Kloughn de nuevo a la lavandería y dejé a Lula en la oficina. Ella salió disparada en su Trans Am rojo y yo subí a hacerle una visita a Connie.

—¿Recuerdas al fulano que detuviste ayer? —dijo Connie—. ¿Martin Paulson? Ya está en la calle. Cometieron algún error en su primer arresto y han desestimado el caso.

—Deberían encerrarle sólo por estar vivo.

—Parece ser que, cuando le soltaron, sus primeras palabras como hombre libre fueron ciertas alusiones poco afectuosas hacia ti.

—Estupendo —me desplomé en el sofá—. ¿Sabías que Eddie Abruzzi era el jefe de Benito Ramírez? Nos lo hemos encontrado en casa de Evelyn. Y hablando de eso, hay una ventana rota que tenemos que arreglar. Está en la parte de atrás.

—Ha sido un crío con una pelota de béisbol, ¿verdad? —dijo Connie—. Y después de que le vieras romper la ventana salió corriendo y no sabes quién es. Espera. Mejor todavía. No le has visto en ningún momento. Cuando llegaste la ventana ya estaba rota.

—Exactamente. Bueno, ¿qué me puedes contar de Abruzzi?

Connie tecleó su nombre en el ordenador. En menos de un minuto, empezó a aparecer la información. La dirección de su domicilio, direcciones anteriores, historial laboral, esposas, hijos, antecedentes policiales. Lo imprimió todo y me entregó la hoja.

—Podemos encontrar la marca de pasta de dientes que usa y el tamaño de su huevo derecho, pero llevaría un poco más de tiempo.

—Muy tentador, pero creo que no necesito saber el tamaño de sus huevos, por ahora.

—Apuesto a que son grandes.

Me puse las manos sobre los oídos.

—¡No te escucho! —la miré de reojo—. ¿Qué más sabes de él?

—No sé mucho. Sólo que es el propietario de unos cuantos edificios en el Burg y en el centro de la ciudad. He oído decir que no es buena persona, pero no conozco ningún detalle. No hace mucho fue arrestado, acusado de un delito menor de actividades delictivas. La acusación no prosperó debido a la ausencia de testigos *vivos*. ¿Por qué quieres saber cosas de Abruzzi? —preguntó Connie.

—Curiosidad morbosa.

—Hoy me han entrado dos casos. A Laura Minello la arrestaron por hurto hace un par de semanas y ayer no se presentó en el juzgado.

—¿Qué había robado?

—Un BMW nuevo. Rojo. Se lo llevó del concesionario a plena luz del día.

—¿Para probarlo?

—Sí. Sólo que no le dijo a nadie que se lo llevaba, y lo estuvo probando cuatro días, hasta que la pillaron.

—Una mujer con esa iniciativa es digna de respeto.

Connie me entregó dos expedientes.

—El segundo que no se ha presentado en el juzgado ha sido Andy Bender. Es reincidente en violencia doméstica. Creo recordar que ya le detuviste en otra ocasión. Probablemente estará en casa, borracho como una cuba, sin enterarse de si es lunes o viernes.

Hojeé el expediente de Bender. Connie tenía razón. Ya había tenido que vérmelas con él. Era un negado delgaducho. Y un bebedor de la peor especie.

—Es el fulano aquel que me siguió con la sierra mecánica —dije.

—Sí, pero tómalo por el lado positivo. Al menos no tenía pistola.

Puse los dos expedientes en mi bolso.

—Quizá podrías meter el nombre de Evelyn Soder en tu ordenador y ver si te cuenta sus secretos más ocultos.

—Los secretos más ocultos suponen una búsqueda de cuarenta y ocho horas.

—Ponlo en mi cuenta. Tengo que irme pitando. Necesito hablar con el Mago.

—El Mago no contesta a su busca —dijo Connie—. Dile que me llame.

El Mago es Ranger. Es el Mago porque hace magia. Pasa misteriosamente a través de puertas cerradas con llave. Parece que lee el pensamiento. Es capaz de no comer postre. Y puede producirme un calentón con sólo tocarme con la punta de un dedo. No estaba muy segura de si debía llamarle. En aquel momento teníamos una relación extraña, llena de dobles sentidos y de tensión sexual sin resolver. Pero también éramos socios, o algo parecido, y él tenía unos contactos que yo nunca podría tener. La búsqueda de Annie iría infinitamente más rápida con la colaboración de Ranger.

Entré en el coche y marqué el número de Ranger en el teléfono móvil. Le dejé un mensaje en el contestador y empecé a leer el expediente de Bender. No parecía que hubiera pasado nada nuevo desde la última vez que le vi. Seguía sin trabajo. Seguía pegando a su mujer. Y todavía vivía en las viviendas sociales del otro extremo de la ciudad. No iba a ser difícil encontrar a Bender. Lo difícil iba a ser meterle a la fuerza en el CR-V.

Oye, me dije, no tiene sentido ponerse negativa de entrada. Míralo por el lado positivo, ¿vale? Sé una de esas personas que ven la botella medio llena. A lo mejor el señor Bender está arrepentido de no haberse presentado en el juzgado. A lo mejor se alegra de verme. A lo mejor se le ha quedado la sierra mecánica sin combustible.

Puse el coche en marcha y me dispuse a cruzar la ciudad. Era una tarde agradable y las viviendas de protección oficial parecían habitables. Los jardines yermos de delante de las casas desprendían un optimismo que sugería que tal vez este año creciera en ellos algo de hierba. A lo mejor los contenedores de la acera dejaban de rezumar aceite. A lo mejor caía un billete de lotería con un premio grande. Pero, claro, a lo mejor no.

Aparqué delante de la casa de Bender y me quedé observando un rato. A falta de una expresión más acertada, esta parte del suburbio podría describirse como de apartamentos con jardín. Bender vivía en el bajo. Con su esposa maltratada y, afortunadamente, sin hijos.

Una especie de bazar al aire libre, por llamarlo de alguna manera, ofrecía sus mercancías a poca distancia. El bazar estaba formado por dos coches, un viejo Cadillac y un Oldsmobile nuevo. Los dueños los habían aparcado en la acera y vendían bolsos, camisetas, DVD y Dios sabe qué más, expuestos en los maleteros. Unas cuantas personas deambulaban a su alrededor.

Rebusqué en el bolso y encontré el cilindro de tamaño mini del espray de pimienta. Lo agité para asegurarme de que estuviera en buenas condiciones y me lo guardé en el bolsillo del pantalón para tenerlo a mano. Saqué un par de esposas de la guantera y me las coloqué por la parte trasera de los vaqueros, bajo la pretina del pantalón. Muy bien; ya estaba equipada como una auténtica cazarrecompensas. Me acerqué a la puerta de Bender, inspiré profundamente y llamé.

La puerta se abrió y Bender me miró a la cara.

—¿Qué?

—¿Andy Bender?

Se inclinó hacia mí entornando los ojos.

—¿La conozco de algo?

No pierdas el tiempo, me dije mientras buscaba las esposas a mi espalda. Muévete rápido y cógele por sorpresa.

—Stephanie Plum —dije sacando las esposas y cerrándole una alrededor de la muñeca izquierda—. Agente de fianzas. Tenemos que ir a la comisaría y que le den una nueva fecha para el juicio.

Le puse una mano en el hombro y le hice girar para ponerle la otra esposa en la muñeca derecha.

—Eh, espera un momento —dijo él, dando un tirón—. ¿Qué coño es esto? No voy a ir a ningún sitio.

Hizo un movimiento para alejarse de mí, perdió el equilibrio, se escoró hacia un lado y se dio contra una mesa auxiliar. Una lámpara y un cenicero se estrellaron contra el suelo. Bender los miró pasmado.

—Me has roto la lámpara —dijo, con la cara enrojecida y los ojos achinados—. No me hace ninguna gracia que me hayas roto la lámpara.

—¡Yo no he roto la lámpara!

—He dicho que la has roto. ¿Eres dura de oído?

Levantó la lámpara del suelo y la tiró contra mí. Yo me aparté y la lámpara pasó por mi lado y fue a dar contra la pared.

Metí rápidamente la mano en el bolsillo, pero Bender me inmovilizó antes de que pudiera hacerme con el espray. Era unos centímetros más alto que yo, delgado y nervudo. No es que fuera especialmente fuerte, pero era peligroso como una serpiente. Y estaba enardecido por el odio y la cerveza. Rodamos por el suelo unos instantes, dándonos patadas y arañazos. Él intentaba hacerme daño y yo intentaba librarme de él, pero ninguno de los dos estábamos teniendo mucho éxito.

La habitación era un batiburrillo de cosas, con montones de periódicos, platos sucios y latas de cerveza vacías. Nos golpeábamos contra sillas y mesas, tirando platos y latas al suelo y rodando luego por encima de ellos. Una lámpara de pie cayó al suelo, seguida de una caja de pizza.

Logré escapar de su abrazo y ponerme en pie. Él se lanzó tras de mí, blandiendo un cuchillo de cocina. Supongo que debía de estar entre el montón de basura que cubría el suelo de la sala. Solté un grito y me di la vuelta. No tenía tiempo de sacar el espray de pimienta.

Se movía con una rapidez sorprendente, teniendo en cuenta que llevaba una cogorza de cuidado. Salí corriendo a la calle. Y él me siguió pisándome los talones. Dejé de correr cuando llegamos al mercadillo de objetos robados y puse el Cadillac entre Bender y yo, mientras recuperaba el aliento.

Uno de los vendedores se me acercó.

—Tengo unas camisetas muy bonitas —me dijo—. Exactamente iguales que las que venden en Gap. Y las tengo en todas las tallas.

—No me interesa —dije.

—Las llevo a muy buen precio.

Bender y yo bailábamos alrededor del coche. Primero se movía él y luego me movía yo, luego se movía él, y luego me movía yo. Mientras, intentaba sacar el espray de pimienta del bolsillo. El problema era que los pantalones eran demasiado ajustados, el espray estaba en el fondo del bolsillo y las manos me sudaban y me temblaban.

Había un sujeto sentado en el capó del Oldsmobile.

—Andy —gritó—, ¿por qué persigues a esa chica con un cuchillo?

—Porque me ha fastidiado el almuerzo. Yo estaba tan tranquilo comiendo mi pizza y viene ella y me la destroza entera.

—Ya lo veo —dijo el tipo del Oldsmobile—. Tiene pizza por todas partes. Parece que se ha revolcado en ella.

Había otro fulano sentado en el Oldsmobile.

—Pervertida —dijo éste.

—Chicos, ¿por qué no me echáis una mano? —pedí—. Haced que tire el cuchillo. Llamad a la policía. ¡Haced algo!

—Oye, Andy —dijo uno de los hombres—, que quiere que tires el cuchillo.

—La voy a destripar como a un pescado —aulló Bender—. Voy a hacerla filetes como si fuera una trucha. Ninguna zorra va a entrar en mi casa y fastidiarme la comida sin más.

Los dos tíos del Oldsmobile sonreían.

—Andy necesita un cursillo de control de la ira —dijo uno de ellos.

El de las camisetas seguía a mi lado.

—Sí, y tampoco sabe mucho de pesca. Ese cuchillo no es de cortar pescado.

Por fin logré sacar el espray de pimienta del bolsillo. Lo agité y lo dirigí hacia Bender.

Los tres hombres se movilizaron de inmediato, cerrando los maleteros de golpe y alejándose de nosotros.

—Oye, haz el favor de tener presente para dónde sopla el viento —dijo uno de ellos—. No necesito que me limpien las fosas nasales. Y tampoco quiero que se me estropee la mercancía. Soy un hombre de negocios, ¿entiendes lo que te digo? Y éstas son mis existencias.

—Esa mierda no me asusta —dijo Bender, siguiéndome alrededor del Cadillac, cuchillo en ristre—. Me encanta. Échamelo. Me han echado tanto espray de pimienta que me he hecho adicto.

—¿Qué llevas en la muñeca? —preguntó a Bender uno de los hombres—. Parece un grillete. ¿Os habéis metido tú y tu señora en el rollo del sadomasoquismo?

—Son mis esposas —dije—. Ha violado su compromiso de libertad bajo fianza.

—Oye, yo te conozco —me dijo uno de ellos—. Recuerdo que vi tu foto en un periódico. Tú incendiaste una funeraria y ardió hasta las cejas.

—¡No fue culpa mía!

Otra vez sonreían todos.

—¿No te siguió Andy el año pasado con una sierra mecánica? ¿Y ahora todo lo que llevas es ese espray de pimienta de nena? ¿Dónde tienes la pistola? Probablemente seas la única en todo el barrio que no lleva pistola.

—Dame las llaves —dijo Bender al tío de las camisetas—. Me largo de aquí. Esto se está convirtiendo en un auténtico muermo.

—No he acabado las ventas.

—Ya venderás en otro momento.

—Mierda —dijo el fulano, y le lanzó las llaves.

Bender se metió en el coche y salió disparado.

—¿Qué pasa? —pregunté—. ¿Por qué le has dado las llaves? El de las camisetas se encogió de hombros.

—El coche es suyo.

—No consta ningún coche en el inventario de la fianza —dije.

—Supongo que Andy no lo cuenta todo. Además, es de reciente adquisición.

Reciente adquisición. Probablemente lo robó la noche anterior, al mismo tiempo que las camisetas.

—¿Estás segura de que no quieres una camiseta? Tenemos más en el Oldsmobile —dijo. Abrió el maletero y sacó un par de camisetas—. Mira. Éste es el modelo con escote en pico. Incluso tienen un poco de lycra. Estarías guapísima con esta camiseta. Te marcaría las tetas.

—¿Cuánto? —pregunté.

—¿Cuánto tienes?

Volví a meter la mano en el bolsillo del pantalón y saqué dos dólares.

—Hoy es tu día de suerte —dijo el tipo—, ya que la tengo rebajada a dos dólares.

Le entregué el dinero, pillé la camiseta y me encaminé fatigosamente a mi CR-V.

Aparcado justo enfrente del mío había un estilizado coche negro. Apoyado en él, un hombre me miraba y sonreía. Era Ranger. Llevaba el pelo negro retirado de la cara y recogido en una coleta. Vestía pantalones de trabajo negros, botas Bates negras y una camiseta negra que se amoldaba a los músculos que había desarrollado cuando estaba en las Fuerzas Especiales.

—Parece que has estado de compras —dijo.

Tiré la camiseta dentro del CR-V.

—Necesito ayuda.

—¿Otra vez?

Tiempo atrás le había pedido a Ranger que me ayudara a atrapar a un sujeto llamado Eddie DeChooch. Estaba acusado de traficar con cigarrillos de contrabando y me estaba dando toda clase de problemas. Ranger, que tiene mentalidad de mercenario, había establecido como precio por ayudarme pasar una noche juntos, como él quisiera. *Toda* la noche. Y él podía decidir las *actividades* de esa noche. No es que fuera exactamente un sacrificio, puesto que Ranger me atrae como la luz a las polillas. Pero la idea me asustaba. A ver, es el Mago, ¿verdad? Prácticamente tengo un orgasmo con sólo estar a su lado. ¿Qué pasaría con una penetración real? Dios mío, mi vagina entera acabaría incendiándose. Eso sin mencionar que todavía no estoy muy segura de si continúo comprometida con Morelli o no.

Al final resultó que necesité la ayuda de Ranger para llevar a cabo la captura. Y habría sido una captura perfecta, si no llega a ser por un par de detalles... como que DeChooch perdió una oreja de un disparo. Ranger se llevó a DeChooch al pabellón vigilado de presidiarios del hospital St. Francis y yo me retiré a mi apartamento y me metí en la cama, con ánimo de no pensar más en los duros acontecimientos del día.

Lo que ocurrió después aún sigue vívido en mi memoria. A la una de la mañana el cerrojo de la puerta de mi casa se deslizó y oí cómo la cadena de seguridad se descolgaba. Conocía a mucha gente capaz de abrir una cerradura. Pero sólo conocía a uno que supiera soltar una cadena de seguridad desde fuera.

Ranger se plantó en la puerta de mi dormitorio y golpeó suavemente en el quicio.

—¿Estás despierta?

—Ahora sí. Me has dado un susto de muerte. ¿Nunca te has planteado llamar a un timbre?

—No quería sacarte de la cama.

—Bueno, ¿y qué pasa? —pregunté—. ¿Está bien De-Chooch?

Ranger se soltó la funda de la pistola y la dejó caer en el suelo.

—DeChooch está perfectamente, pero *tú y yo* tenemos asuntos pendientes.

¿Asuntos pendientes? Oh, Dios mío, ¿se refería al precio que había fijado por la captura? La habitación daba vueltas delante de mis ojos e, involuntariamente, me apreté la sábana contra el pecho.

—Es algo repentino —dije—. Quiero decir que no esperaba que fuera esta noche. Ni siquiera sabía si iba a ser *alguna* noche. No estaba segura de que lo hubieras dicho en serio. No es que me vaya a echar atrás de lo que habíamos acordado, pero, hum, lo que intento decir es que...

Ranger levantó una ceja.

—¿Te pongo nerviosa?

—Sí —maldita sea.

Se sentó en la mecedora del rincón. Se recostó ligeramente, puso los codos en los brazos de la mecedora con los dedos unidos por las puntas.

—¿Y bien? —pregunté.

—Puedes relajarte. No he venido a cobrarme la deuda.

Parpadeé.

—¿Ah, no? Y ¿por qué has tirado la funda de la pistola?

—Estoy cansado. Quería sentarme y el cinturón no me dejaría ponerme cómodo.

—Ah.

—¿Desilusionada?

—No —mentirosa, mentirosa, cara de mariposa.

Su sonrisa se hizo más amplia.

—Entonces, ¿cuáles son los asuntos pendientes?

—DeChooch va a pasar la noche en el hospital. Lo van a trasladar mañana a primera hora de la mañana. Hace falta que alguien esté presente durante la entrega para asegurarse de que hacen bien el papeleo.

—¿Y tengo que ser yo?

Ranger me miró por encima de sus dedos entrelazados.

—Tienes que ser tú.

—Podías haberme llamado para decírmelo.

Recogió el cinturón del suelo y se puso de pie.

—Podría haberte llamado, pero no habría sido tan entretenido.

Me besó en los labios suavemente y se fue hacia la puerta.

—Oye —dije—, en cuanto al trato... Estabas de broma, ¿verdad?

Era la segunda vez que se lo preguntaba y obtuve la misma respuesta: una sonrisa.

Y allí estábamos, semanas después. Ranger todavía no se había cobrado la deuda y yo me encontraba en la incómoda situación de volver a pedirle ayuda.

—¿Conoces las fianzas de custodia infantil? —pregunté.

Inclinó la cabeza una fracción de centímetro. Eso, para Ranger, era el equivalente a un asentimiento entusiasta.

—Sí.

—Estoy buscando a una madre y a su hija.

—¿Qué edad tiene la niña?

—Siete años.

—¿Del Burg?

—Sí.

—Una niña de siete años es difícil de esconder —dijo Ranger—. Se asoman por las ventanas y se escapan por cualquier puerta. Si la niña está en el Burg, se correrá la voz. El Burg no es un buen sitio para guardar un secreto.

—Yo no he oído nada. No tengo ni una pista. Connie está buscando con el ordenador, pero no empezará a obtener respuestas hasta dentro de uno o dos días.

—Dame toda la información que tengas y preguntaré por ahí.

Miré detrás de Ranger y vi el Cadillac a lo lejos, dirigiéndose hacia nosotros. Bender seguía al volante. Redujo la velocidad al llegar a nuestro lado, me mostró un dedo, y desapareció por la esquina.

—¿Amigo tuyo? —preguntó Ranger.

Abrí la puerta izquierda de mi CR-V.

—Se supone que tengo que detenerle.

—¿Y?

—Mañana.

—También podría ayudarte con ése. Podría abrirte una cuenta.

Le hice una mueca.

—¿Conoces a Eddie Abruzzi?

Ranger me quitó una rodaja de pepperoni del pelo y me sacudió unas migas de patata frita de la camiseta.

—Abruzzi no es una buena persona. Será mejor que no te acerques a él.

Yo intentaba ignorar las manos de Ranger en mi pecho. Aparentemente, no era más que un inocente acto de limpieza. En la boca del estómago, yo lo sentía como un acto sexual.

—Deja ya de toquetearme —dije.

—Tal vez deberías acostumbrarte, teniendo en cuenta lo que me debes.

—¡Estoy intentando mantener una conversación! La madre desaparecida tiene alquilada una casa propiedad de Abruzzi. Esta mañana me he tropezado con él.

—A ver si adivino... Te has caído en su almuerzo.

Bajé la vista hacia la camiseta.

—No. El almuerzo era del tío que me ha sacado el dedo.

—¿Dónde te has encontrado con Abruzzi?

—En la casa de alquiler. Es una cosa muy rara... Abruzzi no quería verme por la casa y tampoco quería que investigara la desaparición de Evelyn. Vamos a ver, ¿a él que le importa? Ni siquiera es una propiedad importante para él. Y luego se puso muy raro con que esto era una campaña militar y un juego de guerra.

—La principal fuente de ingresos de Abruzzi son los préstamos leoninos —dijo Ranger—. Luego invierte en negocios legítimos como los inmuebles. Su pasatiempo son los juegos de guerra. ¿No sabes lo que son?

—No.

—El aficionado a los juegos de guerra estudia estrategia militar. Cuando empezaron no eran más que una pandilla de tíos en una habitación, moviendo soldaditos de juguete sobre un mapa extendido encima de la mesa. Un juego de mesa, como el Risk. Montan batallas imaginarias y las libran. Ahora muchos de estos jugadores compiten por ordenador. Es como Dragones y Mazmorras para adultos. Me han contado que Abruzzi se lo toma muy en serio.

—Está loco.

—Ésa es la impresión generalizada. ¿Algo más? —preguntó Ranger.

—No. Eso es todo.

Ranger entró en su coche y se fue.

Así acabó la parte del día en la que intenté ganar un poco de dinero. Todavía me quedaba Laura Minello, gran ladrona de coches, pero me sentía desanimada y no tenía esposas. Lo más sensato sería retomar la búsqueda de la niña. Si volvía ahora a la casa lo más probable era que Abruzzi ya no estuviera allí. Casi con toda seguridad se habría ido a casa, muy orgulloso de haberme amenazado, a mover algunos soldaditos de plomo.

Regresé a la calle Key y aparqué delante de la casa de Carol Nadich. Llamé al timbre y, mientras esperaba, me quité un poco de mozzarella del pecho.

—Hola —dijo Carol al abrir la puerta—. ¿Qué pasa ahora?

—¿Annie solía jugar con algún niño del vecindario? ¿Crees que tenía alguna amiga íntima?

—La mayoría de los niños de esta calle son más mayores y Annie pasaba mucho tiempo en casa. ¿Eso que tienes en el pelo es pizza?

Me llevé la mano al pelo y tanteé.

—¿Hay pepperoni?

—No. Sólo queso y salsa de tomate.

—Bueno —dije—. Mientras no haya pepperoni...

—Espera un momento —dijo Carol—. Recuerdo que Evelyn me contó que Annie había hecho una nueva amiguita en el colegio. Evelyn estaba preocupada porque aquella niña se creía que era un caballo.

Palmada mental. Mi sobrina Mary Alice.

—Lo siento, pero no sé cómo se llama la niña caballo —añadió.

Dejé a Carol y recorrí en coche las dos calles que me separaban de la casa de mis padres. Era media tarde. Las clases ya habrían acabado y Mary Alice y Angie estarían sentadas en la cocina, comiendo galletas mientras eran interrogadas por mi madre. Una de las primeras lecciones que aprendí es que todo tiene un precio. Si quieres una galleta después de clase, tienes que contarle a mi madre cómo te ha ido el día.

Cuando éramos pequeñas, Valerie siempre tenía montones de cosas que contar. Que la habían admitido en el coro. Que había ganado el concurso de ortografía. Que la habían elegido para la función de Navidad. Que Susan Marrone le había dicho que Jimmy Wiznesky pensaba que era muy guapa.

Yo también tenía montones de cosas que contar. A mí no me habían admitido en el coro. No había ganado el concurso de ortografía. No me habían elegido para la función de Navidad. Y había empujado sin querer a Billy Bartolucci por las escaleras y se había roto la rodillera del pantalón.

La abuela me abrió la puerta.

—Justo a tiempo para comer una galleta y contarnos cómo te ha ido el día —dijo—. Seguro que ha sido tremebundo. Estás rebozada en comida. ¿Has estado persiguiendo a algún asesino?

—He estado persiguiendo a un tío acusado de violencia doméstica.

—Espero que le hayas dado una patada donde más duele.

—La verdad es que no he tenido la oportunidad de darle una patada, pero le he destrozado la pizza —me senté a la mesa con Angie y Mary Alice y pregunté—: ¿Cómo van las cosas?

—Me han admitido en el coro —dijo Angie.

Contuve los deseos de gritar y tomé una galleta.

—¿Y qué tal tú? —pregunté a Mary Alice.

Mary Alice bebió un trago de su vaso de leche y se limpió la boca con el dorso de la mano.

—Ya no soy un reno porque he perdido las astas.

—Se le cayeron cuando volvíamos del colegio y un perro hizo sus necesidades encima de ellas —dijo Angie.

—De todas formas ya no quería ser un reno —explicó Mary Alice—. Los renos no tienen unas colas tan bonitas como los caballos.

—¿Conoces a Annie Soder?

—Claro —dijo Mary Alice—, está en mi clase. Es mi mejor amiga, lo que pasa es que últimamente nunca viene al colegio.

—Hoy he ido a verla, pero no estaba en casa. ¿Tú sabes dónde está?

—No —contestó Mary Alice—. Supongo que se habrá marchado. Eso es lo que pasa cuando uno se divorcia.

—Si Annie pudiera ir adonde quisiera, ¿dónde iría?

—A Disney World.

—¿Adónde más?

—A casa de su abuela.

—¿Adónde más?

Mary Alice se encogió de hombros.

—¿Y su mamá? ¿Adónde le gustaría ir a su mamá?

Se encogió de hombros otra vez.

—Intenta ayudarme. Quiero encontrar a Annie.

—Annie también es un caballo —dijo Mary Alice—. Annie es un caballo marrón, sólo que no galopa tan rápido como yo.

La abuela se acercó a la puerta principal movida por su radar del Burg. Una buena ama de casa del Burg nunca se pierde nada que ocurra en la calle. Una buena ama de casa del Burg puede escuchar sonidos procedentes de la calle inapreciables para el oído humano normal.

—Fíjate —dijo la abuela—. Mabel tiene visita. Alguien que no había visto nunca.

Mi madre y yo nos unimos a la abuela junto a la puerta.

—Un buen coche —dijo mi madre.

Era un Jaguar negro. Nuevecito. Sin una sola gota de barro ni una mota de polvo encima. Una mujer salió de detrás del volante. Iba vestida con pantalones de cuero negro, botas de cuero negro de tacón alto y una chaqueta corta de cuero negro que se adaptaba a sus formas. Sabía quién era. Había coincidido con ella en una ocasión. Era el equivalente femenino de Ranger. Según tenía entendido, ella, lo mismo que Ranger, se dedicaba a una multitud de actividades, entre las cuales se incluían —sin limitarse a ellas— la de guardaespaldas, cazarrecompensas e investigadora privada. Se llamaba Jeanne Ellen Burrows.

# 4

LA VISITANTE DE MABEL se parece a Catwoman —dijo la
abuela—. Sólo le faltan las orejas puntiagudas y los bigotes.

Y el traje de gata era de Donna Karan.

—La conozco —dije—. Se llama Jeanne Ellen Burrows y
seguro que tiene alguna relación con la fianza de custodia. Voy
a hablar con ella.

—Yo también —dijo la abuela.

—*No*. No es una buena idea. Quédate aquí. En seguida
vuelvo.

Jeanne Ellen me vio acercarme y se detuvo en la acera. Le
ofrecí la mano.

—Stephanie Plum —dije.

Su apretón de manos era fuerte.

—Ya me acuerdo.

—Me imagino que te ha contratado alguien relacionado
con la fianza.

—Steven Soder.

—A mí me ha contratado Mabel.

—Espero que no tengamos una relación de adversarias.

—Yo también lo espero —dije.

—¿Hay alguna información que quieras compartir conmigo?

Me tomé un instante para pensarlo y decidí que no tenía ninguna información que compartir.

—No.

Su boca se curvó formando una sonrisa pequeña y cortés.

—Vale, muy bien.

Mabel abrió la puerta y se nos quedó mirando.

—Ésta es Jeanne Ellen Burrows —dije a Mabel—. Trabaja para Steven Soder. Le gustaría hacerte unas preguntas. Yo preferiría que no las contestaras —empezaba a sentir unas vibraciones extrañas ante la desaparición de Evelyn y Annie y no quería que Annie fuera entregada a Steven hasta haber oído las razones de Evelyn para marcharse.

—Hablar conmigo iría en su beneficio —dijo Jeanne Ellen a Mabel—. Su bisnieta puede estar en peligro. Yo puedo ayudar a encontrarla. Se me da muy bien encontrar a gente.

—También a Stephanie se le da bien encontrar a gente —contestó Mabel.

La pequeña sonrisa volvió a aparecer en la cara de Jeanne Ellen.

—Yo soy mejor —dijo.

Era cierto. A Jeanne Ellen se le daba mejor. Yo confiaba más en la suerte ciega y la insistencia recalcitrante.

—No lo sé —dijo Mabel—. No me siento a gusto actuando contra la voluntad de Stephanie. Usted parece una jovencita muy agradable, pero preferiría no hablar con usted de este tema.

Jeanne Ellen le dio su tarjeta a Mabel.

—Si cambia de opinión, llámeme a alguno de estos teléfonos.

Mabel y yo vimos cómo se metía en el coche y se alejaba en él.

—Me recuerda a alguien —dijo Mabel—. Y no logro saber a quién.

—A Catwoman —contesté.

—¡*Sí*! Eso es, pero sin orejas.

Me fui de casa de Mabel, les conté lo de Jeanne Ellen a mi madre y a mi abuela, cogí una galleta para el camino y me dirigí a casa, haciendo primero una parada rápida en la oficina.

Lula entró detrás de mí.

—Espera a ver las botas que me he comprado. Me he comprado unas botas de motera —tiró el bolso y la chaqueta en el sofá y abrió una caja de zapatos—. Fíjate. ¿Son o no son la bomba?

Eran unas botas negras con gruesos tacones altos y un águila cosida a un lado. Connie y yo estuvimos de acuerdo. Aquellas botas eran la bomba.

—Bueno, ¿y tú qué has hecho? —me preguntó Lula—. ¿Me he perdido algo interesante?

—Me he encontrado con Jeanne Ellen Burrows.

Connie y Lula se quedaron boquiabiertas a la vez. A Jeanne Ellen no se la veía con frecuencia. Casi siempre trabajaba por la noche y era tan escurridiza como el humo.

—Cuenta —dijo Lula—. Necesito enterarme de todo.

—Steven Soder la ha contratado para que encuentre a Evelyn y Annie.

Connie y Lula intercambiaron miradas.

—¿Lo sabe Ranger? —preguntó Connie.

Corrían muchos rumores sobre Ranger y Jeanne Ellen. Uno de ellos decía que vivían juntos en secreto. Otro aseguraba que eran mentor y pupila. Estaba claro que en un momento u otro habían mantenido cierta relación. Y yo estaba bastante segura de que ya no existía, aunque con Ranger era difícil estar segura de nada.

—Esto va estar muy bien —dijo Lula—. Ranger, tú y Jeanne Ellen Burrows. Si yo fuera tú, me iría a casa a arreglarme el pelo y a ponerme un poco de rímel. Y pararía en la tienda Harley para comprarme unas botas de éstas. Necesitarás un par de botas de éstas para pisarle el terreno a Jeanne Ellen.

Mi primo Vinnie asomó la cabeza por la puerta de su despacho.

—¿Estáis hablando de Jeanne Ellen Burrows?

—Stephanie se la ha encontrado hoy —dijo Connie—. Están trabajando en el mismo caso, en terrenos contrarios.

Vinnie me sonrió.

—¿Te vas a enfrentar a Jeanne Ellen? ¿Estás loca? ¿No se tratará de uno de *mis* NCT*, verdad?

—Es una fianza de custodia infantil —dije—. La bisnieta de Mabel.

—¿La Mabel que vive al lado de tus padres? ¿Esa Mabel más vieja que la pana?

—Esa misma. Evelyn y Steven se divorciaron y ella se ha llevado a la niña.

—Y Jeanne Ellen está trabajando para Steven Soder. Lógico. Seguramente el depósito lo hizo Sebring, ¿verdad? Sebring no puede ir tras Evelyn, pero puede aconsejarle a Soder que contrate a Jeanne Ellen. Además, es exactamente el tipo de caso que ella aceptaría. Una niña desaparecida. A Jeanne Ellen le encanta tener una causa que defender.

—¿Cómo sabes tanto de ella?

—Todo el mundo la conoce —dijo Vinnie—. Es una leyenda. Madre mía, te van a dar para el pelo.

Aquel rollo con Jeanne Ellen empezaba a fastidiarme.

—Me tengo que ir —dije—. Tengo mucho que hacer. Sólo he venido a llevarme un par de esposas.

Las cejas de todos los presentes se alzaron un par de centímetros.

—¿Necesitas otro par de esposas? —dijo Vinnie.

Le lancé mi mirada de síndrome premenstrual.

—¿Supone algún problema para ti?

—No, por Dios. Voy a pensar que se trata de sadomasoquismo. Voy a imaginarme que en algún sitio tienes a un tío encadenado y en pelotas. Es más tranquilizador que pensar que uno de mis fugitivos anda por ahí con tus esposas puestas.

Aparqué al final del estacionamiento, cerca del contenedor de basura, y recorrí andando la corta distancia que me separaba

---

* No Compareciente ante el Tribunal. *[N. del T.]*

de la entrada trasera del edificio de apartamentos donde vivo. El señor Spiga acababa de aparcar su Oldsmobile de hace veinte años en uno de los codiciados espacios para discapacitados, cercano a la puerta, con su tarjeta de discapacitado orgullosamente expuesta en el parabrisas. Tenía setenta años, estaba jubilado de su trabajo en la fábrica de botones y, salvo por su adicción al laxante Metamucil, disfrutaba de una salud excelente. Afortunadamente para él, su mujer es ciega de verdad y está imposibilitada por una operación de cadera que salió mal. En este aparcamiento una tarjeta de discapacidad no es que sea gran cosa. La mitad de los habitantes del edificio se han sacado un ojo o han metido el pie debajo de un coche para conseguir la calificación de discapacitado. En Jersey, muchas veces el aparcamiento es más importante que la visión.

—Bonito día —dije al señor Spiga.

Sacó una bolsa de la compra del asiento trasero.

—¿Has comprado carne picada últimamente? ¿Quién pone estos precios? ¿Cómo puede la gente permitirse el lujo de comer? ¿Y por qué es tan roja la carne? ¿Te has fijado alguna vez que sólo es roja por fuera? La rocían con algo para que parezca fresca. La industria cárnica se está yendo al carajo.

Le abrí la puerta.

—Y otra cosa —dijo—: A la mitad de los hombres de este país les están creciendo los pechos. Te digo que es por todas las hormonas que les dan a las vacas. Bebes la leche de esas vacas y te crecen los pechos.

Ay, pensé yo, si fuera tan fácil...

Las puertas del ascensor se abrieron y la señora Bestler asomó la cabeza.

—Sube —dijo.

La señora Bestler tenía unos doscientos años y le gustaba jugar a ascensorista.

—Segunda planta —dije.

—Segunda planta, bolsos de señora y trajes de vestir —canturreó, dándole al botón.

—Caray —dijo el señor Spiga—. Este sitio está lleno de chalados.

Lo primero que hice nada más entrar en mi apartamento fue mirar los mensajes. Trabajo con un misterioso cazarrecompensas que me pone como un flan y que me hace insinuaciones sexuales para, luego, no seguir el juego. Y estoy en la fase de apagado de una relación intermitente con un poli con el que creo que me gustaría casarme... algún día, pero no ahora. Ésa es mi vida amorosa. En otras palabras, mi vida amorosa es un cero patatero. No puedo ni recordar la última vez que tuve una cita. Un orgasmo no es más que un lejano recuerdo. Y no había mensajes en el contestador.

Me derrumbé en el sofá y cerré los ojos. Mi vida se iba al garete. Dediqué una media hora a la autocompasión y estaba a punto de levantarme para darme una ducha, cuando sonó el timbre. Fui hasta la puerta y atisbé por la mirilla. No había nadie. Me di la vuelta e iba a alejarme de allí, cuando oí unos ruidos como de siseos al otro lado de la puerta. Volví a mirar. Seguía sin haber nadie.

Llamé por teléfono a mi vecino de enfrente y le pedí que abriera su puerta y me dijera si había alguien. De acuerdo, es algo despreciable por mi parte, pero nadie quiere matar al señor Wolesky y a mí sí me quieren matar de vez en cuando. No está de más ser cautelosa, ¿verdad?

—¿Estás loca? —dijo el señor Wolesky—. Estoy viendo *La tribu de los Brady*. Me has llamado en mitad de *La tribu de los Brady*.

Y colgó.

Seguía oyendo los ruidos detrás de la puerta, así que saqué la pistola del bote de las galletas, encontré una bala en el fondo del bolso y abrí la puerta. Del picaporte colgaba una bolsa de lona verde oscura. La bolsa estaba cerrada en la parte superior con un lazo corredizo y algo se movía dentro de ella. Lo primero que pensé fue que se trataba de un gatito abandonado. Descolgué la bolsa del picaporte, solté el cordón y miré en su interior.

Serpientes. La bolsa estaba llena de serpientes grandes y negras.

Solté un chillido, dejé caer la bolsa al suelo y las serpientes salieron reptando. Entré en el apartamento de un brinco y cerré la puerta. Pegué el ojo a la mirilla. Las serpientes se dispersaban. Mierda. Abrí la puerta y le disparé a una. Ya me había quedado sin balas. Mierda otra vez.

El señor Wolesky abrió la puerta.

—¿Qué demo...? —dijo, y cerró la puerta de golpe.

Corrí a la cocina en busca de más balas y una serpiente entró detrás de mí. Con otro chillido me encaramé a la encimera de la cocina.

Cuando llegó la policía, todavía seguía subida allí. Eran Carl Costanza y su compañero, Big Dog. Yo había ido al colegio con Carl y éramos amigos de una manera peculiar y algo distante.

—Hemos recibido una llamada muy extraña de un vecino hablando de serpientes —dijo Carl—. Puesto que hay una reducida a papilla de un tiro en tu puerta y tú estás subida en la encimera, me imagino que no se trata de una broma.

—Me quedé sin balas.

—A ojo de buen cubero, ¿cuántas serpientes calculas que había?

—Estoy completamente segura de que había cuatro en la bolsa. Yo me he cargado una. He visto a otra corriendo por el pasillo. Otra se ha metido en mi dormitorio. Y la otra estará Dios sabe dónde.

Carl y Big Dog me sonreían.

—¿La gran cazarrecompensas tiene miedo a las serpientes?

—Encontradlas, ¿vale? —*jodeeeeer*.

Carl se ajustó la cartuchera y salió contoneándose, con Big Dog siguiéndole a un paso de distancia.

—Eh, serpientita, serpientita, serpientita —canturreó Carl.

—Creo que deberíamos mirar en el cajón de las braguitas —dijo Big Dog—. Si yo fuera serpiente me escondería allí.

—¡Pervertido! —grité.

—Aquí no se ve ninguna serpiente —dijo Carl.

—Se meten debajo de las cosas y se esconden en los rincones —dije—. ¿Habéis mirado debajo del sofá? ¿Habéis mirado dentro del armario? ¿Y debajo de la cama?

—Yo no voy a mirar debajo de tu cama —dijo Carl—. Me da miedo encontrarme un maníaco asesino escondido.

Esta observación obtuvo una risotada de Big Dog. A mí no me pareció divertido, dado que es uno de mis temores habituales.

—Oye, Steph —gritó Carl desde el dormitorio—, hemos buscado por todas partes, pero no vemos ninguna serpiente. ¿Estás segura de que ha entrado una aquí?

—¡Sí!

—¿Y el armario? —dijo Big Dog—. ¿Ya has mirado dentro del armario?

—Está cerrado. Ahí no podría entrar una serpiente.

Oí cómo uno de ellos abría la puerta del armario y ambos empezaron a gritar.

—¡Cristo bendito!

—¡Hostia puta!

—Dispárale. *¡Dispárale!* —gritaba Carl—. ¡Mata a esa hija de puta!

Se oyeron varios tiros y más gritos.

—No le hemos dado. Está saliendo —dijo Carl—. Joder, hay dos.

Oí que cerraban de un portazo mi dormitorio.

—Quédate aquí y vigila la puerta —dijo Carl a Big Dog—. Encárgate de que no salgan.

Carl entró en la cocina como una tromba y se puso a rebuscar en los armarios. Encontró una botella de ginebra medio vacía y bebió dos dedos a morro.

—Jesús —dijo, tapando la botella y volviendo a ponerla en la balda del armario.

—Creía que no se podía beber estando de servicio.

—Sí, salvo si encuentras serpientes en un armario. Voy a llamar a Control de Animales.

Yo seguía subida en la encimera cuando llegaron los dos chavales de Control de Animales. Carl y Big Dog estaban en el salón con las pistolas en la mano y los ojos clavados en la puerta de mi dormitorio.

—Están en el dormitorio —dijo Carl a los chicos de Control de Animales—. Y son dos.

Joe Morelli apareció un par de minutos más tarde. Morelli lleva el pelo corto, pero siempre necesita ir a la peluquería. Aquel día no era una excepción. El pelo oscuro le caía en rizos sobre las orejas y el cuello de la camisa, y le tapaba la frente. Sus ojos tenían el color del chocolate derretido. Llevaba pantalones vaqueros y zapatillas de deporte y un forro polar gris verdoso. Bajo la camisa, su cuerpo era duro y perfecto. Afortunadamente, en aquel momento, bajo los pantalones era *sólo perfecto*. Yo ya había visto aquella parte dura y era realmente fantástica. Debajo del forro polar también llevaba su placa y su pistola.

Morelli sonrió al verme subida en la encimera.

—¿Qué pasa aquí?

—Alguien ha dejado una bolsa con serpientes en el picaporte de mi puerta.

—¿Y tú las has soltado?

—Me pillaron por sorpresa.

Miró a la que yo me había cargado, que seguía en el suelo del pasillo.

—¿Ésta es la que has matado *tú*?

—Me quedé sin balas.

—¿Cuántas balas tenías?

—Una.

Su sonrisa se ensanchó.

Los chicos de Control de Animales salieron del dormitorio con las serpientes en un saco.

—Culebras —dijeron—. Inofensivas.

Uno de ellos le dio con el pie a la del pasillo.

—¿Quiere que nos llevemos también ésta?

—¡Sí! —dije—. Y hay otra por ahí perdida.

Se oyó un grito al fondo del pasillo.

—Bueno, ahora ya sabemos dónde buscar la serpiente número cuatro.

Los chicos de Control de Animales se fueron con las serpientes y Carl y Big Dog pasaron del salón al recibidor.

—Creo que ya hemos terminado aquí —dijo Carl—. Sería conveniente que revisaras el armario. Me parece que Big Dog ha matado un par de zapatos.

Joe cerró la puerta cuando salieron.

—Ya puedes bajarte de la encimera.

—Ha sido aterrador.

—Bizcochito, tu *vida* entera es aterradora.

—¿Qué quieres decir con eso?

—Tu trabajo es una mierda.

—No más que el tuyo.

—A mí no me dejan serpientes en el picaporte.

—Los de Control han dicho que eran inofensivas.

Levantó las manos por el aire.

—Eres un caso perdido.

—Pero bueno, y ¿tú que haces aquí? No sé nada de ti desde hace semanas.

—He oído la llamada por la radio y he sentido una incontrolable necesidad de saber cómo te encontrabas. No has sabido nada de mí porque rompimos, ¿recuerdas?

—Sí, pero hay muchas maneras de romper.

—¿Ah, sí? ¿Y ésta, de qué manera es? Primero decides que no quieres casarte conmigo...

—Eso fue de mutuo acuerdo.

—Luego sales con Ranger...

—Asuntos de trabajo.

Tenía las manos en las caderas.

—Volvamos a las serpientes, ¿vale? ¿Tienes alguna idea de quién ha podido dejarlas?

—Creo que podría hacer una lista.

—Jesús —dijo—, tienes una lista. No una o dos personas. Toda una lista. Tienes una lista entera de personas que podrían dejarte serpientes en la puerta.

—Los últimos dos días han sido muy intensos.

—¿Es pizza eso del pelo?

—Me tropecé accidentalmente con el almuerzo de Andy Bender. Él es uno de los de la lista. Un tío llamado Martin Paulson tampoco está muy contento conmigo. Y luego está mi ex marido. Y tuve un desafortunado enfrentamiento con Eddie Abruzzi.

Aquello llamó la atención de Morelli.

—¿Eddie Abruzzi?

Le conté lo de Evelyn y Annie, y su conexión con Abruzzi.

—Supongo que no me harás ni caso si te digo que te mantengas lejos de Abruzzi —dijo Morelli.

—*Intento* mantenerme lejos de Abruzzi.

Morelli me agarró por la pechera de la camiseta, tiró de mí y me besó. Su lengua tocó la mía y sentí un fuego líquido deslizándose por el estómago en dirección sur. Me soltó y se dio la vuelta para irse.

—¡Oye! —dije—. ¿Qué ha sido eso?

—Locura transitoria. Me vuelves loco.

Y se fue tranquilamente por el pasillo y desapareció en el ascensor.


Me di una ducha y me puse una camiseta y unos vaqueros limpios. Esta vez decidí ponerme un poco de maquillaje y gomina en el pelo. Era como cerrar la cuadra después de que se hubieran escapado los caballos.

Fui a la cocina y me quedé mirando un rato al frigorífico, pero nada se materializó. Ni un pastel. Ni un sándwich caliente de salchichas. Ni un plato de macarrones con queso apareció mágicamente ante mis ojos. Saqué un paquete de galletas con trocitos de chocolate del congelador y me comí una. Se supone que había que hornearlas primero, pero me parecía un esfuerzo innecesario.

Había hablado con la mejor amiga de Annie y no había logrado gran cosa. Bueno, ¿qué haría yo si tuviera que proteger a mi hija de su padre? ¿Dónde iría?

Si no tuviera mucho dinero tendría que confiar en una amiga o en una persona de la familia. Tendría que irme lo bastante lejos como para que nadie reconociera mi coche y no correr el riesgo de encontrarme con Soder o uno de sus amigos. Esto reducía la zona de búsqueda al mundo entero, salvo el Burg.

Estaba pensando en el mundo cuando sonó el timbre de la puerta. No esperaba a nadie y acababa de recibir una bolsa de serpientes, de manera que no me volvía loca la idea de abrir la puerta. Fisgué por la mirilla e hice una mueca de disgusto. Era Albert Kloughn. Pero, espera un momento, tenía una caja de pizza en la mano. *Hola.*

Abrí la puerta y eché un vistazo rápido al pasillo, en una y otra dirección. Estaba bastante segura de que en la bolsa había cuatro serpientes... pero no viene mal tener los ojos abiertos por si hay reptiles renegados.

—Espero no interrumpir nada —dijo Kloughn, estirando el cuello para husmear dentro del apartamento—. No tienes visitas ni nada por el estilo, ¿verdad? No sabía si vivías con alguien.

—¿Qué pasa?

—He estado pensando en el caso Soder y tengo algunas ideas. He pensado que podríamos hacer una especie de tormenta de ideas.

Bajé la mirada a la caja que llevaba.

—He traído una pizza —dijo—. No sabía si habrías comido algo. ¿Te gusta la pizza? Si no te gusta la pizza, puedo ir a por otra cosa. Puedo traer comida mexicana, o china, o tailandesa...

Por favor, Señor, dime que esto no es una cita.

—Estoy medio prometida.

Él sacudió vigorosamente la cabeza, arriba y abajo, arriba y abajo, como uno de esos perros que pone la gente en la parte de atrás del coche.

—Por supuesto. Suponía que lo estarías. Lo entiendo. Yo también estoy casi prometido. Tengo novia.

—¿De verdad?

Respiró profundamente.

—No. Me lo acabo de inventar.

Le quité la caja de pizza de las manos y tiré de él al interior del apartamento. Saqué unas servilletas de papel y un par de cervezas y nos sentamos a la diminuta mesa del comedor a tomarnos la pizza.

—¿Cuáles son esas ideas que tienes respecto a Evelyn Soder?

—He pensado que estará con una amiga, ¿correcto? O sea, que habrá tenido que ponerse en contacto con ella de alguna manera. Habrá tenido que avisarle que iba. Me imagino que lo habrá hecho por teléfono. O sea, que lo que necesitamos es la factura del teléfono.

—¿Y?

—Eso es todo.

—Menos mal que has traído una pizza.

—En realidad es una empanada de tomate. En el Burg la llaman empanada de tomate.

—A veces. ¿Conoces a alguien en la compañía telefónica? ¿En el departamento de contabilidad?

—Suponía que *tú* tendrías esos contactos. ¿Te das cuenta? Por eso somos un equipo tan bueno. Yo tengo las ideas y tú tienes los contactos. Los cazarrecompensas tienen contactos, ¿verdad?

—Verdad —desgraciadamente, ninguno en la compañía telefónica.

Acabamos la pizza y saqué la bolsa de galletas congeladas de postre.

—He oído que comer masa de galletas cruda da cáncer —dijo Kloughn—. ¿No crees que sería mejor hornearlas?

Yo me como una bolsa de masa de galletas a la semana. Lo considero uno de los cuatro principales grupos alimentarios.

—Yo como masa de galletas cruda todo el tiempo —dije.

—Yo también —dijo Kloughn—. Como masa de galletas cruda sin parar. No me creo ese rollo del cáncer —miró dentro de la bolsa y sacó indeciso un trozo de masa congelada—. ¿Y tú cómo lo haces? ¿La mordisqueas? ¿O te la metes en la boca de golpe?

—No la has comido nunca, ¿verdad?

—No —pegó un bocado a una y la masticó—. Me gusta —dijo—. Está muy buena.

Le eché una mirada al reloj.

—Ahora vas a tener que irte. Hay algunos asuntos pendientes que debo solucionar.

—¿Asuntos de cazarrecompensas? Puedes contármelo. No se lo diré a nadie, lo juro. ¿Qué vas a hacer? Apuesto a que vas a seguirle la pista a alguno. Estabas esperando a que cayera la noche, ¿verdad?

—Así es.

—¿A quién vas a perseguir? ¿Es alguien que conozco? ¿Es alguien, cómo decir, relevante? ¿Un asesino?

—No es nadie conocido. Es un caso de violencia doméstica. Un reincidente. Estoy esperando a que pierda el conocimiento por coma etílico y voy a capturarle mientras esté inconsciente.

—Puedo ayudarte...

—¡No!

—No me has dejado terminar. Puedo ayudarte a llevarle hasta el coche. ¿Cómo vas a meterle en el coche? Necesitarás ayuda, ¿no?

—Lula me ayudará.

—Lula tiene clase esta noche. Recuerda que te dijo que esta noche tenía que ir a la escuela nocturna. ¿Tienes alguien más que te ayude? Apuesto a que no tienes a nadie más que pueda ayudarte, ¿verdad?

Me estaba entrando un tic en el ojo. Unas pequeñas e irritantes contracciones en el párpado inferior.

—Vale —dije—, puedes venir conmigo, pero si no hablas. *Ni una palabra.*

—Claro. Ni pío. Mis labios están sellados. Mira cómo me cierro los labios y tiro la llave.

Aparqué a una manzana de la casa de Andy Bender, colocando el coche entre los círculos de luz que dibujaban las farolas halógenas. El tráfico era casi nulo. Los vendedores habían cerrado los coches-tienda por el momento, para dedicarse a su actividad nocturna de robo de comercios y vehículos. Los residentes se escondían tras las puertas cerradas, con una cerveza en la mano, viendo *reality shows* en la televisión. Un agradable respiro dentro de su propia realidad, que no era en absoluto agradable.

Kloughn me lanzó una mirada que decía: «¿Y ahora qué?».

—Ahora a esperar —dije—. Nos cercioraremos de que no ocurre nada extraordinario.

Kloughn asintió con la cabeza y volvió a hacer el gesto de cerrarse la boca con una cremallera. Como volviera a hacerlo, le iba a dar un pescozón en el cogote.

Media hora de esperar sentados me convenció de que no quería seguir esperando.

—Vamos a mirar más de cerca —dije a Kloughn—. Sígueme.

—¿No debería llevar una pistola o algo así? ¿Y si hay un tiroteo? ¿Tienes pistola? ¿Dónde está tu pistola?

—Me la he dejado en casa. No necesitamos armas. No consta que Andy Bender lleve pistola —era mejor no mencionar que prefería las sierras mecánicas y los cuchillos de cocina.

Me acerqué a la vivienda de Bender como si fuera mía. Regla de cazarrecompensas número diecisiete: nunca parezcas sigiloso. Las luces del exterior estaban encendidas. Las cortinas de las ventanas estaban echadas, pero no ajustaban perfectamente y se podía mirar entre las rendijas de la tela. Pegué la nariz a la ventana y espié la casa de los Bender. Andy estaba en un sillón supermullido, con los pies en alto y un paquete de patatas sobre el pecho, muerto para el mundo. Su mujer estaba sentada en un maltrecho sofá con los ojos clavados en el televisor.

—Estoy seguro de que lo que estamos haciendo es ilegal —susurró Kloughn.

—Lo ilegal se puede interpretar de muchas maneras. Ésta es una de esas cosas que sólo es un poco ilegal.

—Supongo que está bien si eres cazarrecompensas. Para los cazarrecompensas existen leyes especiales, ¿verdad?

Claro. Y también existe el ratoncito Pérez.

Quería entrar en el apartamento, pero no quería despertar a Bender. Di la vuelta a la casa e intenté abrir con cuidado la puerta de la cocina. Cerrada. Regresé a la puerta principal y comprobé que también estaba cerrada. Di unos golpecitos con los nudillos en la puerta con la intención de atraer la atención de la mujer sin despertar a Bender.

Kloughn miraba por la ventana. Negó con la cabeza. Ninguno de los dos se levantaba a abrir la puerta. Golpeé más fuerte. Nada. La mujer de Bender estaba concentrada en el programa de televisión. Maldición. Llamé al timbre.

Kloughn se separó de la ventana de un salto y se vino a mi lado.

—¡Ya viene!

La puerta se abrió y la mujer de Bender se plantó ante nosotros con los pies descalzos. Era una mujer grande, pálida de piel y con una daga tatuada en el brazo. Tenía los ojos enrojecidos y vacíos. El rostro sin expresión. No estaba tan borracha como su marido, pero llevaba el mismo camino. Cuando me presenté dio un paso atrás.

—A Andy no le gusta que le molesten —dijo—. Se pone de muy mal humor cuando le molestan.

—Quizá debería irse a casa de una amiga, para no estar aquí cuando moleste a Andy.

Lo último que quería era que Andy le pegara a su mujer por dejar que le *molestáramos*.

Ella miró a su marido, que seguía dormido en el sillón. Luego nos miró a nosotros y salió por la puerta, para desaparecer en la oscuridad.

Kloughn y yo nos acercamos a Bender de puntillas y le observamos más de cerca.

—Puede que esté muerto —dijo Kloughn.

—No lo creo.

—Pues huele a muerto.

—Siempre huele así.

Esta vez estaba preparada. Había traído la pistola eléctrica. Me incliné hacia él, pegué la pistola eléctrica contra su cuerpo y apreté al botón de descarga. No pasó nada. Revisé la pistola. Parecía estar en orden. Volví a aplicársela a Bender. Nada. Maldito cacharro eléctrico de mierda. Bueno, pasemos al plan B. Agarré las esposas que llevaba metidas en el bolsillo trasero del pantalón y cerré uno de los grilletes cuidadosamente alrededor de la muñeca de Bender.

Bender abrió los ojos de golpe.

—¿Qué demonios pasa?

Tiré de la mano atrapada para el otro lado y cerré el segundo grillete en su muñeca derecha.

—Maldita sea —gritó—. ¡Odio que me molesten cuando estoy viendo la televisión! ¿Qué coño estás haciendo en mi casa?

—Lo mismo que hacía en ella ayer. Violación de fianza —dije—. Ha incumplido su fianza. Tienen que volver a darle fecha.

Miró a Kloughn con furia.

—¿Quién es el niñato ese?

Kloughn le dio a Bender su tarjeta de visita.

—Albert Kloughn, abogado.

—Odio a los clowns. Me dan miedo.

Kloughn señaló su nombre en la tarjeta.

—K-l-o-u-g-h-n —dijo—. Si alguna vez necesita un abogado, yo soy muy bueno.

—¿Ah, sí? —contestó Bender—. Odio a los abogados todavía más que a los payasos.

Dio un salto adelante y dejó a Kloughn sin conocimiento de un golpe con la cabeza en la cara.

—Y te odio a *ti* —dijo lanzándose sobre mí de cabeza.

Yo me retiré y volví a probar con la pistola eléctrica. Sin resultado. Corrí detrás de él y volví a intentarlo. Ni siquiera redujo la velocidad. Atravesó la habitación en dirección a la puerta de salida. Le tiré la pistola eléctrica. Le rebotó en la cabeza, soltó un «¡ay!» y desapareció en la oscuridad.

Me sentía indecisa entre seguirle o ayudar a Kloughn. Estaba tirado boca arriba, sangrando por la nariz, la boca abierta y los ojos vidriosos. Era difícil decir si sólo estaba inconsciente o en auténtico coma.

—¿Te encuentras bien? —grité.

Kloughn no dijo nada. Movía los brazos, pero no conseguía ponerse en pie. Me acerqué a él y me arrodillé.

—¿Te encuentras bien? —pregunté otra vez.

Sus ojos me enfocaron y alargó la mano hacia mí para agarrarme de la camiseta.

—¿Le he atizado?

—Sí. Le has atizado con la cara.

—Lo sabía. Sabía que me portaría bien en una situación límite. Soy bastante duro, ¿verdad?

—Verdad —¡Dios mío de mi vida, me empezaba a caer bien!

Le levanté y le llevé unas toallitas de papel de la cocina. Bender había vuelto a huir, con mis esposas. Otra vez.

Recogí la inútil pistola eléctrica, metí a Kloughn en el CR-V y nos fuimos. Era una noche encapotada y sin luna. El barrio estaba oscuro. Las luces brillaban tras las cortinas, pero no llegaban a iluminar los jardines. Recorrí las calles de aquel suburbio, atenta a cualquier movimiento entre las sombras, escudriñando las escasas ventanas sin cortinas.

Kloughn llevaba la cabeza inclinada hacia arriba y la nariz llena de toallitas de papel.

—¿Esto pasa a menudo? —preguntó—. Creí que sería diferente. Vamos, que ha sido divertido, pero se ha escapado. Y no olía bien. No me esperaba que oliera tan mal.

Miré a Kloughn. Tenía algo distinto en la cara. Más canalla.

—¿Siempre has tenido la nariz torcida hacia la izquierda? —pregunté.

Se tocó la nariz nerviosamente.

—Siento algo raro. No creerás que está rota, ¿verdad? Nunca me he roto nada hasta ahora.

Era la nariz más rota que había visto en mi vida.

—A mí no me parece que esté rota —dije—. Pero tampoco vendría mal que te la viera un médico. Quizá podríamos hacer una paradita en urgencias.

# 5

ABRÍ LOS OJOS y miré el reloj: las ocho y media. No era precisamente un madrugón. Oí cómo la lluvia repiqueteaba en la escalera de incendios y contra el cristal de la ventana. Opino que la lluvia debería caer por la noche, cuando todo el mundo está durmiendo. Por la noche, la lluvia es acogedora. Durante el día, la lluvia es como un dolor de tripas. Otra putada por parte de la creación. Como la eliminación de residuos. Cuando uno se plantea crear un universo tiene que ser más previsor.

Me levanté de la cama y fui sonámbula hasta la cocina. Rex se había pasado toda la noche corriendo y estaba profundamente dormido en su lata de sopa. Puse la cafetera y me dirigí al cuarto de baño arrastrando los pies. Una hora después estaba en el coche, dispuesta a comenzar el día, sin saber qué hacer primero. Seguramente debería hacerle una visita de cortesía a Kloughn. Se había roto la nariz por mi culpa. Cuando le dejé en su coche tenía los ojos amoratados y una tirita le enderezaba la nariz. El problema era que, si iba a verle ahora, corría el riesgo de que se me pegara para todo el día. Y la verdad era que no quería tener a Kloughn pegado a mí. Ya era bastante patosa cuando iba a mi aire. Con Kloughn pegado a mis talones estaba condenada al desastre.

Me encontraba en el aparcamiento, con la mirada perdida en la lluvia que corría por el parabrisas del coche, cuando me di cuenta de que había una bolsita de plástico hermética sujeta en el limpiaparabrisas. Dentro de la bolsa había una cuartilla de papel blanco doblada cuatro veces. Tenía un mensaje escrito en rotulador negro.

«¿Te gustaron las serpientes?»

Estupendo. Era exactamente lo que me apetecía para empezar el día. Volví a meter el papel en la bolsa de plástico, y ésta en la guantera. En el asiento del copiloto estaban los dos expedientes de los NCT que Connie me había dado. Andy Bender seguía libre. Lo mismo que Laura Minello. Iba a capturar a uno de ellos aquella mañana. Lo malo era que no tenía esposas. Y prefería sacarme un ojo con un tenedor antes que volver a pedir otras esposas en la oficina. Sólo me quedaba Annie Soder.

Puse el CR-V en marcha y enfilé rumbo al Burg. Aparqué delante de la casa de mis padres, pero llamé a la puerta de Mabel.

—¿Con quién salía Evelyn cuando era pequeña? —le pregunté a Mabel—. ¿Tenía alguna amiga íntima?

—Dotty Palowsky. Pasaron juntas los primeros años en el colegio. Y también fueron juntas al instituto. Luego Evelyn se casó y Dotty se trasladó.

—¿Siguen siendo amigas?

—Creo que perdieron el contacto. Después de casarse, Evelyn se fue encerrando más y más en sí misma.

—¿Sabes dónde vive Dotty ahora?

—No sé dónde estará ella, pero su familia sigue viviendo aquí, en el Burg.

Yo conocía a su familia. Los padres de Dotty vivía en Roebling. También tenía varios tíos, tías y primos en el Burg.

—Necesito una cosa más —dije a Mabel—. Una lista de los parientes de Evelyn. De todos.

Cuando salí de la casa llevaba la lista en la mano. No era muy larga. Unos tíos en el Burg. Tres primos, todos ellos en el área de Trenton. Un primo en Delaware.

Salté la barandilla que separaba los dos porches y pasé a la casa de al lado a ver a la abuela Mazur.

—Fui al velatorio de Shleckner —dijo la abuela—. Te digo que ese Stiva es un genio. Entre los embalsamadores no tiene competencia. ¿Recuerdas cómo tenía el viejo Shlecker la cara de marcas y cicatrices? Bueno, pues Stiva se las había tapado, no sé cómo. Y ni siquiera se notaba que tenía un ojo de cristal. Los dos estaban exactamente iguales. Era un milagro.

—¿Cómo sabes lo del ojo de cristal? ¿No los tenía cerrados?

—Sí, pero justo cuando estaba a su lado se abrieron un momento. Puede que fuera cuando se me cayeron las gafas de leer dentro del féretro.

—Hummm.

—Bueno, no se le puede reprochar a una persona que sienta curiosidad por esas cosas. Además, no fue culpa mía. Si le hubieran dejado los ojos abiertos no habría tenido que indagar.

—¿Te vio alguien abrirle los ojos a Shleckner?

—No. Lo hice a escondidas.

—¿Has averiguado algo interesante sobre Evelyn y Annie?

—No, pero me he enterado de muchas cosas sobre Steven Soder. Le gusta beber. Y también le gusta apostar. Se rumorea que perdió gran cantidad de dinero y que se quedó sin el bar. Según se cuenta, perdió el bar en una partida de cartas hace algún tiempo y ahora tiene *socios*.

—Yo también he oído unos rumores parecidos. ¿Te contó alguien quiénes eran los socios?

—El nombre que me dieron fue el de Eddie Abruzzi.

Madre mía. ¿Por qué será que no me sorprende en absoluto?

Estaba en el coche, lista para marcharme, cuando sonó el móvil. Era Kloughn.

—Jopé, tendrías que verme. Tengo los dos ojos morados. Y la nariz hinchada. Por lo menos ahora está recta. He tenido que dormir cuidando mucho cómo me ponía.

—Lo siento. De verdad, lo siento mucho.

—Oye, no pasa nada. Supongo que cuando uno se dedica a luchar contra el crimen, estas cosas son normales. Bueno, ¿qué vamos a hacer hoy? ¿Vamos a volver a por Bender? Tengo algunas ideas. Podríamos comer juntos.

—Verás, la cuestión es que... suelo trabajar sola.

—Ya lo sé, pero a veces trabajas con un ayudante, ¿verdad? Yo puedo ser tu ayudante de vez en cuando, ¿no? Me he pertrechado bien. Me he hecho imprimir AGENTE DE FIANZAS en una gorra negra esta mañana. Y tengo un espray de pimienta y esposas...

¿Esposas? Cálmate, loco corazón mío.

—¿Son esposas reglamentarias, con su llave y todo?

—Sí. Las he comprado en la armería de la calle Rider. También quería comprarme una pistola, pero no tenía suficiente dinero.

—Te recojo a las doce.

—Madre mía, va a ser genial. Estaré preparado. En mi despacho. Esta vez podríamos comer pollo frito. A no ser que a ti no te apetezca el pollo frito. Si no te apetece el pollo frito, podemos comprar un burrito o una hamburguesa o...

Hice ruidos con el teléfono.

—No te oigo bien —grité—. Pierdo cobertura. Hasta las doce. Y corté la comunicación.

Salí del Burg y tomé la ruta de Hamilton. En unos minutos estaba en la oficina. Aparqué junto a la acera detrás de un Porsche negro nuevo, que sospeché que pertenecía a Ranger.

Todo el mundo me miró cuando crucé la puerta de entrada. Ranger estaba junto a la mesa de Connie. Iba, una vez más, con el uniforme negro de las Fuerzas Especiales. Me miró a los ojos y yo sentí un espasmo nervioso en el estómago.

—Un amigo trabajaba anoche en urgencias y me dijo que te habías presentado allí con un chavalín hecho polvo —dijo Lula.

—Kloughn. No estaba tan hecho polvo. Sólo tenía la nariz rota. Y no me preguntes más.

Vinnie estaba apoyado en el quicio de la puerta de su despacho.

—¿Quién es el clown ese? —quiso saber.

—Albert Kloughn —dijo Ranger—. Un abogado.

Me abstuve de preguntarle a Ranger cómo conocía a Kloughn. La respuesta era obvia: Ranger conocía a todo el mundo.

—A ver si lo adivino —me dijo Vinnie—. Necesitas otro par de esposas.

—Te equivocas. Necesito una dirección. Tengo que hablar con Dotty Palowsky.

Connie escribió su nombre en el sistema de búsqueda. Un minuto después empezó a llegar la información.

—Ahora es Dotty Reinhold. Y vive en South River —Connie imprimió los datos y me entregó la hoja—. Está divorciada, tiene dos hijos y trabaja para la Red de Autopistas de Peaje, en East Brunswick.

En otras circunstancias me habría quedado a charlar, pero me daba miedo que a alguien le diera por preguntar por la nariz de Kloughn.

—Me voy corriendo —dije—. Tengo mucho que hacer.

Me detuve en la misma puerta de la oficina. Me protegía un pequeño entoldado. Sobre él, la lluvia caía de un modo incesante, que no llegaba al nivel de aguacero pero era suficiente para destrozarme el peinado y empaparme los vaqueros.

Ranger salió detrás de mí.

—No estaría mal que llevaras más de una bala en la recámara, cariño.

—¿Te has enterado de lo de las serpientes?

—Me encontré con Costanza. Estaba mirando la vida a través del culo de un vaso de cerveza.

—No me está resultando fácil encontrar a Annie Soder.

—No eres la única.

—¿Jeanne Ellen tampoco puede dar con ella?

—Todavía no.

Nuestras miradas quedaron fijas un momento.

—¿En qué equipo estás tú? —pregunté.

Me colocó un mechón de pelo detrás de la oreja. Sus dedos me rozaron la sien con la levedad de una pluma, mientras con el pulgar me recorría la mandíbula.

—Tengo mi propio equipo.

—Háblame de Jeanne Ellen.

Ranger sonrió.

—Esa información tiene un precio.

—¿Y cuál sería ese precio?

Su sonrisa se ensanchó.

—Intenta no mojarte demasiado hoy —dijo. Y desapareció.

Maldita sea. ¿Qué pasa con los hombres de mi vida? ¿Por qué siempre son los primeros en irse? ¿Por qué nunca me voy *yo* la primera y les dejo antes? Porque soy una boba, por eso. Una boba sin remedio.

Recogí a Kloughn en la lavandería. Iba vestido con vaqueros negros, camiseta negra y su nueva gorra de agente de fianzas. Y calzaba unos mocasines marrones con borlas. Llevaba el espray de pimienta enganchado a la cintura y se había metido las esposas en el bolsillo de atrás. Sus ojos y su nariz tenían unos preocupantes tonos de negro, azul y verde.

—Vaya —dije—. Tienes una pinta horrible.

—Es por las borlas, ¿verdad? No estaba muy seguro de si las borlas iban con la indumentaria. Podría ir a cambiarme a casa. Podía haberme puesto zapatos negros, pero me parecían demasiado elegantes.

—No me refiero a las borlas, sino a la nariz y los ojos —vale, y las borlas.

Kloughn entró en el coche y se puso el cinturón de seguridad.

—Supongo que son gajes del oficio. A veces hay que llegar a las manos, ¿verdad? Son gajes del oficio, ¿sabes lo que te quiero decir?

—Tu oficio es la ley.

—Sí, pero también soy ayudante de cobro de fianzas, ¿verdad? Patrullo las calles contigo, ¿verdad?

Ves, Stephanie, me dije, esto es lo que pasa cuando revientas la tarjeta de crédito comprando cosas innecesarias como zapatos y ropa interior, y no puedes permitirte comprar esposas.

—Iba a comprarme una pistola eléctrica —dijo Kloughn—, pero la tuya no funcionó anoche. ¿Qué le pasa? Pagas una pasta por esos cacharros y luego no funcionan. Siempre pasa eso, ¿verdad? ¿Sabes lo que necesitas? Un abogado. Te han estafado con publicidad engañosa.

Me paré en un semáforo y saqué la pistola eléctrica del bolso para examinarla.

—No lo entiendo —le dije a Kloughn—. Siempre ha funcionado bien.

Me quitó la pistola de las manos y le dio vueltas en las suyas.

—A lo mejor se le han acabado las pilas.

—No. Son nuevas. Y he comprobado que estuvieran cargadas.

—¿Es posible que lo estuvieras haciendo mal?

—No creo. No es muy difícil. Aplicas los electrodos contra alguien y aprietas el botón.

—¿Así? —dijo Kloughn, colocando los electrodos contra su brazo y apretando el botón. Soltó un gritito y se desmoronó en el asiento.

Le quité la pistola de la mano inerte y la observé desconcertada. Ahora parecía funcionar a la perfección.

Volví a meter la pistola eléctrica en el bolso, regresé al Burg y me detuve en la Ferretería de la Esquina. Era un establecimiento destartalado que llevaba abierto desde que me alcanzaba la memoria. La tienda ocupaba dos edificios contiguos, con una puerta abierta en el muro que los separaba. La puerta era de madera sin barnizar y linóleo resquebrajado. Las estanterías estaban llenas de polvo y el aire olía a fertilizantes y a herramientas. Cualquier cosa que uno necesitara la podía encontrar en aquella tienda al doble de precio que en cualquier otro sitio. La ventaja de la Ferretería de la Esquina era su situación. Estaba en el Burg. No necesitabas meterte en la autopista 1 ni ir a Hamilton Township. Para mí, la ventaja adicional en esta ocasión era que en la ferretería a nadie le llamaría la atención que me paseara con un tipo con los dos ojos morados. En el Burg todo el mundo estaría ya al tanto de lo de Kloughn.

Cuando llegamos a la ferretería, Kloughn empezaba a recuperar la consciencia. Los dedos se le movían y tenía un ojo abierto. Dejé a Kloughn en el coche y entré en la tienda a comprar siete metros de cadena de grosor mediano y un candado. Tenía un plan para detener a Bender.

Extendí los siete metros de cadena en la calle, detrás de mi CR-V. Le saqué a Kloughn las esposas del bolsillo trasero y enganché un extremo de la cadena a un grillete de las esposas y el otro lo sujeté con el candado al parachoques de mi coche. Metí lo que sobraba de la cadena, con las esposas, por la ventanilla trasera y me senté al volante. Estaba empapada, pero merecía la pena. Esta vez Bender no iba a poder salir corriendo con mis esposas. Cuando consiguiera agarrar a Bender, estaría esposado a mi coche.

Conduje hasta la otra punta de la ciudad, me detuve a una manzana de la casa de Bender y le llamé por el móvil. Cuando contestó, colgué.

—Está en casa —le dije a Kloughn—. Vamos a ello.

Kloughn se estaba mirando la mano, mientras movía los dedos.

—Siento una especie de cosquilleo.

—Eso es porque te has dado una descarga con mi pistola eléctrica.

—Creía que no funcionaba.

—Pues la has arreglado.

—Soy muy habilidoso —dijo Kloughn—. Se me dan muy bien este tipo de cachivaches.

Me subí al bordillo de la acera delante del apartamento de Bender, atravesé su patio de tierra y aparqué con el guardabarros trasero pegado a la entrada. Salí del coche de un salto, crucé la puerta y me planté en su salón.

Bender estaba en su sillón, viendo la televisión. Al verme entrar los ojos se le pusieron como platos y se le descolgó la mandíbula.

—¡Tú! —dijo—. ¿Qué coño...?

En un segundo se había levantado del sillón y había salido disparado hacia la puerta de atrás.

—Deténle. Gaséale. —Le dije a Kloughn—. Ponle la zancadilla. ¡Haz *algo*!

Kloughn se lanzó por el aire y agarró a Bender por una pierna. Ambos fueron a parar al suelo. Yo me tiré encima de Bender y le puse las esposas. Me quité de encima de él, entusiasmada.

Bender se levantó como pudo y corrió hacia la puerta, arrastrando la cadena tras él.

Kloughn y yo chocamos los cinco.

—Jopé, que lista eres —dijo Kloughn—. A mí nunca se me habría ocurrido engancharle al coche. Tengo que admitirlo. Eres buena. Eres muy buena.

—Cerciórate de que la puerta de atrás esté cerrada —dije a Kloughn—. No quiero que saqueen el apartamento.

Apagué la televisión y Kloughn y yo salimos por la puerta justo a tiempo de ver cómo Bender se largaba conduciendo mi CR-V. *Mierda.*

—¡Oye! —gritó Kloughn a Bender—. ¡Que te llevas mis esposas!

Bender llevaba un brazo por fuera de la ventana, manteniendo la puerta del lado del conductor cerrada. La cadena serpenteaba entre la puerta y el parachoques, arrastrando por el suelo una parte que echaba chispas. Bender levantó el brazo y nos sacó el dedo justo antes de doblar la esquina y desaparecer de nuestra vista.

—Seguro que dejaste la llave de contacto puesta —dijo Kloughn—. Y creo que eso es ilegal. Seguro que tampoco cerraste la puerta. Siempre hay que quitar la llave y cerrar la puerta.

Le lancé una mirada asesina.

—Claro que estas circunstancias eran especiales —añadió.


Kloughn se acurrucaba bajo el pequeño tejadillo que protegía la entrada de la casa de Bender. Yo estaba en la acera, bajo la lluvia, empapada hasta los huesos, esperando el coche de la poli. Con la lluvia llega un momento en que ya no la notas.

Cuando llamé a la policía para presentar la denuncia por el robo del vehículo esperaba que me contestaran Costanza o mi amigo Eddie Gazarra. El coche que apareció no era el de ninguno de los dos.

—O sea, que eres la famosa Stephanie Plum —dijo el poli.

—Casi nunca le disparo a la gente —expliqué mientras me acomodaba en el asiento trasero—. Y el incendio de la funeraria no fue culpa mía —me incliné hacia adelante y un chorro de agua cayó de mi nariz al suelo del coche—. Normalmente es Costanza el que acude a mis llamadas.

—Él no ha ganado la porra.

—¿Hay una porra?

—Sí, aunque la participación ha descendido mucho desde lo de las serpientes.

Quince minutos después se iba el coche patrulla y aparecía Morelli.

—¿Has vuelto a oírlo en la radio? —pregunté.

—Ya ni siquiera necesito oír la radio. En cuanto tu nombre aparece por ahí, recibo unas cuarenta y cinco llamadas.

Hice una pequeña mueca, que esperaba fuera irresistible.

—Lo siento.

—A ver si lo entiendo bien —dijo Morelli—. Bender se ha largado encadenado al coche.

—En aquel momento me pareció una buena idea.

—¿Y tu bolso estaba dentro del coche?

—Sí.

Morelli miró a Kloughn.

—¿Quién es el chavalín de los mocasines y los ojos morados?

—Albert Kloughn.

—¿Y te lo has traído porque...?

—Tenía esposas.

Morelli luchó contra las ganas de sonreír y perdió.

—Entrad en la furgoneta. Os llevo a casa.

Dejamos primero a Kloughn.

—Oye, ¿te has dado cuenta de una cosa? —dijo Kloughn—. Al final no hemos almorzado. ¿No os parece que podríamos ir a comer todos juntos? Hay un mexicano al final de la calle. O podríamos comer una hamburguesa o un rollito de primavera. Conozco un sitio donde hacen unos rollitos muy buenos.

—Ya te llamaré —contesté.

Se estuvo despidiendo de nosotros con la mano hasta que desaparecimos.

—Sería genial. Llámame. ¿Tienes mi teléfono? Puedes llamarme cuando quieras. Prácticamente ni siquiera duermo.

94

Morelli paró en un semáforo, me miró y sacudió la cabeza.

—Pues sí, estoy empapada.

—A Albert le pareces una monada.

—Sólo quiere unirse a la pandilla —me retiré un mechón de pelo de la cara—. ¿Y tú? ¿Te parece que soy una monada?

—Creo que eres una trastornada.

—Ya. Pero aparte de eso, te parece que soy mona, ¿verdad? —le dediqué mi sonrisa de Miss América y pestañeé vertiginosamente.

Se quedó mirándome con cara de palo.

Empezaba a sentirme como Escarlata O'Hara al final de *Lo que el viento se llevó*, cuando está decidida a recuperar a Rhett Butler. El problema era que si recuperaba a Morelli no sabría muy bien qué hacer con él.

—La vida es complicada —dije.

—Además de verdad, bizcochito.

Me despedí de Morelli y crucé chorreando el vestíbulo de mi edificio. Seguí chorreando en el ascensor y recorrí chorreando el pasillo hasta la puerta de mi vecina, la señora Karwatt. Le pedí la copia de la llave de mi apartamento y entré en él chorreando. De pie, en medio de la cocina, me quité toda la ropa y me sequé el pelo hasta que dejé de chorrear. Miré los mensajes. Ninguno. Rex salió de su lata de sopa, me miró asombrado y volvió a la lata corriendo. No era precisamente el tipo de reacción que hace que una mujer desnuda se sienta genial... ni siquiera por parte de un hámster.

Una hora después estaba vestida con ropa seca y esperando a Lula en el portal.

—Bueno, explícame cómo es la cosa —dijo Lula cuando me acomodé en su Trans Am—. Tienes que hacer una investigación y no tienes coche.

Levanté la mano para impedir la consiguiente pregunta.

—No preguntes.

—Últimamente todo el mundo me dice «no preguntes».

—Me han robado. Me han robado el coche.

—¡*Anda ya!*

—Estoy segura de que la policía lo encontrará. Mientras tanto quiero hacerle una visita a Dotty Palowsky Reinhold. Vive en South River.

—¿Y *dónde* está South River?

—Tengo un mapa. Gira a la izquierda al salir del aparcamiento.

South River está en un lateral de la autopista 18. Es una pequeña ciudad encajonada entre centros comerciales y yacimientos de arcilla, y es la localidad del Estado que tiene más bares por kilómetro cuadrado. La entrada proporciona una vista panorámica del vertedero. La salida cruza el río para adentrarse en Sayreville, famosa por la gran estafa de la tierra de 1957 y por Jon Bon Jovi.

Dotty Reinhold vivía en una urbanización construida en los años sesenta. Los jardines eran pequeños. Las casas aún más. Y los coches eran grandes y numerosos.

—¿Habías visto alguna vez tantos coches? —dijo Lula—. Cada casa tiene por lo menos tres. Están por todas partes.

Era un vecindario fácil de vigilar. Había llegado a un punto en que las casas estaban llenas de adolescentes. Los adolescentes tenían coches propios y amigos con coches propios. Uno más en la calle ni se notaría. Y mejor aún, era una urbanización. No había nadie sentado en los porches. Todo el mundo se refugiaba en los jardines traseros, del tamaño de sellos de correos, abarrotados de parrillas al aire libre, piscinas prefabricadas y montones de sillas de jardín.

Lula aparcó el coche una manzana antes, y en la acera de enfrente, de la casa de Dotty.

—¿Tú crees que Annie y su madre estarán viviendo con Dotty?

—Si es así, lo sabremos en seguida. No se puede esconder a dos personas en el sótano si una de ellas es un niño. Se asustaría. Y los niños hablan. Si Annie y Evelyn están aquí, estarán entrando y saliendo como invitados normales.

—¿Y nos vamos a quedar aquí sentadas hasta que lo averigüemos? A mí me parece que puede llevarnos mucho tiempo. No sé si estoy en condiciones de quedarme quieta tanto rato. ¿Y qué pasa con la comida? Además, tengo que ir al cuarto de baño. Me he tomado un refresco de tamaño gigante antes de pasar a recogerte. No me habías avisado de que esto llevaría tanto tiempo.

Miré a Lula furiosa.

—Bueno, pues tengo que ir al baño —dijo Lula—. No puedo evitarlo. Tengo que hacer pis.

—A ver qué te parece esto. Hemos pasado un centro comercial al venir, ¿qué te parece si te llevo allí, me quedo con el coche y me encargo yo sola de la vigilancia?

Media hora más tarde estaba otra vez junto al bordillo, sola, espiando a Dotty. La llovizna se había convertido en lluvia y algunas casas tenían las luces encendidas. La de Dotty estaba a oscuras. Un Honda Civic azul pasó a mi lado y entró en la parcela de Dotty. Una mujer se apeó de él y desabrochó los cinturones de los dos niños que iban en sus sillitas en el asiento de atrás. La mujer llevaba una gabardina con capucha, pero pude ver su cara en la penumbra y estaba casi segura de que era Dotty. O, para ser más exactos, estaba segura de que no era Evelyn. Los niños eran pequeños. Tal vez de dos y siete años. Y no es que yo sea una experta en niños. Toda mi experiencia infantil se reduce a mis dos sobrinas.

El pequeño grupo familiar entró en la casa y las luces se encendieron. Puse el Trans Am en marcha y me acerqué hasta llegar justo frente a la casa de los Reinhold. Ahora podía ver a Dotty claramente. Se había quitado la gabardina y se movía por la casa. La sala estaba en la parte delantera. En ella había una televisión encendida. Al fondo de la sala había una puerta que, obviamente, daba a la cocina. Dotty entraba y salía por la puerta, del frigorífico a la mesa. No se veía a más adultos. Dotty no hizo ademán de cerrar las cortinas de la sala.

A las nueve en punto los niños estaban en la cama y las luces de su cuarto se apagaron. A las nueve y cuarto Dotty recibió una llamada telefónica. A las nueve y media seguía hablando y yo me fui al centro comercial a recoger a Lula. A una manzana y media de la casa de Dotty me crucé con un estilizado coche negro que iba en dirección contraria. Pude ver a quien lo conducía: Jeanne Ellen Burrows. Casi me subo a la acera y me meto en el césped.

Cuando llegué, Lula me esperaba a la entrada del centro.

—¡Entra! —grité—. Tengo que volver a casa de Dotty. Me he cruzado con Jeanne Ellen Burrows según salía de la urbanización.

—¿Y qué hay de Evelyn y Annie?

—Ni rastro de ellas.

La casa estaba a oscuras cuando regresamos. El coche seguía delante de la casa. A Jeanne Ellen no se la veía por ningún sitio.

—¿Estás segura de que era Jeanne Ellen? —preguntó Lula.

—Absolutamente. El vello del brazo se me puso de punta y me dio un repentino dolor de cabeza.

—Sí. Entonces era Jeanne Ellen.


Lula me dejó delante del portal de mi casa.

—Siempre que quieras hacer una guardia cuenta conmigo —dijo—. La vigilancia es una de mis actividades favoritas.

Cuando entré en la cocina Rex estaba dando vueltas en la rueda. Dejó de correr y me miró con los ojos brillantes.

—Buenas noticias, chicarrón —dije—. De camino a casa entré en la tienda y compré la cena.

Vacié el contenido de la bolsa sobre la encimera. Siete Tastykakes: dos Krimpets de dulce de leche, un Junior de coco, dos KandyKakes de mantequilla de cacahuete, una magdalena con crema y un Junior de chocolate. Hay pocas cosas mejores en la vida. Los Tastykakes son otra de las múltiples ventajas de vivir en Jersey. Los hacen en Filadelfia y los llevan a Trenton con toda su fresca dulzura. Una vez leí que se elaboran 439.000 Krimpets de dulce de leche todos los días. Y no se puede decir que sean muchos los que llegan a New Hampshire. ¿De qué sirve toda esa nieve y esos paisajes si tienes que vivir sin Tastykakes?

Me comí el Junior de coco, un Krimpet de dulce de leche y un KandyKake. A Rex le di un trozo del Krimpet.

Las cosas no me han ido especialmente bien últimamente. En las últimas semanas he perdido tres pares de esposas y un coche, y han dejado una bolsa llena de serpientes en mi puerta. Por otro lado, las cosas tampoco están mal *del todo*. De hecho, podrían ir mucho peor. Podría vivir en New Hampshire, donde me vería obligada a comprar los Tastykakes por correo.

Eran casi las doce cuando me metí en la cama. Había dejado de llover y la luz de la luna se abría paso entre la capa de nubes desgarradas. Las cortinas estaban echadas y el dormitorio a oscuras.

La ventana de mi dormitorio daba a una vieja escalera de incendios. Era práctica para tomar el aire fresco en noches calurosas. Y para secar la ropa, poner en cuarentena las plantas de interior cuando tenían parásitos y enfriar las cervezas cuando llegaba el frío. Desgraciadamente, también era un sitio en el que pasaban cosas malas. Benito Ramírez había sido abatido a tiros en mi escalera de incendios. La verdad es que no es fácil subir por una escalera de incendios, pero tampoco es imposible.

Estaba tumbada en la oscuridad, cavilando sobre las ventajas de los Juniors de coco sobre los Krimpets de dulce de leche, cuando oí unos ruidos como de arañazos detrás de las cortinas del dormitorio. Había alguien en la escalera de incendios. Sentí que un chorro de adrenalina abrasaba mi corazón y bombeaba en mis entrañas. Salté de la cama, corrí a la cocina y llamé a la policía. Luego saqué la pistola de la lata de galletas. Sin balas. *Maldita sea*. Piensa, Stephanie... ¿Dónde pusiste las balas? Solía haber unas cuantas en el azucarero. Ya no. El azucarero estaba vacío. Revolví en los cajones y logré encontrar cuatro balas. Las metí en mi Smith & Wesson del calibre 38 y cinco tiros y volví al dormitorio.

Me quedé quieta en la oscuridad y escuché. Ya no se oían los ruidos en la ventana. El corazón me latía con fuerza y la pistola me temblaba en la mano. Contrólate, me dije. Probablemente no era más que un pájaro. Un búho. Son aves nocturnas, ¿no? La tonta de Stephanie, aterrada por un búho.

Me acerqué a la ventana y escuché atentamente. Silencio. Abrí la cortina una fracción de centímetro para mirar.

¡Ayyy!

Había un tío enorme en la escalera. Sólo le vi un instante, pero se parecía a Benito Ramírez. ¿Cómo era posible? Ramírez estaba muerto.

Oí un tremendo estruendo y entonces me di cuenta de que le había disparado las cuatro balas al tipo de la escalera a través de la ventana.

¡Cáscaras! Aquello no estaba bien. En primer lugar, podía haberme cargado a alguien. Y *odio* hacerlo. En segundo lugar, no tenía ni idea de si aquel tipo llevaba pistola, y la justicia tuerce el gesto cuando alguien dispara contra gente desarmada. A la justicia ni siquiera le hace mucha ilusión que se dispare contra gente *armada*. Y lo que era peor, me había cargado la ventana.

Corrí la cortina a un lado y puse la nariz contra el cristal. Allí no había nadie. Miré con más atención y vi que le había disparado a una figura de cartón de tamaño natural. Estaba tirada en el suelo de la escalera de incendios y tenía varios agujeros.

Todavía estaba aturdida, respirando agitadamente y con la pistola en la mano, cuando oí ulular la sirena de la policía a lo lejos. Estupendo, Stephanie. Para una vez que llamo a la policía, resulta ser una falsa alarma bochornosa. Una perversa tomadura de pelo. Como las serpientes.

¿Y quién haría una cosa así? Alguien que supiera que a Ramírez lo mataron en mi escalera de incendios. Dejé escapar un suspiro. Todo el Estado sabía lo de Ramírez. Salió en todos los periódicos. Bueno, entonces alguien que tuviera acceso a aquellas figuras de cartón. Cuando Ramírez boxeaba había cientos de ellas por todas partes. Ahora ya no se veían tanto. Una persona me vino a la mente: Eddie Abruzzi.

Un coche patrulla entró en el aparcamiento del edificio con las luces parpadeando y de él salió un poli de uniforme.

Abrí la ventana y me asomé afuera.

—Falsa alarma —grité—. No hay nadie. Habrá sido un pájaro.

Levantó la mirada hacia mí.

—¿Un pájaro?

—Creo que era un búho. Un búho muy grande. Perdona por haberte molestado.

Me saludó con la mano, se metió en el coche y se fue.

Cerré la ventana con seguro, aunque no tenía mucho sentido, ya que faltaba gran parte del cristal. Me fui a la cocina y me comí el otro Junior de chocolate.

Estaba medio dormida, pensando en los valores nutricionales de un desayuno a base de magdalenas rellenas de crema, cuando llamaron a la puerta.

Era Tank, la mano derecha de Ranger.

—Tu coche apareció en una tienda de vehículos de segunda mano —dijo, entregándome mi bolso—. Esto estaba en el suelo de la parte de atrás.

—¿Y mi coche?

—En tu aparcamiento —me dio las llaves—. El coche está bien, salvo por una cadena que tiene enganchada al guardabarros. No sabíamos de qué se trataba.

Cuando Tank se fue cerré la puerta, regresé tambaleándome a la cocina y me comí el paquete de magdalenas. Me dije a mí misma que podía comérmelas, ya que se trataba de una celebración. Había recuperado mi coche. Las calorías no cuentan cuando se trata de celebrar algo. Todo el mundo lo sabe.

Estaría bien tomar un café, pero, aquella mañana, hacerlo me parecía un esfuerzo ímprobo. Tenía que cambiar el filtro, poner el café y el agua, y apretar el botón. Y eso sin mencionar que el café me despertaría, y no creía que estuviera preparada para afrontar el día. Lo mejor sería volverme a la cama.

Acababa de meterme entre las sábanas cuando el timbre de la puerta sonó otra vez. Me puse una almohada encima de la cabeza y cerré los ojos. El timbre siguió sonando.

—¡Lárguese! —grité—. ¡No hay nadie en casa!

Entonces empezaron a llamar con los nudillos. Y a tocar el timbre. Tiré la almohada y me levanté de la cama. Fui hasta la puerta con paso decidido, la abrí de un tirón y miré con furia.

—¿Qué?

Era Kloughn.

—Es sábado —dijo—. He traído donuts. Yo desayuno donuts todos los sábados por la mañana.

Miró más atentamente.

—¿Te he despertado? Madre mía, no tienes muy buena pinta al levantarte, ¿verdad? No me extraña que no te hayas casado. ¿Siempre duermes con chándal? ¿Cómo consigues que el pelo se te levante de esa manera?

—¿Qué te parecería romperte la nariz por segunda vez? —pregunté.

Kloughn pasó por mi lado y se metió en el apartamento.

—He visto el coche en el aparcamiento. ¿Lo ha encontrado la policía? ¿Tienes mis esposas?

—No tengo tus esposas. Y vete de mi casa. Largo.

—Sólo necesitas un café —dijo Kloughn—. ¿Dónde tienes los filtros? Yo también me levanto hecho un cascarrabias. Y en cuanto tomo un café, vuelvo a ser persona.

¿Por qué a mí?, pensé.

Kloughn sacó el café del frigorífico y puso la cafetera en marcha.

—No estaba seguro de si los cazarrecompensas trabajaban los sábados —dijo—, pero he pensado que más vale prevenir que lamentar. Y aquí me tienes.

Estaba muda.

La puerta de entrada seguía abierta y oí que alguien, detrás de mí, golpeaba suavemente en el quicio. Era Morelli.

—¿Interrumpo algo? —preguntó.

—No es lo que parece —dijo Kloughn—. Simplemente he traído donuts de mermelada.

Morelli me echó un vistazo.

—Horripilante.

Le miré con los ojos entornados.

—He pasado una mala noche.

—Eso me han contado. Por lo visto te vino a visitar un gran pájaro. ¿Un búho?

—¿Y?

—¿Hizo algún estropicio?

—Nada digno de mención.

—Ahora te veo más que cuando estábamos viviendo juntos —dijo Morelli—. ¿No estarás organizando todas estas movidas sólo para que me pase por aquí, verdad?

# 6

O H, Dios, no sabía que vosotros habíais vivido juntos
—dijo Kloughn—. Oye, yo no quiero meterme en
medio ni nada por el estilo. Sencillamente trabajamos
juntos, ¿verdad?

—Verdad —dije.

—¿O sea, que éste es el tío con el que estás comprometida?
—preguntó Kloughn.

Una sonrisa se insinuó en la comisura de la boca de Morelli.

—¿Estás comprometida?

—Algo así —respondí—. Ahora *no* quiero hablar de eso.

Kloughn dijo en tono de disculpa:

—Todavía no se ha tomado un café.

Morelli partió un trozo de un donut.

—¿Tú crees que el café servirá de algo?

Los dos me miraron.

Con un brazo estirado señalé la puerta.

—*Fuera*.

Cuando salieron, di un portazo y corrí el cerrojo de seguridad. Me apoyé en la puerta y cerré los ojos. Morelli estaba estupendo. Camiseta y vaqueros, y una camisa de franela roja sin abrochar, como si fuera una chaqueta. Y, además, olía muy bien. Su aroma aún permanecía en mi recibidor, mezclado con el de los donuts de mermelada. Aspiré profundamente y tuve un ataque de lujuria. Después me di un pescozón mental. ¡He dejado que se vaya! ¿En qué estaba pensando? Ah, sí, ya recuerdo. Estaba pensando en que acababa de decir que estaba horripilante. *¡Horripilante!* Tenía un calentón por un tipo que pensaba que yo era horripilante. Aunque, por otra parte, se había pasado para comprobar si me encontraba bien.

Mientras daba vueltas a estos pensamientos me dirigí al cuarto de baño. Ya me encontraba totalmente despejada. Ahora estaba dispuesta a enfrentarme al día. Encendí la luz y vi mi imagen en el espejo. *¡Aaaaarg!* Horripilante.


Se me ocurrió que el sábado era un buen día para seguir a Dotty. No tenía ninguna razón especial para pensar que estaba ayudando a Evelyn. Era sólo una intuición. Pero a veces una intuición es todo lo que necesitas. Las amistades infantiles tienen algo especial. Pueden dejarse de lado por motivos de conveniencia, pero casi nunca se olvidan.

Mary Lou Molnar ha sido mi amiga desde que tengo memoria. La verdad es que, hoy en día, no se puede decir que tengamos mucho en común. Ahora es Mary Lou Stankovik. Está casada y tiene un par de críos. Y yo vivo con un hámster. Aun así, si tuviera que contarle un secreto a alguien, sería a Mary Lou Stankovik. Y si yo fuera Evelyn, recurriría a Dotty Palowsky.

Eran casi las diez cuando llegué a South River. Pasé por delante de la casa de Dotty y aparqué un poco más abajo, en la misma calle. El coche de Dotty estaba delante de la casa. En la acera había un Jeep rojo. No era el coche de Evelyn. Ella tenía un Sentra gris de hace nueve años. Empujé el asiento para atrás y estiré las piernas. Si hubiera sido un hombre el que acechara la casa habría resultado sospechoso. Afortunadamente, nadie prestaba demasiada atención a una mujer.

La puerta principal se abrió y de ella salió un hombre. Los dos niños de Dotty salieron detrás de él y le rodearon correteando. Él les agarró de la mano y todos juntos fueron hasta el Jeep y se metieron dentro.

El ex marido en día de visita.

El Jeep se alejó y cinco minutos después Dotty cerró la casa y se metió en su Honda. La seguí discretamente mientras salía de la urbanización en dirección a la autopista. No esperaba que la siguieran. Ni una sola vez miró por el retrovisor.

Fuimos directamente a uno de los centros comerciales de la carretera 18 y aparcamos delante de una librería. Observé a Dotty salir del coche y cruzar el aparcamiento hasta la tienda. Llevaba las piernas desnudas, un vestido de verano y una rebeca de punto. Yo habría tenido frío con aquella indumentaria. El sol brillaba, pero el aire era fresco. Supongo que a Dotty se le había acabado la paciencia para esperar el buen tiempo. Empujó la puerta y se dirigió directamente a la zona de la cafetería. Podía verla a través del ventanal del escaparate. Pidió un café solo y se lo llevó a una mesa. Se sentó de espaldas al escaparate y miró alrededor. Consultó el reloj y dio un sorbo al café. Esperaba a alguien.

Por favor, que sea Evelyn. Me facilitaría tanto las cosas...

Salí del coche y recorrí la corta distancia que me separaba de la librería. Me puse a curiosear la sección de detrás de la cafetería, oculta tras los estantes de libros. No conocía personalmente a Dotty, pero me preocupaba que ella me reconociera a mí. Recorrí la tienda con la mirada en busca de Annie y de Evelyn. Tampoco quería que me vieran ellas.

Dotty levantó la mirada de su café y la fijó en alguien. Seguí la dirección de sus ojos pero no vi ni a Annie ni a Evelyn. Estaba tan empeñada en que serían ellas que casi no distinguí al pelirrojo que se dirigía hacia Dotty. Era Steven Soder. Mi primera reacción fue salirle al paso. No sabía qué hacía allí, pero lo iba a estropear todo. Evelyn saldría corriendo si le veía. Y de repente lo comprendí, como el genio de la ciencia que soy: Dotty estaba esperándole.

Soder pidió un café y se lo llevó a la mesa de Dotty. Se sentó enfrente de ella y se arrellanó en la silla. Una postura arrogante. Veía su cara y no era amable.

Dotty se inclinó hacia adelante y le dijo algo a Soder. Él sonrió, con una sonrisa torcida que parecía más una mueca, y asintió con la cabeza. Mantuvieron una breve conversación. Soder apuntó con un dedo a la cara de Dotty y dijo algo que la hizo palidecer. Luego se levantó, hizo un comentario final y se fue. Su café se quedó intacto en la mesa. Dotty se recompuso, comprobó que Soder había desaparecido de vista y también se fue.

Seguí a Dotty hasta el aparcamiento. Ella se metió en su coche y yo corrí al mío. Un momento. No está. Sí, es verdad que a veces soy algo descuidada, pero normalmente recuerdo dónde he dejado el coche. Recorrí la fila de arriba abajo. Y las filas de al lado. El coche no estaba.

Dotty salió de su sitio en el aparcamiento y se dirigió a la salida. Un estilizado coche negro siguió de cerca al de Dotty. Jeanne Ellen.

—¡Maldita sea!

Metí la mano en el bolso, busqué el teléfono móvil y marqué con violencia el número de Ranger.

—Llama a Jeanne Ellen y pregúntale qué ha hecho con mi coche —le dije a Ranger—. *¡Ahora mismo!*

Un minuto después me llamaba Jeanne Ellen.

—Puede que haya visto un CR-V negro delante de la tienda de platos preparados —me dijo.

Apreté el botón de desconexión con tal fuerza que me rompí una uña. Volví a meter el teléfono en el bolso y recorrí furiosa el centro comercial en dirección a la tienda de comida preparada. Encontré el coche y lo examiné. No había arañazos que delataran por dónde había forzado la cerradura Jeanne Ellen. No había cables sueltos de hacer el puente. Había entrado en el coche y lo había movido sin dejar ni una señal de su presencia. Éste era un truco que Ranger podía llevar a cabo sin esfuerzo, y que yo no podía ni soñar en lograr. El hecho de que Jeanne Ellen pudiera hacerlo me reventaba.

Abandoné el centro comercial y regresé a casa de Dotty. No había nadie. Ningún coche en la entrada. Probablemente Dotty había llevado a Jeanne Ellen directamente hasta Evelyn.

Estupendo. ¿Qué mas da? Ni siquiera voy a ganar nada con esto. Puse los ojos en blanco. No, no daba igual. Si volvía de vacío a ver a Mabel, se pondría a gimotear otra vez. Prefería andar sobre lava y cristales rotos antes que volver a ser testigo de sus llantos.

Me quedé allí hasta primera hora de la tarde. Leí el periódico, me limé las uñas, ordené el bolso y hablé por el teléfono móvil con Mary Lou Stankovik durante media hora. Tenía cierto cosquilleo en las piernas, del confinamiento, y el culo dormido. Había tenido mucho tiempo para pensar en Jeanne Ellen Burrows, y ni uno solo de los pensamientos era agradable. De hecho, después de pensar en Jeanne Ellen durante casi una hora, me sentía francamente rabiosa y no estoy muy segura, pero me parece que me empezaba a salir humo de la cabeza. Jeanne Ellen tenía las tetas más grandes y el culo más pequeño que yo. Era mejor cazarrecompensas. Tenía un coche más bonito. Y llevaba pantalones de cuero. Podía soportar todo eso. Lo que no podía soportar era su contacto con Ranger. Creía que su relación se había terminado, pero estaba claro que me había equivocado. Él sabía dónde localizarla en cada momento del día.

Mientras que ella tenía una relación con él, sobre mi cabeza pendía la amenaza de una sola noche de sexo salvaje. Vale, yo había aceptado aquel acuerdo en un momento de desesperación profesional. Su ayuda a cambio de mi cuerpo. Y sí, había sido divertido y frívolo de una manera algo peligrosa. Y es verdad, me resulta muy atractivo. Qué le voy a hacer; soy humana, por Dios bendito. Una mujer tendría que estar muerta para no sentirse atraída por Ranger. Y, además, últimamente no he conseguido llevarme a Morelli a la cama.

Total, que aquí estoy yo con mi noche única. Y ahí está Jeanne Ellen con esa especie de relación. Bueno, se acabó. No voy a tontear con un hombre que puede que esté manteniendo una relación.

Marqué el número de Ranger y tamborileé con los dedos en el volante mientras esperaba a que contestara.

—Sí —dijo Ranger.

—No te debo *nada* —le dije—. No hay trato.

Ranger se quedó callado un par de segundos. Probablemente preguntándose por qué habría hecho aquel trato para empezar.

—¿Tienes un mal día? —preguntó por fin.

—Que tenga un mal día no tiene nada que ver con esto —dije, y colgué.

Mi móvil sonó y pensé si contestar o no. Al final, la curiosidad se impuso sobre la cobardía. Es la historia de mi vida.

—He estado sometida a una gran tensión —dije—. Quizá hasta tenga fiebre.

—¿Y?

—¿Y qué?

—Pensaba que a lo mejor querías retractarte de lo que me has dicho respecto al trato —dijo Ranger.

Se hizo un largo silencio en el teléfono.

—¿Y bien? —preguntó Ranger.

—Estoy pensando.

—Eso siempre es peligroso —dijo Ranger. Y colgó.

Todavía estaba considerando si rectificar o no cuando llegó Dotty en su coche. Aparcó en el paseo de entrada, sacó dos bolsas de la compra del asiento de atrás y entró en casa.

Mi teléfono móvil sonó de nuevo. Levanté los ojos al cielo y lo abrí resignada.

—Sí.

—¿Has tenido que esperar mucho? —preguntó Jeanne Ellen.

Giré la cabeza en todas direcciones, calle arriba y calle abajo.

—¿Dónde estás?

—Detrás de la furgoneta azul. Te alegrará saber que esta tarde no te has perdido nada. Dotty ha tenido un día muy ajetreado, como buena ama de casa.

—¿Se ha dado cuenta de que la seguías?

Hubo una pausa en la que imaginé que Jeanne Ellen estaba pasmada de que pudiera pensar que alguna vez la descubrían.

—Por supuesto que no —respondió—. Hoy no tenía a Evelyn en su agenda.

—Bueno, no te desanimes —dije—. El día no se ha acabado.

—Cierto. Había pensado en quedarme un ratito más, pero la calle parece demasiado concurrida con las dos aquí.

—¿Y?

—Y he pensado que sería una buena idea que te fueras.

—De eso nada. Vete *tú*.

—Si pasa algo te llamo —dijo Jeanne Ellen.

—Eso es mentira.

—Aciertas otra vez. Déjame que te diga una cosa que no es mentira: si no te largas le voy a meter un balazo a tu coche.

Sabía por experiencias anteriores que los agujeros de bala son muy malos para las ventas de segunda mano. Desconecté el teléfono, puse el coche en marcha y me fui. Conduje exactamente dos manzanas y aparqué delante de una casita blanca. Cerré el coche y, andando, rodeé el edificio hasta situarme directamente detrás de la casa de Dotty, una calle más allá. No había nadie en la calle. Los vecinos de Dotty no desplegaban una gran actividad a la vista. Todavía estaban todos en el centro comercial, viendo el fútbol, en el partido de los hijos o en el lavacoches. Atajé entre dos casas y salté la vallita blanca que rodeaba el patio trasero de Dotty. Crucé el patio y llamé a la puerta de servicio de la casa.

Dotty abrió la puerta y se me quedó mirando, sorprendida de ver a una desconocida en su propiedad.

—Soy Stephanie Plum —dije—. Espero no haberte asustado por aparecer de repente en tu puerta trasera.

El alivio sustituyó a la sorpresa.

—Claro, tus padres son vecinos de Mabel Markowitz. Yo fui al colegio con tu hermana.

—Me gustaría hablar contigo sobre Evelyn. Mabel está preocupada por ella y le prometí que haría algunas indagaciones. He venido por la puerta de atrás porque la parte de delante está bajo vigilancia.

Dotty abrió la boca y los ojos desmesuradamente.

—¿Hay alguien vigilándome?

—Steven Soder ha contratado a una investigadora privada para encontrar a Annie. Se llama Jeanne Ellen Burrows y está en un Jaguar negro, detrás de la furgoneta azul. La he visto al llegar y no quería que ella me viera, por eso he venido por detrás —toma ya, Jeanne Ellen Burrows. Golpe directo. *¡Pumba!*

—Dios mío —dijo Dotty—. ¿Qué puedo hacer?

—¿Sabes dónde está Evelyn?

—No. Lo siento. Evelyn y yo hemos perdido el contacto.

Estaba mintiendo. Había tardado demasiado en decir que no. Y en sus mejillas estaban apareciendo unas manchas de color que antes no tenía. Quizá fuera una de las peores mentirosas que conocía. Era una vergüenza para las mujeres del Burg. Las mujeres del Burg eran unas mentirosas estupendas. No me extrañaba que Dotty hubiera tenido que mudarse a South River.

Me colé en la cocina y cerré la puerta.

—Escucha —dije—, no te preocupes por Jeanne Ellen. No es peligrosa. Sencillamente no la lleves hasta Evelyn.

—Quieres decir que si supiera dónde está Evelyn debería tener cuidado cuando fuera a verla.

—Cuidado no sería suficiente. Jeanne Ellen puede seguirte sin que te des ni cuenta. Ni te acerques adonde esté Evelyn. Mantente lejos de ella.

Aquel consejo no le gustó nada a Dotty.

—Hummm —dijo.

—Quizá deberíamos hablar de Evelyn.

Ella negó con la cabeza.

—No puedo hablar de Evelyn.

Le entregué una de mis tarjetas.

—Llámame si cambias de opinión. Si Evelyn se pone en contacto contigo y decides ir a verla, por favor, plantéate pedirme ayuda. Puedes llamar a Mabel y comprobar que lo que digo es cierto.

Dotty miró la tarjeta y asintió.

—De acuerdo.

Salí por la puerta de atrás y crucé los patios para acceder a la calle. Recorrí la manzana que me separaba de mi coche y me fui a casa.

Cuando salí del ascensor se me cayó el alma a los pies al ver a Kloughn acampado en el descansillo. Estaba sentado con la espalda contra la pared, las piernas estiradas y los brazos cruzados sobre el pecho. La cara se le iluminó al verme y se levantó rápidamente.

—Madre mía —dijo—, has estado fuera toda la tarde. ¿Dónde estabas? ¿No habrás atrapado a Bender, verdad? ¿No le atraparías sin mí, no? Quiero decir que somos un equipo, ¿verdad?

—Verdad —dije—. Somos un equipo —Un equipo sin esposas.

Entramos en el apartamento y los dos fuimos directamente a la cocina. Eché un vistazo al contestador. No parpadeaba. Ningún mensaje de Morelli suplicando una cita. Claro que Morelli nunca suplicaba nada. Pero una chica tiene que mantener las esperanzas. Profundo suspiro mental. Iba a pasar la noche del sábado con Albert Kloughn. Me parecía el fin del mundo.

Kloughn me miraba expectante. Era como un cachorro, con los ojos brillantes y meneando la cola, esperando que le saquen a dar un paseo. Encantador... de un modo increíblemente exasperante.

—¿Y ahora, qué? —dijo—. ¿Qué hacemos ahora?

Necesitaba pensármelo. Normalmente, el problema solía ser *encontrar* al fugitivo. Y encontrar a Bender no me había costado nada. Lo que me costaba era conservarlo.

Abrí el frigorífico y miré el interior. Mi lema siempre ha sido: «Cuando todo lo demás falla, come algo».

—Vamos a preparar la cena —propuse.

—Madre mía, una auténtica comida casera. Eso sí que es una maravilla. No he comido desde hace horas. Bueno, me he comido una chocolatina justo antes de que llegaras, pero eso no cuenta, ¿verdad? Quiero decir que no es comida de verdad. Y todavía tengo hambre. No es una comida como debe ser, ¿verdad?

—Verdad.

—¿Qué vamos a hacer? ¿Pasta? ¿Tienes pescado? Podríamos comer un poco de pescado. O un buen filete. Yo todavía sigo comiendo carne. Mucha gente ya no come carne, pero yo sí. Yo como de todo.

—¿Comes mantequilla de cacahuete?

—Por supuesto. Me encanta la mantequilla de cacahuete. La mantequilla de cacahuete es un alimento básico, ¿verdad?

—Verdad.

Yo como cantidad de mantequilla de cacahuete. No hay que cocinar. Sólo se mancha un cuchillo en la preparación. Y puedes confiar en ella. Siempre es igual. Lo contrario que elegir un pescado que, según mi experiencia, puede resultar algo arriesgado.

Preparé para los dos unos sándwiches de mantequilla de cacahuete y de mantequilla con pepinillos. Y como tenía visita, les añadí una capa de patatas fritas.

—Son muy creativos —dijo Kloughn—. Así se logran muchas texturas. Y no te manchas los dedos de aceite de coger las patatas por separado. Tengo que recordarlo. Siempre estoy abierto a nuevas recetas.

Bueno, pues ya estaba dispuesta a hacer otro intento de atrapar a Bender. Me iba a meter en su casa una vez más. Tan pronto como localizara otro par de esposas.

Marqué el número de Lula.

—Bueno —le dije cuando contestó—, ¿cómo se presenta la noche?

—Estoy intentando decidir qué me pongo, ya que es sábado por la noche. Y no soy una de esas perdedoras que no tienen citas. Ya debería haber salido, pero no acabo de decidirme entre dos vestidos.

—¿Tienes esposas?

—Claro que tengo esposas. Una nunca sabe cuándo las va a necesitar.

—¿Me las podrías dejar? Sólo un par de horas. Tengo que entregar a Bender.

—¿Vas a capturar a Bender esta noche? ¿Necesitas ayuda? Puedo anular la cita. Así no tendría que elegir el vestido. De todas maneras tienes que venir hasta aquí para recoger las esposas, así que me podrías llevar contigo.

—No tienes ninguna cita, ¿verdad?

—La tendría si quisiera.

—Paso a buscarte dentro de media hora.

112

Lula estaba sentada delante y Kloughn en el asiento de atrás. Habíamos aparcado enfrente del apartamento de Bender e intentábamos dilucidar la mejor manera de atacar.

—Tú vigila la puerta de atrás —dije a Lula—. Y Albert y yo entraremos por la principal.

—No me gusta ese plan —dijo Lula—. Yo quiero entrar por delante. Y quiero ser yo quien le ponga las esposas.

—Yo creo que las esposas debería llevarlas Stephanie —dijo Kloughn—. Ella es la cazarrecompensas.

—Ya —dijo Lula—. Y yo qué soy, ¿hígado picado? Además, son mis esposas. Debería ser yo quien las lleve. O las llevo yo o no hay esposas.

—¡Vale! —dije—. *Tú* entras por la puerta principal y *tú* llevas las esposas. Pero asegúrate de que se las pones a Bender.

—¿Y yo qué? —quiso saber Kloughn—. ¿Yo dónde voy? ¿Me encargo de la puerta de atrás? ¿Y qué hago? ¿Reviento la puerta?

—¡No! Nada de reventar la puerta. Te quedas allí y esperas. Tu cometido es encargarte de que Bender no se escape por detrás. O sea, que si se abre la puerta de atrás y ves salir a Bender, tienes que detenerle.

—Puedes confiar en mí. No se me escapará. Ya sé que parezco bastante duro, pero soy aún más duro de lo que aparento. Soy *muy, muy* duro.

—Cierto —dijimos Lula y yo al unísono.

Kloughn rodeó la casa y Lula y yo nos dirigimos a la puerta principal. Llamé con los nudillos y nos pusimos una a cada lado de la puerta. Se oyó el inconfundible sonido de una escopeta amartillándose, Lula y yo nos echamos una mirada de «oh, mierda» y Bender abrió de un tiro un agujero de cincuenta centímetros en su puerta principal.

Lula y yo echamos a correr. Nos metimos en el coche de cabeza, oímos otro disparo de escopeta, me puse como pude al volante y arrancamos quemando llantas. Giré en la esquina del edificio, me salté el bordillo y frené en seco a unos centímetros de Kloughn. Lula agarró a Kloughn por la pechera de la camisa, lo arrastró al interior del coche y salimos disparados.

—¿Qué ha pasado? —preguntó Kloughn—. ¿Por qué nos vamos? ¿No estaba en casa?

—Hemos cambiado de opinión respecto a capturarle hoy —le dijo Lula—. Habríamos podido apresarle si hubiéramos querido, pero nos lo hemos pensado mejor.

—Nos lo hemos pensado mejor porque nos ha disparado —expliqué a Kloughn.

—Estoy bastante seguro de que eso es ilegal —dijo él—. ¿Habéis respondido a sus disparos?

—Lo he pensado —contestó Lula—, pero cuando te cargas a alguien hay que hacer un montón de papeleo. No quería perder toda la noche.

—Al menos has conseguido llevar las esposas —dijo Kloughn.

Lula se miró las manos.

—Ah-ah —dijo—. Se me deben de haber caído con la emoción del momento. No es que me asustara, ¿sabes? Sencillamente me emocioné.

Por el camino me detuve en el bar de Soder.

—Sólo será un minuto —dije—. Tengo que hablar con Steven Soder.

—Por mí no hay inconveniente —dijo Lula—. Me vendría bien una copa —miró a Kloughn—. ¿Tú que dices, muñecote?

—Claro que sí, a mí también me vendría bien una copa. Es sábado por la noche, ¿verdad? Los sábados por la noche hay que salir a tomar una copa.

—Yo podía haber quedado con alguien —dijo Lula.

—Yo también —replicó Kloughn—. Hay montones de mujeres que quieren salir conmigo. Pero no me apetecía. De vez en cuando conviene alejarse de todo ese barullo.

—La última vez que estuve en este bar me tuvieron que echar de malas maneras —dijo Lula—. ¿Tú crees que se acordarán de mí?

Soder me vio en cuanto entramos.

—Hombre, si es la pequeña Miss Fracasada —dijo—. Y sus dos amigos fracasados.

—Di lo que quieras —contesté.

114

—¿Ya has encontrado a mi cría? —era una broma, no una pregunta.

Me encogí de hombros. Un gesto que significaba «puede que sí, pero también puede que no».

—*Fracasaaaaada* —canturreó Soder.

—Deberías aprender un poco de urbanidad —dije—. Tendrías que ser más civilizado conmigo. Y tendrías que haber sido más agradable con Dotty esta mañana.

Aquello le puso en tensión.

—¿Cómo sabes lo de Dotty?

Otro gesto de hombros.

—No vuelvas a encogerte de hombros —dijo—. Esa cerebro de chorlito de mi ex mujer es una secuestradora. Y será mejor que me cuentes lo que sepas.

Le dejé sin conocer la amplitud de mis conocimientos. Probablemente no fuera una postura muy inteligente, pero era definitivamente muy satisfactoria.

—He cambiado de opinión respecto a la copa —dije a Lula y a Kloughn.

—Por mí, de acuerdo —respondió Lula—. La verdad es que no me gusta el ambiente de este bar.

Soder miró otra vez a Kloughn.

—Oye, a ti te recuerdo. Eres el retrasado mental de abogado que representó a Evelyn.

Kloughn resplandeció.

—¿Te acuerdas de mí? No creí que nadie se acordara de mí. Madre mía, quién lo iba a decir.

—Evelyn se quedó con la cría por tu culpa —dijo Soder—. Armaste mucho escándalo a cuenta de este bar. Y le diste la cría a una cretina drogadicta, gilipollas incompetente.

—A mí no me parecía drogadicta —dijo Kloughn—. Si acaso un poco... despistada.

—¿Qué te parece si despisto mi pie en tu culo? —amenazó Soder, dirigiéndose al final de la larga barra de roble.

Lula metió la mano en el gran bolso de cuero que llevaba al hombro.

—Tengo un espray por aquí perdido. Y tengo una pistola.

Le di la vuelta a Kloughn y le empujé hacia la puerta.

—¡*Vámonos!* —grité en su oreja—. ¡Corred al coche!

Lula seguía con la cabeza baja, revolviendo en el bolso.

—*Sé* que tengo una pistola por aquí.

—¡Olvida la pistola! —dije a Lula—. Vámonos de aquí.

—Y un cuerno —contestó—. Este tipo se merece que le peguen un tiro. Y pienso hacerlo si encuentro la pistola.

Soder salió de detrás de la barra y se lanzó sobre Kloughn. Yo me planté delante de él y me dio un empellón con ambas manos.

—Oye, no la empujes así —dijo Lula, y le dio a Soder un golpe con el bolso en la nuca. Él se giró y ella le volvió a pegar, atizándole esta vez en la cara y haciéndole dar dos pasos atrás.

—¿Qué...? —gruñó Soder, aturdido, parpadeando y tambaleándose ligeramente.

Dos matones se acercaban a nosotros desde el otro extremo del bar y la mitad de los presentes había sacado la pistola.

—Ah-ah —dijo Lula—. Creo que me he dejado la pistola en el otro bolso.

Agarré a Lula de una manga, la arrastré hacia la puerta y las dos salimos corriendo. Abrí el coche desde lejos con el control remoto, saltamos a su interior y salí disparada de allí.

—En cuanto consiga encontrar la pistola pienso volver y meterle el cargador por el culo —dijo Lula.

Desde que conozco a Lula nunca la he visto meterle un cargador por el culo a nadie. Las bravuconadas injustificadas son una de las cualidades que más valoramos los cazarrecompensas.

—Necesito un día libre —dije—. Sobre todo, necesito un día sin Bender.


Una de las cosas buenas que tienen los hámsters es que les puedes contar cualquier cosa. Los hámsters no te juzgan, mientras les des de comer.

—No tengo vida propia —dije a Rex—. ¿Cómo he llegado a este punto? Antes era una persona muy interesante. Era divertida. Y ahora, fíjate en mí. Son las dos de la tarde del domingo y he visto *Los cazafantasmas* dos veces. Ni siquiera llueve. No hay excusa, salvo que soy aburrida.

Le eché una mirada al contestador. A lo mejor estaba estropeado. Levanté el auricular del teléfono y escuché el tono de llamada. Apreté el botón del contestador y una voz me dijo que no tenía mensajes. Estúpido invento.

—Necesito un hobby —me dije.

Rex me lanzó una mirada de «sí, claro». ¿Ganchillo? ¿Jardinería? ¿Pintura decorativa? No, creo que no.

—Bueno, y ¿qué te parecen los deportes? Podría jugar al tenis —no, espera un momento, ya intenté jugar al tenis y era una calamidad. ¿Y golf? No, también era una calamidad jugando al golf.

Llevaba vaqueros y camiseta y tenía el botón superior del pantalón desabrochado. Demasiadas magdalenas. Me puse a pensar en que Steven Soder me había llamado fracasada. Puede que tuviera razón. Cerré los ojos con fuerza para ver si era capaz de verter una lágrima de autocompasión. No hubo suerte. Metí el estómago y me abroché el pantalón. Dolor. Y un rollo de grasa cayó sobre la cintura. Nada atractivo.

Entré decidida en el dormitorio y me puse pantalones cortos y zapatillas de deporte. *No* era ninguna fracasada. Sólo tenía un pequeño michelín en la cintura. Vaya una cosa. Un poco de ejercicio y aquella grasa desaparecería. Y además disfrutaría del beneficio extra de las endorfinas. No sabía exactamente lo que eran las endorfinas, pero sabía que eran buenas y que las proporcionaba el ejercicio.

Me subí al CR-V y fui hasta el parque de Hamilton Township. Podría haber ido corriendo desde casa pero eso no tenía ninguna gracia. En Jersey no perdemos la menor oportunidad de sacar el coche. Además, mientras conducía me iba preparando. Necesitaba concienciarme para aquello del ejercicio. Esta vez iba a tomármelo muy en serio. Iba a correr. Iba a sudar. Iba a tener un aspecto genial. Iba a *sentirme* genial. A lo mejor hasta me aficionaba a correr.

Era un maravilloso día de cielo azul y el parque estaba abarrotado. Encontré un sitio al final del aparcamiento, cerré bien

117

el CR-V y me fui trotando al circuito de footing. Hice unos ejercicios de estiramiento para calentar y empecé a correr a trote suave. A los doscientos metros recordé por qué nunca hacía aquello. Lo odiaba. *Odiaba* correr. Odiaba sudar. Odiaba las zapatillas enormes y espantosas que llevaba.

Conseguí llegar a la marca de los quinientos metros, en la que tuve que parar, gracias a Dios, debido a una punzada en el costado. Me miré el michelín. Allí seguía.

Recorrí un kilómetro y me desplomé en un banco. Éste se asomaba a un estanque en el que la gente pasaba remando en barcas. Una familia de patos nadaba junto a la orilla. Al otro lado del estanque podía ver el aparcamiento y un quiosco de bebidas. En aquel quiosco habría agua. En mi banco no había agua. Diantres, ¿a quién quería engañar? No quería agua. Lo que quería era una Coca-Cola. Y un paquete de Cracker Jacks.

Estaba observando a los patos, pensando en que hubo momentos en la historia en que los michelines se consideraban sexys y que era una pena no haber vivido en aquellos tiempos, cuando, de repente, una bestia prehistórica enorme, peluda y amarillenta se me echó encima y hundió su hocico en mi entrepierna. Socorro. Era Bob, el perro de Morelli. En un principio, Bob había venido a vivir a mi casa, pero tras algunas idas y venidas, decidió que prefería vivir con Morelli.

—Se ha puesto nervioso al verte —dijo Morelli, sentándose a mi lado.

—Creí que le ibas a llevar a una escuela para perros.

—Y lo llevé. Aprendió a sentarse, a estarse quieto y a rodar. Pero el curso no incluía olisqueo de entrepierna —me miró de arriba abajo—. Rostro ruborizado, un leve sudor en la frente, el pelo recogido en una coleta, zapatillas de deporte. A ver si lo adivino: has estado haciendo ejercicio.

—¿Y?

—Oye, me parece estupendo. Sólo que me sorprende. La última vez que salí a correr contigo tomaste un desvío hacia la pastelería.

—Estoy pasando una página de mi vida.

—¿No te puedes abrochar los vaqueros?

118

—No, si además quiero respirar.

Bob divisó un pato en la orilla y corrió tras él. El pato se metió en el agua y Bob se hundió hasta las orejas. Se volvió y nos miró aterrado. Posiblemente era el único labrador del mundo que no sabía nadar.

Morelli entró en el lago y arrastró a Bob hasta la orilla. Bob se sacudió en la hierba y salió corriendo inmediatamente detrás de una ardilla.

—Eres todo un héroe —dije a Morelli.

Él se quitó los zapatos y se enrolló los pantalones hasta las rodillas.

—He oído que tú también has hecho alguna heroicidad últimamente. Butch Dziewisz y Frankie Burlew estaban anoche en el bar de Soder.

—No fue culpa mía.

—Claro que fue culpa tuya —dijo Morelli—. Siempre es culpa tuya.

Puse los ojos en blanco.

—Bob te echa de menos.

—Bob debería llamarme de vez en cuando. Y dejarme un mensaje en el contestador.

Morelli se recostó en el banco.

—¿Qué hacías en el bar de Soder?

—Quería hablar con él de Evelyn y Annie, pero no estaba de buen humor.

—¿Le cambió el humor antes o después de que le pegaran con el bolso?

—La verdad es que estuvo más suave después de que Lula le atizara.

—*Aturdido* fue la palabra que utilizó Butch.

—Aturdido puede que fuera la más acertada. No nos quedamos para comprobarlo.

Bob regresó de su cacería de ardillas y le ladró a Morelli.

—Bob está nervioso —dijo Morelli—. Le he prometido que daríamos una vuelta al lago. ¿En qué dirección vas tú?

Tenía un kilómetro si volvía sobre mis pasos y tres si seguía dando la vuelta al lago con Morelli. Estaba muy bien con sus pantalones enrollados y me sentía irresistiblemente tentada. Desgraciadamente, tenía una ampolla en el talón, seguía notando la punzada en el costado y sospechaba que no estaba de lo más atractiva.

—Voy hacia el aparcamiento —contesté.

Hubo un momento incómodo, en el que esperaba que Morelli prolongara el rato que habíamos pasado juntos. Me habría gustado que me acompañara al coche. La verdad es que le echaba de menos. Echaba de menos la pasión y las bromas cariñosas. Ya no me tiraba del pelo. Ya no intentaba mirar por debajo de mi camisa o de mi falda. Estábamos en un periodo de reflexión y no tenía la menor idea de cómo acabar con aquello.

—Procura tener cuidado —dijo Morelli.

Nos miramos el uno al otro durante un instante y nos fuimos cada uno por nuestro lado.

# 7

FUI COJEANDO HASTA EL QUIOSCO y compré una Coca-Cola y un paquete de Cracker Jacks. Los Cracker Jacks no se pueden considerar comida basura, porque son maíz y cacahuetes, y todos conocemos su alto valor nutritivo. Y, además, llevan un premio dentro.

Recorrí el corto espacio que me separaba de la orilla del agua, abrí el paquete y un ganso vino corriendo y me picó en la rodilla. Di un salto hacia atrás, pero él siguió acercándose a mí, graznando y picándome. Tiré una palomita de maíz lo más lejos que pude y el ganso fue tras ella. Grave error por mi parte. Al parecer, tirar un Cracker Jack es el equivalente, en ganso, a mandar una invitación para una fiesta. De repente me encontré rodeada de gansos que venían corriendo de todos los rincones del parque, con sus estúpidas patas palmeadas, meneando sus gordos culos de ganso, agitando sus grandes alas de ganso, y con sus ojos negros y diminutos de ganso fijos en el paquete de Cracker Jacks. Se peleaban entre ellos y se lanzaban sobre mí, graznando, chillando y golpeándose violentamente para ganar una posición privilegiada.

—¡Escapa corriendo, querida! Dales las palomitas —gritó una ancianita desde un banco contiguo—. ¡Tírales la caja o esos monstruos te comerán viva!

Agarré el paquete con fuerza.

—No he llegado al premio. El premio sigue dentro del paquete.

—¡Olvídate del premio!

Se acercaban más y más gansos, volando desde el otro lado del lago. Demonios, a mí me parecía que venían hasta de Canadá. Uno de ellos me golpeó de lleno en el pecho y me tiró al suelo. Di un grito y solté la caja de palomitas. Los gansos la atacaron sin consideración a la vida, humana o gansa. El ruido era ensordecedor. Las alas me golpeaban y sus uñas me desgarraban la camiseta.

Aquel frenesí gastronómico me pareció que duraba horas, pero en realidad debió de durar como un minuto. Los gansos se fueron tan rápidamente como habían venido, y todo lo que quedó fueron plumas y cagadas de ganso. Enormes y gelatinosos pegotes de caca de ganso... hasta donde alcanzaba la vista.

Junto a la anciana del banco había un anciano.

—¿No sabes mucho de la vida, verdad? —dijo.

Me recompuse como pude, llegué hasta el coche, abrí la puerta y me acomodé desmañadamente detrás del volante. Se acabó el ejercicio. Salí del aparcamiento con el piloto automático y, no sé cómo, logré llegar a la avenida Hamilton. Estaba a un par de manzanas de mi apartamento cuando noté un movimiento en el asiento de al lado. Giré la cabeza para mirar y una araña del tamaño de un plato se me echó encima.

—¡*Ayyyyyyy!* ¡Hostias! ¡HOSTIAS!

Le di a un coche aparcado, me subí a la acera y acabé parando en una isleta de césped. Abrí la puerta de golpe y salí del coche de un salto. Todavía estaba pegando saltos y sacudiéndome el pelo cuando llegaron los primeros policías.

—A ver si lo he entendido —dijo uno de los polis—. ¿Casi se estrella contra el Toyota que está aparcado junto al bordillo, sin mencionar los daños a su propio CR-V, porque la atacó una araña?

—No era sólo una araña. Estamos hablando de más de una. Y muy grandes. Posiblemente eran arañas *mutantes*. Una manada de arañas mutantes.

—Me resulta familiar —dijo—. ¿No es usted la cazarrecompensas?

—Sí, y soy muy valiente. Excepto con las arañas.

Y excepto con Eddie Abruzzi. Abruzzi sabía cómo asustar a las mujeres. Conocía todos los bichejos repugnantes que resultaban desmoralizantes e irracionalmente aterradores. Serpientes, arañas y fantasmas en la escalera de incendios.

Los polis intercambiaron una mirada que significaba «chicas...» y se acercaron pavoneándose al CR-V. Metieron las cabezas dentro y, un instante después, se escuchó un grito doble y cerraron la puerta de golpe.

—¡Dios, qué alucine! —gritó uno de ellos—. ¡Hostias!

Tras una breve discusión se decidió que aquello era demasiado para un simple exterminador y, una vez más, llamaron a Control de Animales. Una hora después declaraban el CR-V zona libre de arañas. Me habían puesto una multa por conducción temeraria y había intercambiado datos con el dueño del coche aparcado.

Recorrí las dos manzanas que me quedaban, aparqué y entré con pie inseguro en el edificio. El señor Kleinschmidt se encontraba en el portal.

—Tienes un aspecto horrible —dijo—. ¿Qué te ha pasado? ¿Son plumas de ganso eso que llevas pegado a la camiseta? ¿Y cómo es que la llevas toda rota y manchada de hierba?

—No se lo iba a creer. Ha sido realmente desagradable.

—Seguro que has estado dando de comer a los gansos del parque. No deberías haberlo hecho. Esos gansos son unas fieras.

Solté un suspiro y me metí en el ascensor. Cuando entré en el apartamento noté que había algo diferente. La luz del contestador estaba parpadeando. *Sí*. ¡Por fin! Le di al botón y me acerqué a escuchar.

—¿Te han gustado las arañas? —preguntó una voz.

Todavía seguía de pie en medio de la cocina, en una especie de conmoción por el día que llevaba, cuando llegó Morelli. Llamó con los nudillos una sola vez y la puerta abierta se desplazó. Bob entró delante y se puso a corretear, investigando.

—Tengo entendido que has tenido un problema con unas arañas —dijo Morelli.

—Eso es poco decir.

—He visto tu CR-V en el aparcamiento. Te has cargado todo el lado derecho.

Le puse el mensaje del contestador.

—Ha sido Abruzzi. La voz del contestador no es la suya, pero está detrás de esto. Cree que es una especie de *juego de guerra*. Alguien debió de seguirme al parque. Allí abrieron el coche y metieron las arañas mientras estaba corriendo.

—¿Cuántas arañas?

—Cinco tarántulas de las grandes.

—Puedo hablar con Abruzzi.

—Gracias, pero puedo arreglármelas sola.

Sí, claro, por eso le arranqué la puerta a un coche aparcado. La verdad es que me habría encantado que Morelli tomara parte en el asunto y me quitara de encima a Abruzzi. Desgraciadamente eso daba una mala impresión: hembra tontita e incompetente necesita macho fuerte para salir de situación desesperada.

Morelli me miró de arriba abajo, reparando en las manchas de hierba, las plumas de ganso y los desgarrones de la camiseta.

—Le compré un perrito caliente a Bob después de dar el paseo alrededor del lago y en el quiosco se estaba hablando mucho de una mujer a la que había atacado una bandada de gansos.

—Hummm. Fíjate qué cosas.

—Decían que ella había provocado el ataque dándole a uno de ellos un Cracker Jack.

—No fue culpa mía —dije—. Maldito ganso estúpido.

Bob, que había estado vagando por el apartamento, entró en la cocina y nos sonrió. Un trozo de papel higiénico le colgaba de los labios. Abrió la boca y sacó la lengua. *¡Argh!* Abrió la boca todavía más y vomitó un perrito caliente, un puñado de hierba, un montón de fango y una bola de papel higiénico.

Los dos nos quedamos mirando la humeante montaña de vomitona del perro.

—Bueno, creo que ya es hora de que me vaya —dijo Morelli lanzando un vistazo a la puerta—. Sólo quería cerciorarme de que estabas bien.

—Espera un momento. ¿Quién va a limpiar esto?

—Me encantaría ayudarte, pero..., tía, qué mal huele —se puso la mano sobre la nariz y la boca—. Tengo que irme —dijo—. Es tarde. Tengo cosas que hacer —ya estaba en el descansillo—. Quizá fuera mejor que te marcharas, que alquilaras otro apartamento.

Otra oportunidad para utilizar la mirada asesina.


No dormí bien... algo que seguramente es normal después de ser atacada por gansos asesinos y arañas mutantes. A las seis de la mañana me levanté de la cama, me di una ducha y me vestí. Decidí que me merecía un homenaje después de una noche tan horrorosa, así que me metí en el coche y conduje hasta Barry's Coffees. Siempre había cola en Barry's, pero merecía la pena porque tenía cuarenta y dos clases diferentes de cafés, más toda clase de bebidas calientes exóticas.

Pedí un *mochaccino* con doble ración de caramelo y me lo llevé a la barra de la ventana. Me coloqué junto a una señora de pelo corto y de punta, teñido de rojo fuego. Era bajita y rechoncha, con mejillas como manzanas y cuerpo de manzana. Llevaba enormes pendientes de plata y turquesas, aparatosos anillos en todos sus dedos retorcidos, un chándal de poliéster blanco y zapatillas de plataforma. Tenía los ojos embadurnados de rímel. El rojo oscuro de su lápiz de labios había pasado a la taza del capuchino.

—Oye, querida —dijo con una voz de dos paquetes diarios—. ¿Eso es un *mochaccino* con caramelo? Yo solía tomar de ésos, pero me daban temblores. Demasiado azúcar. Si sigues tomándolos acabarás con diabetes. Mi hermano tiene diabetes y le tuvieron que cortar un pie. Fue algo terrible. Primero los dedos se le pusieron negros; luego todo el pie, y más tarde la piel se le empezó a caer a grandes trozos. Era como si le hubiera atrapado un tiburón y le arrancara bocados de carne.

Miré alrededor en busca de otro sitio para tomarme el café, pero aquello estaba hasta los topes.

—Ahora está en una residencia, pues ya no puede manejarse muy bien solo —dijo—. Le voy a visitar siempre que puedo, pero tengo cosas que hacer. Cuando llegas a mi edad lo último que quieres es quedarte sentada perdiendo el tiempo. Cualquier mañana podría despertarme muerta. Claro que yo me mantengo en muy buena forma. ¿Qué edad crees que tengo?

—¿Ochenta años?

—Setenta y cuatro. Unos días estoy mejor que otros —dijo—. ¿Cómo te llamas, querida?

—Stephanie.

—Yo me llamo Laura. Laura Minello.

—¿Laura Minello? Ese nombre me suena. ¿Es usted del Burg?

—No. He vivido toda mi vida en North Trenton. En la calle Cherry. Trabajaba en la oficina de la Seguridad Social. Trabajé allí veintitrés años, pero no me puedes recordar de eso. Eres demasiado joven.

Laura Minello. La conocía de algo, pero no podía recordar de qué.

Laura Minello señaló a un Corvette rojo aparcado enfrente de Barry's.

—¿Ves ese coche rojo de lujo? Es mío. Bonito, ¿eh?

Miré al coche. Luego miré a Laura Minello. Luego volví a mirar al coche. Oh, cielos. Rebusqué en mi bolso los expedientes que me había dado Connie.

—¿Hace mucho que tiene ese coche? —pregunté a Laura.

—Un par de días.

Saqué los papeles del bolso y revisé la primera página. Laura Minello, acusada de robo de vehículos, edad: setenta y cuatro años. Residente en la calle Cherry.

Los caminos del Señor son inescrutables.

—Ha robado ese Corvette, ¿verdad?

—Lo tomé prestado. Los viejos tienen derecho a hacer estas cosas, y disfrutar un poco antes de hincar el pico.

Ay, madre. Tenía que haber mirado el contrato de la fianza antes de aceptar el caso. Nunca te metas con los viejos. Siempre es un desastre. Los viejos manipulan las cosas. Y te hacen quedar como un capullo cuando vas a detenerlos.

—Qué extraña coincidencia —dije—. Yo trabajo para Vincent Plum, su avalista. No se presentó al juicio y tienen que darle fecha nueva.

—Muy bien. Pero hoy no puede ser. Me voy a Atlantic City. Búsqueme un hueco la semana que viene.

—La cosa no funciona así.

Un coche patrulla pasó por delante de Barry's. Se detuvo justo detrás del Corvette y los dos polis se apearon.

—Huy, huy, huy... —dijo Laura—. Esto tiene mala pinta.

Uno de los polis era Eddie Gazarra, que estaba casado con mi prima Shirley la Llorona. Gazarra comprobó la matrícula del Corvette y rodeó el coche. Volvió al coche patrulla e hizo una llamada.

—Malditos polis —dijo Laura—. No tienen nada mejor que hacer que andar por ahí fastidiando a los ancianos. Debería haber una ley contra eso.

Golpeé en la ventana de la cafetería y atraje la atención de Gazarra. Señalé a Laura y sonreí. «Aquí está», dije sin palabras.

Era cerca de mediodía y estaba aparcada enfrente de la oficina de Vinnie, intentando reunir valor para entrar. Había seguido a Gazarra y a Laura Minello hasta la comisaría y me habían dado el recibo de entrega por su captura. El recibo me supondría el quince por ciento de la fianza de Minello. Y ese quince por ciento se convertiría en una aportación esencial al alquiler de este mes. Normalmente, la entrega de un recibo de captura es un motivo de celebración. Hoy se veía enturbiado por el hecho de haber perdido cuatro pares de esposas en el curso de la persecución de Bender. Eso sin mencionar que las cuatro veces había quedado como una completa idiota. Y Vinnie estaba en la oficina, agazapado en su guarida, deseando recordarme todo aquello.

Apreté los dientes, agarré el bolso y me dirigí a la puerta.

Lula dejó de limarse las uñas cuando entré.

—Hola, bombón —dijo—. ¿Qué hay de nuevo?

Connie levantó la mirada del ordenador.

—Vinnie está en su despacho. Saca los ajos y las cruces.

—¿De qué humor está?

—¿Has venido a decirme que has capturado a Bender? —gritó Vinnie desde el otro lado de la puerta cerrada.

—No.

—Entonces, estoy de *mal* humor.

—¿Cómo puede oír con la puerta cerrada? —pregunté a Connie.

Ella levantó la mano con el dedo medio estirado.

—Te he visto —gritó Vinnie.

—Ha hecho instalar micros y cámaras para no perderse nada —dijo Connie.

—Sí, de segunda mano —añadió Lula—. Los ha sacado de la tienda de películas porno que cerró. Yo no los tocaría ni con guantes de goma.

La puerta de Vinnie se abrió y éste asomó la cabeza.

—Andy Bender es un borracho, por Dios Santo. Se levanta por las mañanas, se cae dentro de una lata de cerveza y no sale en todo el día. Tendría que haber sido un chollo para ti. Sin embargo, te está haciendo quedar como una cretina.

—Es uno de esos borrachos habilidosos —dijo Lula—. Hasta puede correr estando borracho. Y la última vez disparó contra nosotras. Vas a tener que pagarme más si me arriesgo a que me disparen.

—Sois patéticas las dos —dijo Vinnie—. Yo podría detener a ese tío con una mano atada a la espalda. Podría detenerle con los ojos cerrados.

—Ya —dijo Lula.

Vinnie se inclinó hacia ella.

—¿No me crees? ¿Crees que no sería capaz de entregar a ese sujeto?

—Existen los milagros —respondió Lula.

—¿Ah, sí? ¿Crees que haría falta un milagro? Bueno, pues te voy a enseñar un milagro. Vosotras dos, fracasadas, venid aquí esta noche a las nueve y atraparemos al fulano ese.

Vinnie metió la cabeza en el despacho y cerró de un portazo.

—Espero que tenga esposas —dijo Lula.

Le di a Connie el recibo de entrega de Laura Minello y esperé a que rellenara mi cheque. La puerta de entrada se abrió y todas nos giramos hacia ella.

—Eh, yo te conozco —dijo Lula a la mujer que entraba en la oficina—. Intentaste matarme.

Era Maggie Mason. La habíamos conocido en un caso anterior. Nuestras relaciones con Maggie empezaron mal, pero acabaron bien.

—¿Sigues dedicándote a la lucha libre en el barro en el Snake Pit? —preguntó Lula.

—El Snake Pit cerró —Maggie se encogió de hombros como queriendo decir «esas cosas pasan»—. De todas formas, ya era hora de cambiar. La lucha libre estuvo bien durante algún tiempo, pero mi sueño siempre fue abrir una librería. Cuando el Pit cerró convencí a uno de los dueños para que se metiera en negocios conmigo. Por eso he pasado por aquí. Vamos a ser vecinas. Acabo de firmar el contrato de alquiler del edificio de al lado.


Estaba sentada en mi coche medio destrozado, frente a la oficina de Vinnie, pensando en qué hacer a continuación, cuando sonó el móvil.

—Tienes que hacer algo —me dijo la abuela Mazur—. Mabel acaba de estar en casa, por decimocuarta vez. Nos está volviendo locas. Primero se pasa el día haciendo tartas y luego nos las trae a nosotras porque ya no le caben en su casa. La tiene alfombrada de tartas. Y esta última vez se ha puesto a llorar. *A llorar.* Ya sabes que aquí lo de llorar no nos hace mucha gracia.

—Está preocupada por Evelyn y Annie. Es la única familia que le queda.

—Pues encuéntralas —dijo la abuela—. Ya no sabemos qué hacer con tantos bizcochos de café.

Fui en el coche hasta la calle Key y aparqué delante de la casa de Evelyn. Pensé en Annie, durmiendo en su habitación del piso de arriba, jugando en el pequeño jardín de atrás. Una niñita de pelo rojo y rizado, y ojos grandes y profundos. Una cría que era la mejor amiga de mi sobrina, el caballo. ¿Qué clase de niña haría buenas migas con Mary Alice? No es que Mary Alice no sea una niña estupenda pero, seamos sinceros, se sale un poquito de lo normal. Seguramente tanto Mary Alice como Annie se sentían fuera de lugar y necesitaban una amiga. Y se encontraron la una a la otra.

«Háblame», le dije a la casa. «Cuéntame un secreto».

Estaba esperando a que la casa me contara algo cuando un coche se detuvo detrás de mí. Era un gran Lincoln negro y había dos hombres en los asientos delanteros. No tuve que pensar demasiado ni demasiado tiempo para deducir que eran Abruzzi y Darrow.

Lo más inteligente habría sido arrancar sin mirar atrás. Puesto que tengo un largo historial de hacer muy rara vez lo más inteligente, puse el seguro de la puerta, abrí un pequeño resquicio en la ventana y esperé a que Abruzzi viniera a hablar conmigo.

—Has cerrado la puerta —dijo Abruzzi cuando se me acercó—. ¿Tienes miedo de mí?

—Si tuviera miedo habría puesto el motor en marcha. ¿Viene mucho por aquí?

—Me gusta inspeccionar mis propiedades —respondió—. ¿Qué haces aquí? No estarás pensando en volver a allanar la casa, ¿verdad?

—No. Sólo estoy disfrutando de las vistas. Qué rara coincidencia que siempre aparezca cuando vengo por aquí.

—No es una coincidencia —dijo Abruzzi—. Tengo informadores por todas partes. Sé todo lo que haces.

—¿Todo?

Se encogió de hombros.

—Muchas cosas. Por ejemplo, sé que estuviste en el parque el sábado. Y que después tuviste un desafortunado incidente en el coche.

—Algún subnormal creyó que tendría gracia meter unas arañas en mi coche.

—¿Te gustan las arañas?

—No están mal. No son tan divertidas como los conejitos, por ejemplo.

—Tengo entendido que le diste a un coche aparcado.

—Una de las arañas me pilló por sorpresa.

—En una batalla el factor sorpresa es importante.

—Esto no es una batalla. Intento tranquilizar a una pobre anciana encontrando a una niña.

—Debes de pensar que soy estúpido. Eres una cazarrecompensas. Una mercenaria. Sabes perfectamente de qué va esto. Estás metida en ello por el dinero. Sabes lo que está en juego. Y sabes lo que estoy intentando recuperar. Lo que no sabes es con quién estás tratando. Por ahora estoy jugando contigo, pero en algún momento el juego llegará a aburrirme. Si no te has puesto de mi lado cuando llegue ese momento, iré a por ti sin piedad y te arrancaré el corazón mientras todavía esté latiendo.

Puag.

Iba vestido con traje y corbata. Con mucho estilo. Todo parecía caro. Sin manchas de grasa en la corbata. Era un demente, pero por lo menos iba bien vestido.

—Creo que me voy a ir ya —dije—. Usted probablemente necesitará ir a casa a tomar la medicación.

—Me alegro de saber que te gustan los conejitos —dijo él.

Puse el motor en marcha y arranqué. Abruzzi se quedó de pie, observando cómo me alejaba. Miré por el retrovisor para descubrir si me seguían. No vi a nadie. Giré por un par de calles. No me seguían. Tenía una sensación desagradable en el estómago. Se parecía mucho al horror.

Pasé por delante de la casa de mis padres y vi el Buick de mi tío Sandor aparcado a la entrada. Mi hermana estaba usando el coche del tío hasta que ahorrara suficiente dinero para comprarse uno. Pero a esa hora tenía que estar en el trabajo. Aparqué detrás de ella y entré en casa. La abuela Mazur, mi madre y Valerie estaban sentadas alrededor de la mesa de la cocina. Cada una tenía una taza de café delante, pero ninguna bebía.

Yo opté por tomarme un refresco y me senté en la cuarta silla.

—¿Qué pasa?

—Han despedido a tu hermana del banco —dijo la abuela Mazur—. Se ha peleado con su jefe y la han despedido fulminantemente.

¿Valerie peleándose con alguien? ¿Santa Valerie? ¿La hermana con el mismo carácter que el pudin de vainilla?

Cuando éramos niñas, Valerie siempre entregaba los deberes a tiempo, hacía la cama antes de ir al colegio y se decía que tenía un asombroso parecido con las serenas estatuas de escayola de la Virgen María que se encontraban en los jardines y las iglesias del Burg. Incluso la regla de Valerie venía y se iba serenamente, llegando siempre puntualmente, al minuto, con delicado flujo y cambios de humor que iban de encantadora a más encantadora.

Yo era la hermana que sufría de dolor de ovarios.

—¿Qué ha pasado? —pregunté—. ¿Cómo has podido tener una pelea con tu jefe? Acababas de empezar en ese trabajo.

—Se puso irracional —dijo Valerie—. Y cruel. Cometí un error minúsculo y se puso como una fiera, y empezó a gritarme delante de todo el mundo. Y sin darme cuenta me puse a contestarle en el mismo tono. Y me despidió.

—¿Le *gritaste?*

—Últimamente he estado un poco alterada.

Sin coña. El mes pasado decidió que iba a intentar hacerse lesbiana y ahora le daba por gritar. ¿Qué sería lo próximo? ¿Darle una vuelta completa a la cabeza?

—¿Y qué error cometiste?

—Tiré un poco de sopa. Eso fue todo. Se me cayó un poco de sopa.

—Era una de esas sopas instantáneas —dijo la abuela—. Una de esas que tienen fideos pequeñitos. Valerie la derramó encima de un ordenador, la sopa se coló por todas las aberturas y se cargó el sistema. Casi tienen que cerrar el banco.

Yo no quería que le pasara nada malo a Valerie. Pero no dejaba de ser agradable ver que la cagaba después de toda una vida de perfección.

—Me imagino que no habrás recordado nada nuevo de Evelyn —dije a Valerie—. Mary Alice dijo que Annie y ella eran amigas íntimas.

—Eran amigas del colegio —dijo Valerie—. No recuerdo haber visto nunca a Annie.

Miré a mi madre.

—Y tú, ¿conociste a Annie?

—Evelyn solía traerla por aquí cuando era más pequeña, pero dejaron de visitarnos hace un par de años, cuando Evelyn empezó a tener problemas. Y Annie nunca vino a casa con Mary Alice. Más aún, creo que Mary Alice nunca nos habló de Annie.

—Al menos nada que pudiéramos entender —dijo la abuela—. Puede que nos dijera algo en el idioma de los caballos.

Valerie, con aspecto deprimido, empujaba una galleta con el dedo por la mesa de la cocina. Si fuera *yo* la deprimida, la galleta ya no existiría. Y ahora que lo pienso...

—¿Te vas a comer esa galleta? —pregunté a Valerie.

—Seguro que los fideos esos eran como lombrices —dijo la abuela—. ¿Recordáis cuando Stephanie tuvo lombrices? El médico dijo que eran de la lechuga. Decía que no lavábamos bien la lechuga.

Me había olvidado de las lombrices. No era uno de los mejores recuerdos de mi infancia. Igual que el día que vomité espaguetis con albóndigas encima de Anthony Balderry.

Me acabé el refresco, me comí la galleta de Valerie y pasé a la casa de al lado para charlar con Mabel.

—¿Alguna novedad? —pregunté a Mabel.

—Me han vuelto a llamar de la oficina de fianzas. ¿No se presentarán aquí y me echarán por las buenas, verdad?

—No. Tendrían que hacerlo por la vía judicial. Y la agencia de fianzas tiene buena reputación.

—No he sabido nada de Evelyn desde que se fue —dijo Mabel—. Y a estas alturas ya tendría que haber sabido algo.

Regresé al coche y marqué el número de Dotty.

—Soy Stephanie Plum —dije—. ¿Va todo bien?

—La mujer de la que me hablaste sigue sentada delante de mi casa. Incluso me he tomado el día libre porque me tiene aterrada. He llamado a la policía, pero me han dicho que no pueden hacer nada.

—¿Tienes la tarjeta con mi número de busca?

—Sí.

—Llámame si quieres ir a ver a Evelyn. Te ayudaré a esquivar a Jeanne Ellen.

Corté la comunicación e hice un gesto de impotencia. ¿Qué más podía hacer?

El timbre del teléfono me hizo dar un brinco. Era Dotty que me devolvía la llamada.

—De acuerdo, necesito ayuda. No estoy diciendo que sepa dónde está escondida Evelyn. Sólo digo que necesito ir a un sitio y no quiero que me sigan.

—Entendido. Estoy a unos cuarenta y cinco minutos.

—Entra otra vez por la puerta de atrás.

Puede que después de todo Jeanne Ellen me estuviera haciendo un favor. Había puesto a Dotty en situación de necesitar mi ayuda. Raro, ¿eh?

Lo primero que hice fue pasarme por la oficina y recoger a Lula.

—Vamos a divertirnos —dijo—. Yo me encargo de distraer a Jeanne Ellen. Soy la reina de la distracción.

—Estupendo. Pero recuerda una cosa: nada de tiros.

—Tal vez una llanta —dijo Lula.

—Ni una llanta. Nada. *Ni un solo disparo.*

—Espero que te des cuenta de que eso dificulta en gran medida mi maniobra de distracción.

Lula llevaba las botas nuevas con una minifalda de tejido elástico y color amarillo limón. Me dio la impresión de que no le costaría mucho distraer a alguien.

—Éste es el plan —dije cuando llegamos a South River—: voy a aparcar a una manzana de la casa de Dotty y vamos a entrar por detrás. Luego, tú puedes ocuparte de Jeanne Ellen mientras yo me llevo a Dotty adonde esté Evelyn.

Acortamos por los patios y llamé con un solo golpe a la puerta de la cocina.

Dotty abrió la puerta y sofocó un grito.

—Santo Dios —dijo—. No esperaba a... dos personas.

Lo que no esperaba era a una negra sobredimensionada reventando una diminuta minifalda amarilla.

—Ésta es mi socia Lula —dije—. Se le dan bien las labores de distracción.

—Te creo.

Dotty iba vestida con vaqueros y zapatillas de deporte. Tenía preparada una bolsa de alimentos encima de la mesa de la cocina y llevaba a un niño de dos años en brazos.

—Tengo un problema —dijo—. *Una amiga* mía se ha quedado sin nada de comida en casa y no puede salir a la compra. Y quiero llevarle estas cosas.

—¿Jeanne Ellen está delante de la casa?

—Se ha ido hace unos diez minutos. Lo hace de vez en cuando. Se pasa horas ahí sentada y luego se marcha un rato; pero siempre regresa.

—¿Por qué no le llevas la compra a *tu amiga* cuando se va Jeanne Ellen?

—Tú me dijiste que no lo hiciera. Tú dijiste que, aunque no la viera, me seguiría.

—Bien pensado. Bueno, éste es el plan: tú y yo nos escabulliremos por la parte de atrás e iremos en mi coche. Y Lula se llevará tu coche. Lula nos confirmará que no nos siguen y despistará a Jeanne Ellen si aparece.

—No me vale —dijo Dotty—. Tengo que ir sola. Y necesito que alguien se quede con los críos. La canguro me acaba de dar plantón. Voy a tener que ir yo sola por detrás y llevarme tu coche, mientras tú te ocupas de los niños. No tardaré mucho.

Lula y yo gritamos «no» al mismo tiempo.

—No es buena idea —dije—. Nosotras no cuidamos niños. La verdad es que no sabemos nada de niños —miré a Lula—. ¿Tú sabes algo de niños?

Lula sacudió la cabeza con energía.

—No sé nada de niños. Y tampoco *quiero* saber nada de niños.

—Si no le llevo esta comida a Evelyn, va a salir a comprarla ella misma. Si la reconocen tendrá que buscar otro escondite.

—Evelyn y Annie no pueden pasarse toda la vida escondidas —dije.

—Ya lo sé. Estoy intentando arreglar las cosas.

—¿Hablando con Soder?

La sorpresa se reflejó con claridad en su cara.

—Tú también me has estado vigilando.

—Soder no parecía muy feliz. ¿De qué discutíais?

—No te lo puedo decir. Y tengo que irme. Por favor, dejad que me vaya.

—Quiero hablar con Evelyn por teléfono. Necesito saber que está bien. Si puedo hablar con ella por teléfono dejaré que te vayas. Y Lula y yo nos quedaremos de canguros.

—Alto ahí —dijo Lula—. A mí no me convence ese trato. Los críos me aterran.

—De acuerdo —dijo Dotty—. No creo que pase nada malo por que hables con Evelyn.

Fue al salón y marcó el número. Mantuvieron una breve conversación y Dotty regresó y me pasó el teléfono.

—Tu abuela está preocupada —dije a Evelyn—. Está preocupada por ti y por Annie.

—Dile que estamos bien. Y, por favor, deja de buscarnos. Lo único que haces es complicar más las cosas.

—No es por mí por quien tienes que preocuparte. Steven ha contratado a una investigadora privada que es muy buena.

—Ya me lo ha dicho Dotty.

—Me gustaría hablar contigo.

—No puedo. Primero tengo que arreglar las cosas.

—¿Qué cosas?

—No puedo hablar de eso —y colgó.

Le di a Dotty las llaves de mi coche.

—Estate muy atenta a Jeanne Ellen. No dejes de mirar el retrovisor por si te sigue.

Dotty agarró la bolsa de la compra.

—No dejes que Scotty beba del retrete —dijo, y se marchó.

El niño estaba de pie en medio de la cocina, mirándonos a Lula y a mí como si no hubiera visto a un ser humano en su vida.

—¿Tú crees que éste será Scotty? —preguntó Lula.

Una niña apareció en el pasillo que conducía a las habitaciones.

—Scotty es el perro —dijo—. Mi hermano se llama Oliver. ¿Y vosotras quiénes sois?

—Somos las canguros —dijo Lula.

# 8

DÓNDE ESTÁ BONNIE? —preguntó la niña—. A Oliver y a mí siempre nos cuida Bonnie.

—Bonnie nos ha dado plantón —dijo Lula—. Por eso estamos nosotras.

—No quiero que seas mi canguro. Estás gorda.

—No estoy gorda. Soy una mujer *con sustancia*. Y será mejor que tengas cuidado con lo que dices, porque si dices cosas de ésas en primer grado, te echarán del colegio de una patada en el culo. Estoy segura de que en primero no consiente esa clase de lenguaje.

—Le voy a decir a mi madre que has dicho «culo». Cuando sepa que has dicho «culo» no te pagará. Y nunca más te llamará para que nos cuides.

—¡Qué desgracia tan grande! —dijo Lula.

—Ésta es Lula. Y yo soy Stephanie —dije a la niña—. ¿Tú cómo te llamas?

—Me llamo Amanda y tengo siete años. Y no me gustáis *ninguna* de las dos.

—Va a ser una maravilla cuando llegue a la edad de tener el síndrome premenstrual —dijo Lula.

—Tu mamá no tardará mucho —dije a Amanda—. ¿Qué te parece si ponemos la televisión?

—A Oliver no le gustaría —dijo Amanda.

—Oliver —dije—, ¿quieres ver la televisión?

Oliver sacudió la cabeza.

—No —gritó—. ¡No, no, no!

Y se puso a llorar. A pleno pulmón.

—Ahora sí que la has armado buena —dijo Lula—. ¿Por qué grita? Tía, no puedo oír ni mis pensamientos. Que alguien le calle.

Me agaché junto a él.

—Oye, chicarrón. ¿Qué te pasa?

—¡No, no, no! —gritó con la cara roja como un ladrillo y contraída por la ira.

—Si sigue frunciendo el ceño de esa manera tendrán que ponerle Botox.

Le palpé la zona del pañal. No parecía húmeda. No tenía ninguna cuchara metida por la nariz. Ninguna extremidad parecía haber sido amputada.

—No sé qué le pasa —dije—. Yo sólo entiendo de hámsters.

—Pues a mí no me mires —dijo Lula—. Yo no tengo ni idea de niños. Nunca fui niña. Nací en un antro de consumo de crack. En mi barrio la opción de ser niño ni siquiera se tenía en cuenta.

—Tiene hambre —dijo Amanda—. Va a seguir llorando así hasta que le deis algo de comer.

Encontré una caja de galletas en un armario y le ofrecí una a Oliver.

—No —gritó, y le dio un manotazo a la galleta.

Un perro de aspecto cochambroso salió disparado desde el pasillo y se zampó la galleta antes de que tocara el suelo.

—Oliver no quiere comer galletas —dijo Amanda.

Lula se tapó las orejas con las manos.

—Si no deja de aullar me voy a quedar sorda. Me está levantando dolor de cabeza.

Saqué una botella de zumo de la nevera.

—¿Quieres de esto? —pregunté.

—¡No!

Lo intenté con un helado.

—¡No!

—¿Qué te parecería una pierna de cordero? —preguntó Lula—. Yo me comería una pierna de cordero.

A estas alturas, Oliver estaba tirado en el suelo boca arriba, pataleando sobre las baldosas.

—¡No, no, no!

—Esto sí que es un berrinche en toda regla —dijo Lula—. Este crío necesita un poco de disciplina.

—Le voy a decir a mi madre que habéis hecho llorar a Oliver —amenazó Amanda.

—Oye, no me agobies —contesté—. Hago lo que puedo. Tú eres su hermana. Podrías ayudarme.

—Quiere un sándwich de queso a la plancha —replicó Amanda—. Es su comida favorita.

—Menos mal que no quería una pierna de cordero —dijo Lula—. No habríamos sabido cómo cocinarla.

Encontré una sartén, mantequilla y queso, y me puse a tostar el sándwich. Oliver seguía desgañitándose a pleno pulmón y ahora se le había añadido el perro, que aullaba dando vueltas alrededor de él.

El timbre de la puerta sonó y pensé que, con la suerte que estaba teniendo, probablemente sería Jeanne Ellen. Dejé que Lula se encargara del sándwich de queso y fui a abrir. Me equivocaba en cuanto a que fuera Jeanne Ellen, pero no respecto a mi suerte. Era Steven Soder.

—¿Qué demonios es esto? —dijo—. ¿Qué estás haciendo tú aquí?

—De visita.

—¿Dónde está Dotty? Tengo que hablar con ella.

—¡Eh! —gritó Lula desde la cocina—. Necesito una opinión autorizada sobre este sándwich.

—¿Quién es ésa? —quiso saber Soder—. No parece la voz de Dotty. Más bien parece la de la gorda que me atizó con el bolso.

—En este momento estamos ocupadas —dije—. Quizá podrías volver más tarde.

Pasó por mi lado flexionando sus músculos y entró en la cocina.

—¡Tú! —gritó a Lula—. Te voy a matar.

—No hables así delante de la n-i-ñ-a —dijo Lula—. No se debe usar esa clase de lenguaje violento. Cuando llegan a la adolescencia les remueve un montón de mierda por dentro.

—No soy estúpida —dijo Amanda—. Sé deletrear. Y le voy a contar a mi madre que has dicho «mierda».

—Todo el mundo dice «mierda» —contestó Lula, y me miró a mí—. ¿Verdad que todo el mundo dice «mierda»? ¿Qué tiene de malo decir «mierda»?

El sándwich de queso fundido de la sartén tenía una pinta estupenda, así que lo saqué con una espátula, lo puse en un plato y se lo pasé a Oliver. El perro dejó de correr en círculos, robó el sándwich del plato y se lo comió de un bocado. Y Oliver volvió a su berrinche.

—Oliver tiene que comer en la mesa —dijo Amanda.

—En esta casa hay que recordar un montón de cosas —protestó Lula.

—Quiero hablar con Dotty —dijo Soder.

—Dotty no está aquí —grité por encima del llanto de Oliver—. Habla conmigo.

—Ni lo sueñes —respondió—. Y, por los clavos de Cristo, que alguien haga callar a ese crío.

—El perro se ha comido su sándwich —explicó Lula—. Y es culpa tuya por habernos distraído.

—Pues haz tu numerito de Tía Jemima* y prepárale otro sándwich —dijo Soder.

Los ojos de Lula se le salían de las órbitas.

—¿Tía Jemima, dices? ¿Has dicho tía Jemima? —se encaró con él hasta que su nariz estuvo a unos milímetros de la de Soder, con una mano en la cadera y con la otra sujetando fuertemente la sartén—. Escúchame, asqueroso fracasado del culo, será mejor que no me llames Tía Jemima, porque puedo *darte* Tía Jemima en la cara con esta sartén. Lo único que me contiene es que no quiero m-a-t-a-r-t-e delante de los e-n-a-n-o-s.

---

* Aunt Jemima es una famosa marca de sirope y harina para hacer tortitas, y se caracteriza por el dibujo de una cocinera negra al más puro estilo tradicional. *[N. del T.]*

Entendía la postura de Lula, a pesar de que, al ser una mujer trabajadora blanca, mi perspectiva de Tía Jemima era completamente diferente. A mí, ese personaje sólo me traía buenos recuerdos, de humeantes tortitas chorreando sirope. Me encantaba Tía Jemima.

—Toc, toc —dijo Jeanne Ellen desde la puerta abierta—. ¿Puede añadirse uno más a esta fiesta?

Jeanne Ellen llevaba otra vez su modelo de cuero negro.

—¡Ahí va! —dijo Amanda—. ¿Eres Catwoman?

—Michelle Pfeiffer era Catwoman —dijo Jeanne Ellen. Luego bajó la mirada a Oliver. Estaba de nuevo tumbado en el suelo, pataleando y gritando—. Basta —dijo Jeanne Ellen.

Oliver parpadeó dos veces y se metió el dedo pulgar en la boca.

Jeanne Ellen me sonrió.

—¿De canguro?

—Pues sí.

—Qué bonito.

—Tu cliente está inmiscuyéndose —protesté.

—Te presento mis disculpas —dijo Jeanne Ellen—. Ya nos vamos.

Amanda, Oliver, Lula y yo nos quedamos quietos como estatuas hasta que la puerta se cerró detrás de Jeanne Ellen y Soder. Luego, Oliver se puso a llorar otra vez.

Lula intentó calmarle, pero sólo consiguió que Oliver gritara aun más. Así que le hicimos otro sándwich de queso a la plancha.

Oliver estaba acabándose el sándwich cuando regresó Dotty.

—¿Qué tal todo? —preguntó.

Amanda miró a su madre. Luego nos miró detenidamente a Lula y a mí.

—Muy bien —dijo—. Me voy a ver la televisión.

—Steven Soder se ha pasado por aquí —dije.

A Dotty se le fue el color de la cara.

—¿Ha estado aquí? ¿Soder ha venido aquí?

Alargó una mano hacia Oliver, en un protector gesto maternal. Retiró el pelo de la frente del niño.

—Espero que Oliver no os haya dado mucho la lata.

—Oliver se ha portado de maravilla —dije—. Tardamos un poco en descubrir que lo que quería era un sándwich de queso a la plancha, pero a partir de ahí se ha portado de maravilla.

—A veces ser madre separada puede llegar a desbordarte un poco —dijo Dotty—. Las responsabilidades. Y lo de estar sola. Cuando todo va bien no importa, pero a veces a una le gustaría que hubiera otro adulto en casa.

—Le tienes miedo a Soder.

—Es una persona horrible.

—Deberías contarme lo que está pasando. Podría ayudarte —al menos, *esperaba* poder ayudarla.

—Necesito pensármelo —dijo Dotty—. Te agradezco el ofrecimiento, pero necesito pensármelo.

—Me pasaré mañana por la mañana para ver si estás bien —dije—. Tal vez mañana podamos aclarar todo esto.

Lula y yo ya estábamos a medio camino de Trenton y ninguna de las dos había dicho una palabra.

—La vida se está volviendo cada vez más rara —dijo Lula por fin.

Aquella frase resumía en gran medida mis pensamientos. Supongo que había progresado un poco. Había hablado con Evelyn. Ya sabía que, por el momento, se encontraba en lugar seguro. Y sabía que no estaba demasiado lejos. Dotty había tardado en ir y volver menos de una hora.

Soder se estaba poniendo muy pesado, pero entendía su comportamiento. Era un capullo, pero también era un padre preocupado. Lo más probable era que Dotty estuviera negociando una especie de tregua entre Evelyn y Soder.

A la que no podía entender era a Jeanne Ellen. El hecho de que siguiera vigilando la casa me preocupaba. Ahora que Dotty conocía la existencia de Jeanne Ellen, permanecer al acecho parecía algo sin sentido. Entonces, ¿por qué seguía Jeanne Ellen enfrente de la casa de Dotty cuando nos fuimos? Era posible que Jeanne Ellen quisiera ejercer cierta presión acosándola. Intentar que Dotty capitulara a base de hacerle la vida insoportable. Había otra posibilidad, que parecía algo desatinada pero que había que tener en cuenta: la protección. Jeanne Ellen estaba allí como la escolta de la reina. Tal vez Jeanne Ellen estaba protegiendo el vínculo entre Evelyn y Annie. Esto me planteaba una serie de preguntas que no era capaz de contestar, tales como: ¿de *quién* protegía Jeanne Ellen a Dotty? ¿De Abruzzi?

—¿Estarás a las nueve? —me preguntó Lula cuando aparqué delante de la oficina.

—Supongo que sí. ¿Y tú?

—No me lo perdería por nada del mundo.

De camino a casa me detuve en la tienda y compré algunas cosas. Para cuando llegué al apartamento ya era la hora de la cena y el edificio estaba lleno de aromas de comida. Sopa minestrone detrás de la puerta de la señora Karwatt. Burritos en el otro extremo del pasillo.

Llegué a mi puerta con la llave en la mano y me quedé helada. Si Abruzzi podía meterse en un coche cerrado con llave, también podría entrar en el apartamento. Había que tener cuidado. Metí la llave en la cerradura. La giré. Abrí la puerta. Me quedé un momento quieta en el descansillo, con la puerta abierta, tomándole el pulso al apartamento. Escuchando el silencio. Tranquilizada por los latidos de mi corazón y el hecho de que no se hubiera lanzado a devorarme una jauría de perros furiosos.

Atravesé el umbral, dejando la puerta abierta, y recorrí las habitaciones, abriendo cuidadosamente cajones y armarios. Ninguna sorpresa, gracias a Dios. Sin embargo, sentía algo peculiar en el estómago. Me estaba costando mucho borrar la amenaza de Abruzzi de mi cabeza.

—Toc, toc —dijo una voz desde el quicio de la puerta. Kloughn.

—Estaba por el barrio —dijo—, y se me ha ocurrido pasar a saludarte. Además, traigo comida china. Era para mí, pero he comprado demasiada. Y he pensado que podría apetecerte. Pero no te la tienes que comer si no quieres. Aunque, claro, si te apeteciera sería genial. No sé si te gusta la comida china. O si prefieres comer sola. O...

Agarré a Kloughn y tiré de él hacia el interior del apartamento.

—¿Qué es esto? —dijo Vinnie cuando me presenté con Kloughn.

—Albert Kloughn —dije—. Abogado.

—¿Y?

—Me ha invitado a cenar y yo le he invitado a venir con nosotros.

—Parece el muñequito de las galletas. ¿Qué te ha dado de cenar, bollitos de mantequilla?

—Comida china —dijo Kloughn—. Ha sido uno de esos impulsos incontrolables. De repente me apetecía comida china.

—No me vuelve loco la idea de llevarme a un abogado a una detención —dijo Vinnie.

—No pienso denunciarle, se lo juro por Dios —dijo Kloughn—. Y fíjese, tengo una linterna, y un espray de defensa y todo. Estoy pensando en comprarme una pistola, pero no acabo de decidirme entre una de seis balas o una semiautomática. Aunque tiendo a inclinarme por la semiautomática.

—Decídete por la semiautomática —recomendó Lula—. Le caben más balas. Uno nunca tiene suficientes balas.

—Quiero un chaleco antibalas —dije a Vinnie—. La última vez que hicimos una detención juntos lo destrozaste todo a tiro limpio.

—Fueron unas circunstancias especiales —replicó Vinnie.

Sí, vale.

Kloughn y yo nos pertrechamos con sendos chalecos Kevlar y los cuatro nos metimos en el Cadillac de Vinnie.

Media hora más tarde estábamos aparcados a la vuelta de la esquina de la casa de Bender.

—Ahora vais a ver cómo trabaja un profesional —dijo Vinnie—. Tengo un plan y espero que cada uno cumpla su cometido, de manera que escuchad con atención.

—¡Madre mía! —suspiró Lula—. Un plan.

—Stephanie y yo nos ocuparemos de la puerta principal —prosiguió Vinnie—. Lula y el clown cubrirán la puerta trasera. Todos entramos al mismo tiempo y entre todos reducimos a ese hijo de la gran puta.

—Menudo pedazo de plan —dijo Lula—. Nunca se me habría ocurrido una cosa así.

—K-l-o-u-g-h-n —corrigió Albert.

—Lo único que tenéis que hacer es esperar a que yo grite: «Agentes de fianzas» —dijo Vinnie—. Entonces forzamos las puertas y entramos todos gritando: «Quietos..., agentes de fianzas».

—Yo no lo voy a hacer —me opuse—. Me sentiría como una idiota. Eso sólo lo hacen en televisión.

—A mí me gusta —dijo Lula—. Siempre he querido forzar una puerta y entrar gritando cosas.

—Quizá me equivoque —intervino Kloughn—, pero forzar las puertas puede que sea ilegal.

—Sólo es ilegal si no es la casa indicada —dijo Vinnie mientras se ajustaba la hebilla de una cartuchera de nailon.

Lula sacó una Glock de su bolso y se la colocó en la cintura de la minifalda de lycra.

—Estoy lista —dijo—. Qué pena que no nos acompañe un equipo de televisión. Esta falda amarilla se vería de maravilla.

—Yo también estoy listo —dijo Kloughn—. Llevo la linterna por si se van las luces.

No quería alarmarle, pero ésa no es la razón por la que los cazarrecompensas llevan linternas de un kilo de peso.

—¿Alguien ha comprobado si Bender está en casa? —pregunté—. ¿Alguien ha hablado con su mujer?

—Vamos a escuchar debajo de la ventana —propuso Vinnie—. Parece que hay alguien viendo la televisión.

Todos cruzamos el césped de puntillas, nos pegamos a la pared y escuchamos agazapados debajo de la ventana.

—Parece una peli —dijo Kloughn—. Parece una peli *guarra*.

—Entonces Bender tiene que estar en casa —dijo Vinnie—. Su mujer no va a estar ahí tirada y sola viendo una película porno.

Lula y Kloughn rodearon la casa para ir por la puerta de atrás, y Vinnie y yo nos acercamos a la entrada principal. Vinnie sacó la pistola y llamó a la puerta, que habían remendado con una gran plancha de contrachapado.

—¡Abran! —gritó Vinnie—. ¡Agentes de fianzas!

Dio un paso hacia atrás y estaba a punto de darle una patada a la puerta con la bota, cuando oímos a Lula entrar por la puerta de atrás gritando como una loca.

Antes de que pudiéramos reaccionar, la puerta principal se abrió de golpe y un sujeto desnudo salió corriendo y casi me tira escalones abajo. Dentro de la casa se formó un pandemónium. Había hombres que intentaban huir, unos desnudos y otros vestidos, todos blandiendo sus armas y gritando: «¡Quítate d'emmedio, joputa!».

Lula estaba en el centro de todo aquello.

—¡Eh! —gritaba—. ¡Esto es una operación de la policía judicial! ¡Todo el mundo quieto!

Vinnie y yo habíamos logrado llegar al centro de la sala, pero no se veía ni rastro de Bender. Demasiados hombres en demasiado poco espacio y todos intentando salir de la casa. A nadie le importaba que Vinnie llevara la pistola desenfundada. No estoy segura de que se hubieran dado cuenta en medio de aquella confusión.

Vinnie disparó al aire, arrancando un trozo de techo. En ese momento se hizo el silencio porque no quedaba nadie en el salón, salvo Vinnie, Lula, Kloughn y yo.

—¿Qué ha pasado? —preguntó Lula—. ¿Qué es lo que acaba de pasar aquí?

—No he visto a Bender —dijo Vinnie—. ¿Es ésta su casa?

—¿Vinnie? —clamó una voz femenina desde el dormitorio—. Vinnie, ¿eres tú?

Vinnie abrió unos ojos como platos.

—¿Candy?

Una mujer desnuda, de una edad indefinida, entre los veinte y los cincuenta años, salió de la habitación. Tenía unas tetas enormes y el vello púbico recortado en forma de rayo. Alargó los brazos hacia Vinnie.

—Cuánto tiempo sin verte —dijo ella—. ¿Qué hay de nuevo?

Una segunda mujer salió del dormitorio.

—¿En serio que es Vinnie? —preguntó—. ¿Qué hace aquí?
Me colé en el dormitorio por detrás de las mujeres en busca
de Bender. En la habitación había focos y una cámara, ahora
abandonada. No estaban viendo una película porno... la estaban
haciendo.

—Bender no está ni en el dormitorio ni en el cuarto de baño
—dije a Vinnie—. Y no hay más casa.

—¿Estás buscando a Andy? —preguntó Candy—. Se ha ido
hace un rato. Dijo que tenía cosas que hacer. Por eso le pedimos
prestada su casa. Deliciosamente privada. Al menos hasta que
apareciste tú.

—Creíamos que era una redada —dijo la otra mujer—. Creíamos que erais polis.

Kloughn le dio a cada una de las mujeres su tarjeta.

—Albert Kloughn, abogado —dijo—. Por si necesitan un
abogado alguna vez.


Una hora después entraba en mi aparcamiento con Kloughn
chachareando a mi lado. Había puesto a los Godsmack en el reproductor de CD, pero el volumen no era suficiente para neu-
tralizar del todo a Kloughn.

—Madre mía, ha sido increíble —decía Kloughn—. Nunca
había visto a una estrella de cine tan de cerca. Y sobre todo desnuda. No la he mirado demasiado, ¿verdad? Quiero decir, que
no se puede evitar mirar, ¿verdad? Hasta tú la has mirado,
¿verdad?

Verdad. Pero no me he puesto de rodillas para examinar el
vello púbico en forma de rayo.

Aparqué y acompañé a Kloughn a su coche, para cerciorarme de que abandonaba el aparcamiento sano y salvo. Me
giré para entrar en el edificio y solté un grito al chocar con
Ranger.

Estaba pegado a mí y sonreía.

—¿Una buena cita?

—Ha sido un día muy raro.

—¿Cómo de raro?

Le conté lo de Vinnie y la película porno.

Ranger echó la cabeza hacia atrás y soltó una carcajada. Algo que no se veía muy a menudo.

—¿Esto es una visita social? —pregunté.

—Todo lo social que puede ser, tratándose de mí. Vuelvo a casa del trabajo.

—A la Baticueva —nadie sabía dónde vivía Ranger. La dirección que figuraba en su carné de conducir era un solar vacío.

—Sí. A la Baticueva.

—Me encantaría conocerla alguna vez.

Nos miramos a los ojos.

—Tal vez algún día —dijo—. A tu coche no le vendría mal una pasadita por el taller.

Le conté lo de las arañas y que Abruzzi me había amenazado con que en un momento u otro me arrancaría el corazón.

—A ver si lo he entendido —dijo Ranger—. Ibas en el coche después de ser atacada por una bandada de gansos cuando una araña se te echó encima e hizo que te estrellaras contra un coche aparcado.

—Deja de sonreír —pedí—. No tiene gracia. *Odio* las arañas.

Me echó un brazo por encima de los hombros.

—Ya lo sé, cariño. Y tienes miedo de que Abruzzi cumpla su amenaza.

—Sí.

—Hay demasiados hombres peligrosos en tu vida.

Le miré de soslayo.

—¿Se te ocurre alguna forma de reducir la lista?

—Podrías matar a Abruzzi.

Levanté las cejas.

—No le importaría a nadie —dijo Ranger—. No es un tipo muy querido.

—¿Y los otros tíos peligrosos de mi vida?

—No son una amenaza mortal. Puede que te *rompan* el corazón, pero no te lo arrancarán del cuerpo.

Madre mía, ¿y aquello se suponía que debía tranquilizarme?

—Aparte de tu sugerencia de matarle, no sé qué hacer para frenar a Abruzzi —dije a Ranger—. Soder puede que quiera recuperar a su hija, pero Abruzzi va detrás de algo más. Y sea lo que sea, cree que yo también voy tras ello —levanté la mirada a mi ventana. No me volvía loca la idea de entrar en el apartamento sola. La amenaza de arrancarme el corazón todavía me ponía los pelos de punta. Y de vez en cuando sentía arañas inexistentes arrastrándose por mi piel—. Bueno —dije—, y ya que estás aquí, ¿no te apetece subir y tomar una copa de vino?

—¿Me estás invitando a algo más que a una copa de vino?

—Algo así.

—Deja que adivine. Quieres que compruebe que tu apartamento es seguro.

—*Sí*.

Cerró el coche con el mando y, cuando llegamos al segundo piso, cogió mis llaves y abrió la puerta del apartamento. Encendió las luces y echó una mirada alrededor. Rex estaba corriendo en su rueda.

—Quizá debieras enseñarle a ladrar —dijo Ranger.

Atravesó la sala y se adentró en el dormitorio. Encendió la luz y lo recorrió con la mirada. Levantó el faldón de la cama y miró debajo.

—Tienes que pasar la fregona por aquí debajo, nena —dijo. Se desplazó hasta la cómoda y abrió todos los cajones. Nada saltó de ellos. Metió la cabeza en el cuarto de baño. Todo en orden.

—Ni serpientes, ni arañas, ni hombres malos —dijo Ranger. Alargó los brazos, me agarró por el cuello de la cazadora vaquera con ambas manos, con los dedos rozándome levemente el cuello, y me acercó a él.

—Te estás haciendo con una buena cuenta. Supongo que me avisarás cuando estés dispuesta a pagar la deuda.

—Claro. Sin duda. Serás el primero en saberlo —¡Dios, me estaba portando como una idiota!

Ranger me sonrió.

—Tienes esposas, ¿verdad?

*Glups.*

—La verdad es que no. En este momento estoy sin esposas.

—¿Cómo vas a detener a los malos si no tienes esposas?

—Sí, es un problema.

—Yo tengo esposas —dijo Ranger, tocando mi rodilla con la suya.

Mi corazón iba a unas doscientas pulsaciones por minuto. Yo no era exactamente una forofa de que me esposaran a la cama. Era más bien una persona de «apaga todas las luces y vamos a ver qué pasa».

—Creo que estoy hiperventilando —dije—. Si pierdo el sentido ponme una bolsa de papel sobre la nariz y la boca.

—Nena —dijo Ranger—, dormir conmigo no es el fin del mundo.

—Hay problemas.

Él levantó la ceja.

—¿Problemas?

—Bueno, relaciones, en realidad.

—¿Mantienes alguna relación? —preguntó Ranger.

—No. ¿Y tú?

—Mi forma de vida no facilita las relaciones estables.

—¿Sabes lo que necesitamos? Vino.

Me soltó el cuello de la cazadora y me siguió a la cocina. Se apoyó en la encimera mientras yo sacaba dos copas de vino de un armario y descorchaba la botella de vino merlot que acababa de comprar. Llené las copas, le di una a Ranger y me quedé otra para mí.

—Chinchín —dije. Y me bebí el vino de un trago.

Ranger le dio un sorbo.

—¿Te encuentras mejor?

—Bueno, ahí andamos. Ya apenas tengo ganas de desmayarme. Y las náuseas casi han desaparecido —me rellené la copa y llevé la botella a la sala—. Bueno —dije—, ¿te apetece ver la televisión?

Él tomó el mando de la mesita de centro y se arrellanó en el sofá.

—Cuando se te pasen las náuseas me avisas.

—Creo que ha sido la historia de las esposas lo que me ha trastornado.

—Qué decepción. Creía que había sido la idea de verme desnudo —buscó entre los canales de deportes y se detuvo en

150

un partido de baloncesto—. ¿Te parece bien el baloncesto? ¿O preferirías que buscara una película violenta?

—El baloncesto está bien.

Vale, ya sé que había sido yo la que había sugerido lo de la televisión, pero ahora que tenía a Ranger en el sofá la cosa se estaba poniendo demasiado complicada. Llevaba el pelo negro hacia atrás, recogido en una coleta. Iba vestido con el uniforme negro de los cuerpos especiales, se había quitado la cartuchera de la cintura, pero llevaba una nueve milímetros a la espalda y un reloj de la Marina en la muñeca. Y estaba tirado en mi sofá viendo baloncesto.

Noté que mi copa estaba vacía y me serví un tercer trago.

—Esto me resulta extraño —dije—. ¿Ves baloncesto en la Baticueva?

—No tengo demasiado tiempo libre para ver la televisión.

—¿Pero en la Baticueva *hay* televisión?

—Sí, en la Baticueva hay televisión.

—Tenía esa curiosidad.

Bebió un poco de vino y me miró. Era distinto a Morelli. Morelli era como un muelle fuertemente apretado. Con él siempre era consciente de la energía que contenía. Ranger era un gato. Silencioso. Todos los músculos relajados a voluntad. Probablemente hacía yoga. Puede que no fuera humano.

—¿Y en qué piensas *ahora*? —preguntó.

—Me preguntaba si serías humano.

—¿Qué otras alternativas hay?

Me bebí la copa de un golpe.

—No estaba pensando en nada en particular.


Me desperté con dolor de cabeza y la lengua pegada al cielo de la boca. Estaba en el sofá, arropada con la colcha de mi dormitorio. La televisión estaba en silencio y Ranger se había ido. Por lo que podía recordar, había visto unos cinco minutos de baloncesto antes de quedarme dormida. Soy una bebedora desastrosa. Dos copas y media y entro en coma.

Me metí bajo la ducha caliente hasta que me quedé hecha una pasa y las pulsaciones que sentía detrás de los ojos se hubieron suavizado parcialmente. Me vestí y puse rumbo al Mc-Donald's. Compré una grande de patatas y una Coca en el servicio de coches y me quedé en el aparcamiento. Éste es el remedio Stephanie Plum contra la resaca. El teléfono móvil sonó cuando me había comido la mitad de las patatas.

—¿Te has enterado del incendio? —preguntó la abuela—. ¿Sabes algo al respecto?

—¿Qué incendio?

—El bar de Steven Soder quedó reducido a cenizas anoche. Para ser exactos tendría que decir que esta mañana, puesto que el fuego empezó después de cerrar. Lorraine Zupek acaba de llamarme. Ya sabes que su nieto es bombero. Le ha contado que todos los coches de bomberos de la ciudad acudieron allí, pero que no pudieron hacer nada. Creo que sospechan que ha podido ser intencionado.

—¿Ha habido algún herido?

—Lorraine no me lo ha dicho.

Me metí un puñado de patatas fritas en la boca y puse en marcha el coche. Quería ver personalmente el lugar del siniestro. No estaba segura de por qué. Supongo que por curiosidad morbosa. Si Soder tenía *socios*, la cosa no era del todo inesperada. Era bien sabido que los socios solían aparecer por el negocio, le sacaban hasta el último céntimo y luego acababan por cargárselo.

Tardé veinte minutos en cruzar la ciudad. La policía había cortado la calle del La Zorrera, así que aparqué a dos manzanas de allí y fui andando. Todavía quedaba un camión de bomberos por allí y un par de coches patrulla de la policía estaban aparcados junto a la acera. Un fotógrafo del *Trenton Times* hacía fotos. No habían puesto cinta de policía, pero los agentes se encargaban de mantener a los mirones a distancia.

La fachada de ladrillos estaba ennegrecida. Las ventanas habían desaparecido. Encima del bar había dos plantas de apartamentos. Habían quedado destruidas por completo. El agua sucia se acumulaba en la calzada y en las aceras. La manguera del camión cisterna que quedaba desaparecía en el interior del edificio, pero no estaba funcionando.

—¿Ha habido algún herido? —pregunté a uno de los espectadores.

—Parece ser que no —dijo—. El bar ya había cerrado. Y los apartamentos estaban vacíos. Incumplían algunas normas y los estaban reformando.

—¿Saben cómo empezó el fuego?

—No lo han explicado.

No reconocí a ninguno de los polis ni de los bomberos. No vi a Soder por ninguna parte. Eché un último vistazo y me largué. Lo siguiente que quería hacer era pasarme un momento por la oficina. A estas alturas Connie ya debería tener un completísimo informe sobre Evelyn.

—Jesús —dijo Lula al verme entrar—, no tienes muy buena pinta.

—Resaca —expliqué—. Me encontré con Ranger después de dejar a Kloughn y nos tomamos un par de copas de vino.

Connie y Lula dejaron lo que estaban haciendo y se me quedaron mirando.

—¿Y bien? —dijo Lula—. ¿No te vas a parar ahí, verdad? ¿Qué pasó?

—No pasó nada. Yo estaba un poco asustada con lo de las arañas y todo eso, así que Ranger subió a mi casa para ver si estaba todo en orden. Tomamos un par de vinos y se fue.

—Ya, pero ¿qué me cuentas de la parte que va entre *las copas* y el *se fue*? ¿Qué pasó en ese rato?

—No pasó nada.

—Espera un momento —dijo Lula—. ¿Me estás diciendo que tenías a Ranger en el apartamento, los dos bebiendo vino, y no pasó nada? ¿Nada de jugueteo?

—Eso no tiene sentido —dijo Connie—. Cada vez que os encontráis en la oficina, te mira como si fueras el almuerzo. Tiene que haber alguna explicación. Tu abuela estaba presente, ¿verdad?

—Sólo estábamos nosotros dos. Ranger y yo solos.

—¿Le desmotivaste? ¿Le pegaste o algo así? —preguntó Lula.

—Nada de eso. Estuvimos tan amigos —de un modo tenso e incómodo.

—Amigos —repitió Lula—. Ya.

—¿Y a ti eso qué te parece? —preguntó Connie.

—No lo sé —dije—. Supongo que ser amigos está bien.

—Sí, sólo que estar desnudos y sudorosos estaría mejor —dijo Lula.

Todas nos quedamos pensándolo durante un momento.

Connie se abanicó con un bloc de notas.

—¡Fuíu! —dijo—. Qué calentón.

Me resistí a mirar si los pezones se me habían puesto duros.

—¿Ha llegado el informe de Evelyn?

Connie rebuscó entre la pila de carpetas que se amontonaban en su mesa y sacó una.

—Ha llegado esta misma mañana.

Me dio la carpeta y leí la primera página. Pasé a la segunda.

—No dice mucho —dijo Connie—. Evelyn siempre estuvo muy cerca de su casa. Incluso de pequeña.

Metí la carpeta en el bolso y miré a la cámara de vídeo.

—¿Está Vinnie?

—Todavía no ha llegado. Probablemente tenga a Candy inflándole el ego —dijo Lula.

# 9

CUANDO LLEGUÉ AL COCHE, volví a repasar el expediente de Evelyn. Algunos datos me parecieron indiscretos, pero estamos en la era de la información al alcance de todos. El expediente contenía informes bancarios y el historial médico. Nada de aquello me pareció de gran ayuda.

Unos golpecitos en la ventanilla del copiloto me distrajeron del informe. Era Morelli. Le abrí y se sentó a mi lado.

—¿Resaca? —preguntó, aunque era más una afirmación que una pregunta.

—¿Cómo lo sabes?

Señaló la bolsa de comida rápida.

—Coca-Cola y patatas fritas de McDonald's para desayunar. Círculos oscuros debajo de los ojos. Y un pelo infernal.

Me examiné el pelo en el retrovisor. *Ay*.

—Anoche me pasé con el vino.

Se quedó asimilándolo. No dijimos nada durante unos segundos. Yo no quería contarle nada más. Él no preguntó.

Miró el expediente que llevaba en la mano.

—¿Te vas acercando a Evelyn?

—He hecho algunos progresos.

—¿Te has enterado de lo del bar de Soder?

—Ahora vengo de allí —dije—. Tenía mala pinta. Afortunadamente no había nadie en el edificio.

—Sí, pero, de momento, no sabemos dónde está Soder. Su chica dice que no volvió a casa.

—¿Crees que podía estar en el bar cuando empezó el incendio?

—Los chicos están revisándolo todo. Tienen que esperar a que se enfríe el edificio. Hasta el momento no hay ni rastro de él. He pensado que te gustaría saberlo —Morelli tenía la mano en la manilla de la puerta—. Ya te diré si le encontramos.

—Espera un minuto. Tengo que hacerte una pregunta teórica. Imagínate que estuvieras viendo la televisión conmigo. Y que yo me tomara un par de vinos y me quedara dormida. ¿Intentarías hacerme el amor de todas formas? ¿Harías una pequeña *exploración* mientras estuviera dormida?

—¿Qué estábamos viendo? ¿La final?

—Ya te puedes ir —dije.

Morelli sonrió y salió del coche.

Marqué el número de Dotty en mi móvil. Estaba deseando contarle las noticias sobre el bar y la desaparición de Soder. El teléfono sonó varias veces y saltó el contestador. Le dejé un mensaje para que me devolviera la llamada y lo intenté en el número del trabajo. Allí me salió su buzón de voz. Dotty estaba de vacaciones y volvería dentro de dos semanas.

El mensaje del buzón de voz me produjo una extraña reacción en el estómago. Busqué un nombre para aquella reacción y el único que se le aproximaba era el de inquietud.

En menos de una hora estaba delante de la casa de Dotty. No se veía ni rastro de Jeanne Ellen. Y en la vivienda no había ni rastro de vida. Ni coche en la entrada. Ni puertas ni ventanas abiertas. No tiene nada de raro, me dije a mí misma. Los niños deberían estar en el colegio y en la guardería a esas horas. Y Dotty probablemente habría ido a hacer la compra.

Me acerqué a la puerta y llamé al timbre. No hubo respuesta. Miré por la ventana de la fachada. La casa parecía serena. No había ni una luz encendida. La televisión no emitía su alboroto. No había niños corriendo. Aquella rara sensación volvió a apoderarse de mi estómago. Algo iba mal. Rodeé la casa y miré por la ventana de atrás. La cocina estaba limpia. No había restos de desayuno. No había cuencos en el fregadero. Ni cajas de cereales abandonadas. Intenté girar el pomo de la puerta. Cerrada. Llamé con los nudillos. No obtuve respuesta. Y de repente me di cuenta: no estaba el perro. Tendría que estar correteando por ahí, ladrándole a la puerta. La casa era de una sola planta. La rodeé por completo mirando por todas las ventanas. El perro no estaba.

Bueno, o sea, que está paseando al perro. O a lo mejor se lo ha llevado al veterinario. Probé con las dos vecinas más próximas a Dotty. Ninguna de ellas sabía qué había sido de Dotty y el perro. Ambas habían notado su ausencia aquella mañana. Había un consenso general en que Dotty y su familia habían dejado la casa durante la noche.

Ni Dotty. Ni el perro. Ni Jeanne Ellen. Ahora tenía otro nombre para la sensación del estómago: pánico; miedo. Y un poco de náuseas, por la resaca.

Volví al coche y me quedé un rato delante de la casa, intentando asimilar todo aquello. En un momento dado miré el reloj y me di cuenta de que había pasado una hora. Me imagino que tenía la esperanza de que Dotty regresara. Y me imagino que sabía que no iba a ocurrir.

Cuando tenía nueve años convencí a mi madre de que me dejara comprar un periquito. Mientras volvía de la tienda de animales a casa, no sé cómo, la jaula se abrió y el pájaro escapó volando. Esto me producía la misma sensación. Tenía la impresión de haber dejado la jaula abierta.

Puse el coche en marcha y volví al Burg. Me encaminé directamente a la casa de los padres de Dotty. La señora Palowski me abrió la puerta y el perro de Dotty salió corriendo de la cocina sin dejar de ladrar.

Le dediqué a la señora Palowski la mayor y más falsa de mis sonrisas.

—Hola —dije—. Estoy buscando a Dotty.

—Ya no está —dijo la señora Palowski—. Se pasó esta mañana temprano a dejarnos a Scotty. Vamos a ocuparnos de él mientras está de vacaciones con los niños.

—Necesito hablar con ella urgentemente —dije—. ¿Tiene usted un número de teléfono en el que la pueda localizar?

—Pues no. Me ha dicho que se iba al campo con una amiga. A una cabaña perdida en el bosque. Aunque quedó en que ella se pondría en contacto conmigo. Podría darle un mensaje.

Le di mi tarjeta a la señora Palowski.

—Dígale a Dotty que tengo que darle una información muy importante. Y pídale que me llame.

—No estará metida en algún lío, ¿verdad? —preguntó la señora Palowski.

—No. Se trata de una de sus amigas.

—Es Evelyn, ¿no es cierto? He oído que Evelyn y Annie han desaparecido. Qué pena. Evelyn y Dotty eran tan buenas amigas...

—¿Siguen viéndose todavía?

—Hace años que no. Evelyn se aisló mucho después de casarse. Creo que Steven le ponía muy difícil tener amigas.

Le di las gracias a la señora Palowski por su interés y regresé al coche. Repasé el informe de Evelyn. No se mencionaba ninguna cabaña escondida en el bosque.

Mi teléfono sonó y no supe muy bien qué podía esperar de aquella llamada... Una cita estaba muy arriba en la lista de expectativas. Lo siguiente podría ser alguna noticia de Soder o una amigable llamada de Evelyn.

Entre las últimas cosas de la lista estaba una llamada de mi madre.

—Socorro —dijo.

Entonces se puso al teléfono mi abuela.

—Tienes que venir a ver esto —dijo.

—¿A ver qué?

—Tienes que verlo con tus propios ojos.

La casa de mis padres quedaba a menos de cinco minutos. Mi madre y mi abuela estaban en la puerta, esperándome. Me abrieron paso y me hicieron gestos para que entrara en la sala. Allí estaba mi hermana, desmoronada en el sillón favorito de mi padre. Iba vestida con un camisón largo de franela todo arrugado y zapatillas de peluche. No se había quitado el rímel del día anterior, que se le había corrido mientras dormía. Llevaba el pelo revuelto y enredado. Una mezcla de Meg Ryan y Bitelchús. La chica de California pasada por Transilvania. Tenía el mando de la televisión en la mano y la atención puesta en un concurso. A su alrededor, el suelo estaba cubierto de envoltorios de chocolatinas y latas vacías de refrescos. Ni siquiera notó nuestra presencia. Eructó, se rascó una teta y cambió de canal.

Ésta era mi hermana perfecta. Santa Valerie.

—He visto esa sonrisa —dijo mi madre—. No tiene gracia. Lleva así desde que se quedó sin trabajo.

—Sí, hemos tenido que pasarle la aspiradora alrededor —dijo la abuela—. Me acerqué demasiado y casi le aspiro una de esas zapatillas de conejito.

—Está deprimida —concluyó mi madre.

No jodas.

—Hemos pensado que a lo mejor podrías ayudarla a encontrar trabajo —dijo la abuela—. Algo que la obligara a salir de casa, porque es que *nosotras* nos estamos empezando a deprimir de verla a ella. Ya tenemos suficiente con tener que ver a tu padre.

—Tú eres la que siempre sabe si hay trabajos —dije a mi madre—. Siempre sabes cuándo contratan gente en la fábrica de botones.

—Ha agotado todos mis contactos —respondió—. No me queda nada más. Y el desempleo está subiendo. No puedo conseguirle ni un trabajo de empaquetadora de tampones.

—Quizá podrías llevártela a un arresto —sugirió la abuela—. A lo mejor eso le levanta el ánimo.

—De ninguna manera. Ya intentó ser cazarrecompensas y se desmayó la primera vez que le pusieron una pistola en la cabeza.

Mi madre se santiguó y dijo:

—Dios bendito.

—Bueno, pues tienes que hacer algo —insistió la abuela—. Me estoy perdiendo todos mis programas favoritos. Intenté cambiar el canal y me gruñó.

—¿Te gruñó?

—Fue aterrador.

—Oye, Valerie —dije—. ¿Tienes algún problema?

No hubo respuesta.

—Tengo una idea —dijo la abuela—. ¿Por qué no le damos una sacudida con tu pistola eléctrica? Y una vez que esté frita le podemos quitar el mando.

Pensé en la pistola eléctrica que llevaba en el bolso. No me vendría mal ponerla a prueba. Ni siquiera me importaría darle una descarga a Valerie. La verdad era que llevaba pensándolo en secreto desde hacía años. Eché una mirada a mi madre y me sentí inmediatamente disuadida.

—Quizá pueda conseguirte un trabajo —dije a Valerie—. ¿Estarías dispuesta a trabajar para un abogado?

Mantuvo la mirada fija en el televisor.

—¿Está casado?

—No.

—¿Gay?

—No lo creo.

—¿Qué edad tiene?

—No estoy muy segura. Unos dieciséis años —saqué el móvil del bolso y marqué el número de Kloughn.

—¡Guau, sería genial que tu hermana trabajara para mí! —dijo Kloughn—. Podría tomarse todo el tiempo que quisiera para almorzar. Y podría hacer la colada en el trabajo.

Corté la comunicación y me volví hacia Valerie.

—Ya tienes trabajo.

—Qué faena —dijo Valerie—. Estaba empezando a cogerle el gusto al rollo este de la depresión. ¿Tú crees que el tío ese se casará conmigo?

Levanté los ojos al cielo mentalmente, escribí la dirección de Kloughn en un trozo de papel y se la di a Valerie.

—Puedes empezar mañana a las nueve. Si llega tarde, le esperas en la lavandería. No te costará mucho reconocerle. Es un tío que lleva los dos ojos morados.

Mi madre se volvió a santiguar.

Rapiñé de la nevera un par de lonchas de mortadela y una de queso y me dirigí a la puerta. Quería irme de casa antes de tener que contestar más preguntas sobre Kloughn.

El teléfono empezó a sonar cuando ya me iba.

—Espera —me dijo la abuela—. Me llama Florence Szuch para decirme que está en el centro comercial y que Evelyn Soder está comiendo en la zona de restaurantes.

Salí corriendo y la abuela se vino detrás de mí.

—Yo también voy —dijo—. Tengo derecho, ya que ha sido mi confidente la que ha llamado.

Entramos en el coche y salimos disparadas. El centro comercial estaba a veinte minutos, con buen tráfico. Esperaba que Evelyn comiera despacito.

—¿Estaba segura de que era Evelyn?

—Sí. Evelyn y Annie con otra mujer y sus dos hijos.

Dotty y sus niños.

—No he tenido tiempo de coger el bolso —dijo la abuela—. O sea que no llevo pistola. Voy a sentirme muy decepcionada si hay un tiroteo y soy la única sin pistola.

Si mi madre supiera que la abuela lleva una pistola en el bolso le daría un soponcio.

—En primer lugar, *yo* tampoco llevo pistola —dije—. Y en segundo lugar, no va a haber ningún tiroteo.

Tomé la autopista 1 y pisé el acelerador a fondo. Así entré en el flujo del tráfico. En Jersey consideramos que el límite de velocidad no es más que una mera sugerencia. En Jersey nadie se tomaría en serio *respetar* el límite de velocidad.

—Deberías ser piloto de carreras —comentó la abuela—. Serías muy buena. Podrías participar en una de esas carreras NASCAR. Yo me presentaría, pero seguro que te exigen el carné de conducir, y yo no lo tengo.

Vi el indicativo del centro comercial y tomé la salida lateral con los dedos cruzados. Lo que había empezado como un favor a Mabel se había convertido en una cruzada. *Necesitaba* hablar con Evelyn. Era decisivo para acabar con aquel juego de guerra. Y acabar el juego de guerra era decisivo para que no me arrancaran el corazón.

Conocía el centro comercial al milímetro y aparqué en la puerta más cercana a la zona de restaurantes. Pensé decirle a la abuela que se quedara en el coche, pero habría sido una pérdida de tiempo.

—Si Evelyn sigue ahí, tengo que hablar con ella a solas —dije a la abuela—. Tú vas a tener que mantenerte al margen.

—Claro. No hay problema.

Entramos juntas en el centro comercial y nos encaminamos, apretando el paso, a la zona de restaurantes. Mientras caminábamos, iba mirando a la gente, buscando a Evelyn y a Dotty. El centro estaba moderadamente concurrido. No abarrotado, como los fines de semana. Con gente suficiente para esconderme. Contuve la respiración cuando vi a Dotty y a los niños. Había memorizado la foto de Evelyn y Annie, y ellas también estaban allí.

—Ahora que estoy aquí no me importaría comerme una rosquilla de las grandes —dijo la abuela.

—Tú vete a por la rosquilla y yo voy a hablar con Evelyn. Pero no salgas de la zona de restaurantes.

Me separé de la abuela y, de repente, la luz se desvaneció delante de mí. Era la sombra de Martin Paulson. Su aspecto no era muy diferente del que tenía en el aparcamiento de la comisaría, cuando rodaba por el suelo con las esposas y los grilletes. Pensé que cuando uno tiene las formas de Paulson sus opciones respecto a la moda quedan muy reducidas.

—Vaya, mira quién está aquí —dijo Paulson—. Es la querida Miss Gilipollas.

—Ahora no —dije sorteándole.

Él se movió a la par, bloqueándome el paso.

—Tengo un asunto pendiente contigo.

Vaya suerte tengo. Cuando por fin encuentro a Evelyn, se me cruza Martin Paulson buscando pelea.

—Olvídalo —dije—. ¿Y tú que haces aquí?

—Trabajo aquí, en la droguería, y ésta es mi hora de comer. Fui acusado erróneamente, ¿sabes?

Sí, ya.

—Quítate de en medio.

—Quítame tú.

Saqué la pistola eléctrica del bolso, la pegué a la enorme barriga de Paulson y la activé. No pasó nada.

Paulson bajó la mirada a la pistola.

—¿Qué es esto? ¿Un juguete?

—Es una pistola eléctrica —Una pistola eléctrica de mierda que no sirve para nada.

Paulson me la quitó y la miró con curiosidad.

—Mola —dijo. La apagó y la volvió a encender. Luego me tocó el brazo con ella. Vi un fogonazo en mi cabeza y todo se oscureció.

Antes de que la oscuridad volviera a ser luz, empecé a oír voces lejanas. Me esforcé por escucharlas y se fueron haciendo más claras y perceptibles. Logré abrir los ojos y algunas caras empezaron a dar vueltas en mi campo de visión. Parpadeé para disminuir el aturdimiento y fui adquiriendo dominio de la situación. Estaba tumbada boca arriba en el suelo. Médicos de urgencia inclinados sobre mí. Máscara de oxígeno en la cara. Tensiómetro en el brazo. Detrás de los médicos, la abuela tenía cara de preocupación. Detrás de la abuela, Paulson observaba por encima de su hombro. *Paulson*. Ahora recordaba. ¡Aquel hijo de puta me había dejado fuera de combate con mi propia pistola eléctrica!

Me incorporé de un salto y me lancé hacia él. Las piernas me fallaron y caí de rodillas.

—¡Paulson, pedazo de cerdo! —grité.

Yo trataba de quitarme la mascarilla de oxígeno y los médicos intentaban que no me la quitara. Era como si se repitiera el ataque de los gansos.

—Creí que estabas muerta —dijo la abuela.

—Ni por asomo. Me di una descarga con la pistola eléctrica sin querer.

—Ahora te reconozco —dijo uno de los médicos—. Eres la cazarrecompensas que incendió la funeraria.

—Yo también participé —intervino la abuela—. Tenían que haber estado allí. Fueron como fuegos artificiales.

Me levanté y comprobé que podía andar. Me sentía un poco inestable, pero no me caí. Era buena señal, ¿no?

La abuela me pasó mi bolso.

—Un gordito encantador me dio tu pistola eléctrica. Supongo que se te cayó en medio del follón. Te la he metido en el bolso —dijo.

A la primera oportunidad que se me presentara iba a tirar la puñetera pistola al río Delaware. Miré alrededor, pero Evelyn había desaparecido.

—¿No habrás visto por casualidad a Evelyn y a Annie? —pregunté a la abuela.

—No. Me estaba comprando una de esas rosquillas blanditas y grandes, y les pedí que me la bañaran en chocolate.

Dejé a la abuela en casa de mis padres y me fui a mi apartamento. Estuve un rato parada en el descansillo antes de insertar la llave en la cerradura. Respiré hondo, abrí la cerradura y empujé la puerta. Entré en el pequeño recibidor y canturreé muy bajito: «*¿Quién teme al lobo feroz?...*». Me asomé a la cocina y experimenté una sensación de alivio. Allí todo parecía en orden. Pasé a la sala y dejé de cantar. Steven Soder estaba sentado en mi sofá. Se le veía ligeramente inclinado a un lado, con el mando a distancia en una mano; pero no estaba viendo la televisión. Estaba muerto, muerto, muerto. Tenía los ojos lechosos y ciegos, los labios separados, como si le hubieran dado una sorpresa, la piel de una palidez fantasmagórica, y presentaba un agujero de bala en medio de la frente. Llevaba un jersey ancho y pantalones caquis. Y estaba descalzo.

Zambomba, ¿es que no es suficiente tener un tío muerto sentado en el sofá? Además, ¿tiene que estar escalofriantemente descalzo?

En silencio, salí reculando de la sala y del apartamento. En el descansillo intenté llamar al 091 desde el móvil, pero me temblaban las manos y tuve que intentarlo varias veces antes de lograrlo.

Me quedé en el descansillo hasta que llegó la policía. Cuando el apartamento estaba repleto de policías, entré sigilosamente en la cocina, envolví con mis brazos la jaula de Rex y lo saqué del apartamento para que estuviera conmigo en el descansillo.

Aún estaba en el descansillo con la jaula del hámster en brazos cuando llegó Morelli. La señora Karwatt, la vecina de enfrente, e Irma Brown, del piso de arriba, me estaban haciendo compañía. Detrás de la puerta del señor Wolesky se oía un capítulo de *Regis*. El señor Wolesky no se perdería *Regis* ni por un homicidio. Aunque fuera una reposición.

Yo estaba sentada en el suelo, apoyada en la pared, con la jaula del hámster en el regazo. Morelli se agachó a mi lado y miró a Rex.

—¿Se encuentra bien?

Asentí con la cabeza.

—¿Y tú? —preguntó Morelli—. ¿Te encuentras bien?

Los ojos se me llenaron de lágrimas. No, yo no me encontraba bien.

—Estaba sentado en el sofá —dijo Irma a Morelli—. ¿Te lo imaginas? Ahí sentado, tan tranquilo, con el mando en la mano —sacudió la cabeza—. Ahora ese sofá tiene el mal fario de la muerte. Yo también lloraría si mi sofá tuviera el mal fario de la muerte.

—El mal fario de la muerte no existe —dijo la señora Karwatt.

Irma la miró.

—¿*Usted* se sentaría ahora en ese sofá?

La señora Karwatt apretó los labios.

—¿Y bien? —preguntó Irma.

—Quizá, si se lavara muy bien.

—El mal fario no se puede lavar —dijo Irma. Se acabó la discusión. La voz de la autoridad.

Morelli se sentó a mi lado, también con la espalda apoyada en la pared. La señora Karwatt se fue. Y luego Irma. Nos quedamos solos Morelli y yo, y Rex.

—¿Y tú que piensas del mal fario? —preguntó Morelli.

—No sé qué coño es el mal fario, pero estoy lo suficientemente aterrada como para querer deshacerme de ese sofá. Y voy a hervir el mando y a meterlo en lejía.

—Esto se ha puesto muy mal —dijo Morelli—. Ya ha dejado de ser un juego. ¿La señora Karwatt oyó o vio algo raro?

Negué con la cabeza.

—La casa de uno tiene que ser un lugar seguro —dije a Morelli—. ¿Adónde puedes ir cuando sientes que tu casa ya no es un lugar seguro?

—No lo sé —dijo Morelli—. Nunca he tenido que planteármelo.

Pasaron horas antes de que se llevaran el cadáver y precintaran el apartamento.

—¿Y ahora qué? —preguntó Morelli—. No puedes quedarte aquí esta noche.

Nos miramos a los ojos y los dos pensamos en lo mismo. Un par de meses antes Morelli no habría hecho esa pregunta. Habría pasado la noche con él. Ahora las cosas habían cambiado.

—Me iré a casa de mis padres —dije—. Sólo por esta noche. Hasta que se me ocurra qué hacer.

Morelli entró en el apartamento a recoger algo de ropa y puso lo más esencial en una bolsa de deporte. Nos metió a Rex y a mí en su furgoneta y nos llevó al Burg.

Valerie y las niñas ocupaban la que había sido mi habitación, así que dormí en el sofá, con Rex a mi lado en el suelo. Tengo amigos que toman Xanax para dormir. Yo tomo macarrones con queso. Y si me los hace mi mamá, mucho mejor.

Comí macarrones con queso a las once y caí en un profundo sueño. Comí más macarrones a las dos y otra vez a las cuatro y media. El microondas es un invento maravilloso.

A las siete y media me despertó un griterío que venía del piso de arriba. Mi padre estaba provocando su habitual atasco en el cuarto de baño.

—Tengo que cepillarme los dientes —decía Angie—. Voy a llegar tarde al colegio.

—¿Y qué pasa conmigo? —quiso saber la abuela—. Soy vieja. No puedo esperar eternamente —golpeó la puerta del baño—. ¿Se puede saber qué demonios estás haciendo ahí dentro?

Mary Alice relinchaba como un caballo, galopaba sin moverse del sitio y coceaba la puerta.

—Deja de galopar —gritó la abuela—. Me estás levantando dolor de cabeza. Baja a la cocina y cómete unas tortitas.

—¡Heno! —replicó Mary Alice—. Los caballos comen heno. Y yo ya he comido, tengo que cepillarme los dientes. Es muy mal asunto que un caballo tenga caries.

Se oyó la cisterna del baño y la puerta se abrió. Hubo un pequeño alboroto y la puerta se cerró de un portazo. Valerie y las niñas rezongaron. La abuela las había vencido en la lucha por el cuarto de baño.

Una hora más tarde, mi padre se iba a trabajar. Las niñas se habían ido al colegio. Y Valerie estaba de los nervios.

—¿Esto es demasiado provocativo? —preguntó, plantándose delante de mí con un vaporoso vestidito de flores y sandalias de tacón—. ¿Sería mejor un traje?

Yo estaba examinando el periódico en busca de alguna mención de Soder.

—Da igual —contesté—. Ponte cualquier cosa.

—Necesito ayuda —dijo Valerie sacudiendo los brazos—. No puedo tomar esta decisión yo sola. ¿Y qué me dices de los zapatos? ¿Llevo estos rosas de tacón o los Weitzmans retro?

Me había encontrado un muerto sentado en el sofá la noche anterior. Tengo un sofá con mal fario y Valerie quiere que le ayude a elegir los zapatos.

—Ponte los chismes rosas esos —dije—. Y lleva todo el cambio de que dispongas. Kloughn siempre necesita cambio.

Sonó el teléfono y la abuela se apresuró a contestar. Las llamadas empezaban ahora pero podían no parar en todo el día. En el Burg siempre gusta un buen asesinato.

—Tengo una hija que se encuentra muertos en su sofá —exclamó mi madre—. ¿Por qué a mí? La hija de Lois Seltzman *nunca* se encuentra muertos en el sofá.

—Esto es increíble —dijo la abuela—. Ya han llamado tres personas y todavía no son ni las nueve. Puede ser mejor que cuando el camión de la basura te despachurró el coche.

Le pedí a Valerie que me llevara a mi apartamento de camino al trabajo. Necesitaba el coche, que estaba aparcado en el estacionamiento del edificio. El apartamento estaba precintado. No me importaba. No tenía ninguna prisa en volver a ocuparlo.

Me metí en el CR-V y me quedé allí quieta, un momento, escuchando el silencio. El silencio era un bien escaso en casa de mis padres.

El señor Kleinschmidt pasó a mi lado en dirección a su coche.

—Muy bueno, chiquilla —me dijo—. Siempre podemos contar contigo para no aburrirnos. ¿De verdad encontraste un muerto en tu sofá?

Asentí.

—Sí.

—Chica, debió de ser impresionante. Me gustaría haberlo visto.

El entusiasmo del señor Kleinschmidt me arrancó una sonrisa.

—Puede que la próxima vez.

—Sí —dijo alegremente el señor Kleinschmidt—. La próxima vez llámame a mí el primero.

Me saludó con la mano y siguió caminando hacia su coche.

Mira, aquél era un nuevo punto de vista en cuanto a los muertos: los muertos pueden ser entretenidos. Lo pensé durante un par de minutos, pero me costaba mucho asimilar aquel concepto. Lo único que podía hacer era admitir que la muerte de Soder simplificaba mucho mi trabajo. Evelyn ya no tenía motivos para huir con Annie, ahora que Soder había desaparecido del mapa. Mabel podría quedarse en su casa. Annie podría volver al colegio. Evelyn podría reanudar su vida.

A no ser que parte de la razón de que Evelyn se escondiera fuera Eddie Abruzzi. Si Evelyn había huido porque tenía algo que Abruzzi quería, todo seguiría igual.

Miré el coche patrulla y la furgoneta de la policía que había en el aparcamiento. Lo bueno de todo esto era que, al contrario que en el caso de las serpientes del descansillo y las arañas de mi coche, éste era un crimen serio y la policía se esforzaría por resolverlo. Y ¿cuánto les podía costar resolverlo? Alguien había arrastrado un cadáver por el portal, lo había subido un tramo de escaleras y lo había metido en mi apartamento... a plena luz del día.

Marqué el número de Morelli en mi móvil.

—Tengo que hacerte algunas preguntas —dije—. ¿Cómo metieron a Soder en mi apartamento?

—¿Seguro que lo quieres saber?

—¡Sí!

—Vamos a quedar para tomar un café —dijo Morelli—. Hay una cafetería nueva frente al hospital.

Pedí un café y un cruasán y me senté enfrente de Morelli.

—Cuenta —dije.

—Cortaron a Soder por la mitad.

—¿Qué?

—Alguien cortó a Soder por la mitad con una sierra mecánica. Y lo volvieron a juntar en tu sofá. El jersey ancho ocultaba que habían pegado a Soder con cinta de embalar.

Se me durmieron los labios y noté cómo la taza se me resbalaba de las manos.

Morelli alargó las manos y me hizo agachar la cabeza, poniéndomela entre las piernas.

—Respira —dijo.

Las campanas dejaron de sonar en mi cabeza y las luces desaparecieron. Me incorporé y bebí un poco de café.

—Ya estoy mejor —dije.

Morelli soltó un suspiro.

—Si pudiera creerte...

—Bueno, lo cortaron por la mitad y ¿qué?

—Creemos que lo llevaron en un par de bolsas de deporte. Puede que en bolsas de hockey. Una vez que te has repuesto de la parte más siniestra, el resto de la historia es realmente ingeniosa. Dos tipos disfrazados, con bolsas de deporte y globos, fueron vistos entrando en el edificio y cogiendo el ascensor. En aquel momento había dos vecinos en el vestíbulo. Nos contaron que creyeron que iban a entregar a alguien uno de esos regalos de cumpleaños cantados. El señor Kleinschmidt cumplió ochenta años la semana pasada y alguien le mandó dos bailarinas de *striptease*.

—¿De qué iban disfrazados aquellos dos sujetos?

—Uno iba de oso y el otro de conejo. No se les veía la cara. Medían como uno ochenta de altura, aunque es difícil decir con los disfraces. Encontramos los globos en tu armario, pero se llevaron las bolsas.

—¿Les vio alguien salir?

—Nadie del edificio. Aún estamos peinando el vecindario. También estamos investigando en las casas de alquiler de disfraces. Hasta el momento no hemos averiguado nada.

—Fue Abruzzi. Él me dejó las serpientes y las arañas. Él puso la figura de cartón en la escalera de incendios.

—¿Puedes probarlo?

—No.

—Ése es el problema —dijo Morelli—. Y lo más probable es que Abruzzi no se manchara las manos personalmente.

—Hay una conexión entre Abruzzi y Soder. Abruzzi era el socio que se quedó con el bar, ¿verdad?

—Abruzzi le ganó el bar a Soder en una partida de cartas. Soder estaba jugando partidas con apuestas muy altas y necesitaba dinero. Le pidió un préstamo a Ziggy Zimmerli, y Zimmerli es subalterno de Abruzzi. Soder perdió mucho en el juego y no pudo pagarle la deuda a Zimmerli, así que Abruzzi se quedó con el bar.

—Y ¿por qué incendiaron el bar y se cargaron a Soder?

—No estoy seguro. Probablemente Soder y el bar pasaron de dar beneficios a dar pérdidas y los liquidaron.

—¿Habéis encontrado alguna huella en mi apartamento?

—Ninguna que no tuviera que estar allí. Con la excepción de la de Ranger.

—Trabajo con él.

—Sí —dijo Morelli—. Ya lo sé.

—Supongo que Evelyn no es sospechosa —dije.

—Cualquiera puede contratar a un oso y a un conejo para que descuarticen a un tipo —replicó Morelli—. Todavía no hemos descartado a nadie.

Pellizqué el cruasán. Morelli tenía puesta la cara de poli y no dejaba traslucir nada. Pero yo tenía el presentimiento de que había algo más.

—¿Hay algo más que no me has contado?

—Hay un detalle del que no hemos informado a la prensa —respondió.

—¿Un detalle escalofriante?

—Sí.

—Déjame que intente adivinarlo. A Soder le habían arrancado el corazón.

Morelli se me quedó mirando un par de minutos.

—Ese tío está como una cabra —dijo por fin—. Me gustaría protegerte, pero no sé cómo. Podría encadenarte a mi muñeca. O encerrarte en el armario de mi casa. O podrías tomarte unas largas vacaciones lejos de aquí. Desgraciadamente, me temo que no vas a aceptar ninguna de esas opciones.

La verdad es que todas aquellas opciones me resultaban bastante atractivas. Pero Morelli tenía razón, no podía aceptar ninguna de ellas.

# 10

DI OTRO SORBO A MI CAFÉ y eché una mirada a toda la cafetería. La habían puesto muy bonita, con baldosas blancas y negras en el suelo, y mesas y sillas de hierro forjado tipo heladería. Morelli y yo éramos los únicos clientes. Al Burg le costaba acostumbrarse a las cosas nuevas.

—Gracias por haber sido tan amable conmigo anoche —dije a Morelli.

Se recostó en la silla.

—Contra toda sensatez, estoy enamorado de ti.

La taza de café se detuvo a medio camino y mi corazón dio un salto mortal.

—No te vuelvas loca —dijo Morelli—. Eso no significa que quiera mantener una relación contigo.

—Podías haber dado con una peor —dije.

—¿Con quién? ¿Con la asesina del hacha?

—¡*Tú* tampoco eres perfecto!

—Yo no me encuentro muertos sentados en el sofá de mi casa.

—Bueno, yo no tengo una cicatriz de un navajazo en la ceja por una pelea en un bar.

—Eso pasó hace años.

—¿Y? Lo del muerto en mi sofá fue *ayer*. Han pasado veinticuatro horas y no me ha pasado nada malo.

Morelli se apartó de la mesa.

—Tengo que irme a trabajar. Intenta no meterte en líos.

Y se fue a luchar contra el crimen. Yo, por mi parte, no tenía crimen contra el que luchar. Bender era mi único caso pendiente y estaba deseando aparentar que no existía. Estaba pensando en comerme un segundo cruasán cuando Les Sebring me llamó al móvil.

—¿Podrías pasarte por mi despacho? —preguntó—. Me gustaría hablar contigo.

Crucé la ciudad y recibí otra llamada en el momento en que me encontraba recorriendo la calle de la oficina de Sebring en busca de un sitio donde aparcar.

—Es un mamarracho —dijo Valerie—. No me dijiste que era un mamarracho.

—¿Quién?

—Albert Kloughn. ¿Y esa manía que tiene de estar pegado a una? A veces puedo sentir su aliento en el cuello, en serio.

—Es inseguro. Intenta pensar en él como en una mascota.

—Un labrador amarillo.

—Más bien un hámster gigante.

—Tenía ciertas esperanzas de que se casara conmigo —dijo Valerie—. Esperaba que fuera más alto.

—Valerie, no se trata de un ligue. Es un empleo. ¿Dónde está ahora?

—Ha pasado a la lavandería. Hay algún problema con la máquina expendedora de detergente.

—Es un buen tipo. Puede que un poquito enervante. Pero no te despedirá por tirar la sopa de pollo. De hecho, te comprará otra cosa para almorzar. Piénsalo.

—Y no tendría que haberme puesto estos zapatos —dijo Valerie—. Voy vestida fatal.

Corté la comunicación y encontré un sitio para aparcar en una calle frente a la oficina de Sebring. Metí una moneda en el parquímetro y me aseguré de que se ponía en marcha. No quería que me pusieran otra multa por aparcamiento indebido. Todavía no había pagado la última.

La secretaria de Sebring me acompañó al piso superior y me condujo a su despacho privado. Sebring me estaba esperando. Y también Jeanne Ellen Burrows.

Alargué mi mano hacia Sebring.

—Un placer volver a verte —dije.

Saludé a Jeanne Ellen con un movimiento de cabeza. Ella me devolvió una sonrisa.

—Supongo que te has quedado sin un trabajo —dije a Jeanne Ellen.

—Sí. Y hoy mismo me voy a Puerto Rico a detener a un fugitivo por encargo de Les. Quería contarte algo de Soder antes de irme. No sé que tendrá de cierto, pero Soder insistía en que Annie estaba en peligro. Nunca me contó de qué se trataba, pero consideraba que Evelyn no estaba capacitada para proteger a la niña. No tuve éxito en localizar a Annie, pero me di cuenta de que Dotty era el contacto... el eslabón más débil. Por eso la vigilaba.

—¿Y la puerta de atrás? Estaba sin vigilancia.

—Tenía micrófonos en la casa —dijo Jeanne Ellen—. Sabía que estabas dentro.

—¿Con la casa pinchada y no pudiste encontrar a Evelyn?

—Nunca se mencionó el paradero de Evelyn. Tú me descubriste antes de que tuviera la oportunidad de seguir a Dotty hasta Evelyn.

—¿Y qué me dices de Soder? ¿De la escena en la librería y en la casa de Dotty?

—Soder era un idiota. Estaba convencido de que, con amenazas, podía hacer que Dotty hablara.

—¿Por qué me estás contando todo esto?

Jeanne Ellen se encogió de hombros.

—Cortesía profesional.

Dirigí la mirada a Sebring.

—¿Tienes algún interés especial en todo esto?

—No, a no ser que Soder vuelva de entre los muertos.

—¿Tú qué opinas? ¿Crees que Annie está en peligro?

—Alguien ha matado a su padre —dijo Sebring—. No es buena señal. A no ser, claro está, que fuera la madre de Annie la que contratara a los asesinos. En tal caso, todo sería miel sobre hojuelas.

—¿Algunos de los dos sabe cómo encaja Eddie Abruzzi en este rompecabezas?

—Era el dueño del bar de Soder —repondió Jeanne Ellen—. Y Soder le tenía miedo. Si Annie estaba de verdad en peligro, creo que la amenaza podía provenir de Abruzzi. No por nada en concreto; no es más que una sensación que tengo.

—He oído que te encontraste a Soder muerto en tu sofá —dijo Sebring—. ¿Sabes lo que eso significa?

—¿Que mi sofá tiene el mal fario de la muerte?

Sebring sonrió y sus dientes casi me cegaron.

—El mal fario no se puede lavar —dijo—. Una vez que se instala en el sofá, allí se queda para siempre.

Salí del despacho con aquella alegre nota final. Entré en el coche y me tomé un respiro para repasar todas las novedades. ¿Qué significaba todo aquello? No significaba gran cosa. Reforzaba mi temor de que Evelyn y Annie no sólo huían de Soder, sino también de Abruzzi.

Valerie volvió a llamar.

—Si salgo a comer con Albert, ¿será como estar ligando?

—Sólo si te desgarra la ropa.

Colgué y puse el coche en marcha. Iba a regresar al Burg y a hablar con la madre de Dotty. Era el único contacto que tenía con Evelyn. Si la madre de Dotty me decía que Dotty y Evelyn estaban bien y que volvían a casa, daría por cerrado el caso. Me iría al centro comercial y me haría la manicura.


La señora Palowski abrió la puerta y dio un respingo al verme en su porche.

—Dios mío —dijo. Como si el mal fario fuera contagioso.

Le dediqué una sonrisa de confianza y un ligero saludo con los dedos.

—Hola. Espero no ser inoportuna.

—En absoluto, querida. Me he enterado de lo de Steven Soder. No sé ni qué pensar.

—Yo tampoco —dije—. No sé por qué lo dejaron en mi sofá —hice una mueca de disgusto—. Imagínese. Al menos no lo mataron allí. Lo metieron ya muerto —en cuanto lo dije me sonó sin sentido. Dejar un cadáver serrado por la mitad en el sofá de una chica no suele ser un acto fortuito—. La cuestión, señora Palowski, es que necesito hablar con Dotty. Tenía la esperanza de que se hubiera enterado de lo de Soder y se hubiera puesto en contacto con usted.

—Pues la verdad es que sí. Me ha llamado esta mañana y le he dicho que tú la andabas buscando.

—¿Le ha dicho cuándo pensaba volver?

—Ha dicho que iba a estar fuera algún tiempo. Eso es todo. Me quedé sin manicura.

La señora Palowski se envolvió en sus propios brazos con fuerza.

—Evelyn ha metido a Dotty en todo este lío, ¿verdad? No es el estilo de Dotty dejar el trabajo y sacar a Amanda del colegio para irse de excursión al campo. Creo que pasa algo malo. Me enteré de lo de Steven Soder y me fui directamente a misa. Pero no a rezar por él. Por mí se puede ir al infierno —se santiguó—. Recé por Dotty.

—¿Tiene alguna idea de dónde puede estar su hija? Si intentaba ayudar a Evelyn, ¿dónde puede haberla llevado?

—No lo sé. Le he estado dando vueltas, pero no se me ocurre nada. Dudo que Evelyn tenga mucho dinero. Y Dotty tiene siempre lo justo. Por eso no me las imagino cogiendo un avión. Ayer Dotty dijo que tenía que parar un momento en el centro comercial y comprar algunas cosas de cámping que le faltaban, o sea que a lo mejor está realmente de acampada. A veces, antes del divorcio, Dotty y su marido iban al cámping que hay en Washington Crossing. No me acuerdo del nombre, pero estaba cerca del río y se podían alquilar pequeñas caravanas.

Conocía aquel cámping. Había pasado por delante de él un millón de veces al ir a New Hope.

Bueno, ahora ya estaba en el buen camino. Tenía una pista. Podía ponerme a investigar en el cámping. Lo único malo era que no me apetecía investigar sola. En esta época del año estaba demasiado solitario. Demasiado fácil para que Abruzzi me tendiera una emboscada. Por eso, respiré profundamente y llamé a Ranger.

—Sí —contestó Ranger.

—Tengo una pista sobre Evelyn y me vendría bien un poco de respaldo.

Veinte minutos más tarde aparcaba en el estacionamiento de Washington Crossing y Ranger se detenía a mi lado. Conducía un brillante todoterreno negro con llantas desmesuradas y faros extras encima de la cabina. Cerré mi coche y me instalé en el asiento del copiloto. El interior del coche era como si Ranger se comunicara con Marte habitualmente.

—¿Cómo anda tu salud mental? —preguntó—. Me he enterado de lo de Soder.

—Todavía tiemblo.

—Yo tengo un remedio.

Ay, madre.

Metió la marcha y se dirigió a la salida.

—Ya sé lo que estás pensando —dijo—. Y no me refería a eso. Iba a sugerirte algo de trabajo.

—Ya lo sabía.

Me miró y sonrió.

—Estás loca por mí.

Era cierto. Que Dios me ayude.

—Vamos hacia el norte —dije—. Existe una posibilidad de que Dotty y Evelyn estén en las caravanas del cámping.

—Conozco bien ese cámping.

La carretera estaba desierta a esas horas del día. Dos carriles que serpenteaban paralelos al río Delaware atravesando la campiña de Pensilvania. Grupos de árboles y racimos de casas preciosas bordeaban la carretera. Ranger conducía en silencio. Su busca sonó dos veces, y las dos veces leyó el mensaje y no contestó. Las dos veces se guardó para sí lo que decía el mensaje. Un comportamiento normal en Ranger. Llevaba una vida secreta.

El busca sonó por tercera vez. Ranger se lo soltó del cinturón y leyó el mensaje. Luego limpió la pantalla, volvió a guardarse el busca y siguió con la mirada fija en la carretera.

—*Hola* —dije.

Dirigió los ojos a mí.

Ranger y yo éramos como agua y aceite. Él era el Hombre Misterioso y yo Doña Curiosidad. Ambos lo sabíamos. Ranger lo soportaba con una actitud moderadamente divertida. Yo lo soportaba apretando los dientes.

Bajé la mirada a su busca.

—¿Jeanne Ellen? —pregunté. No pude evitarlo.

—Jeanne Ellen está camino de Puerto Rico —dijo Ranger.

Nos miramos a los ojos un instante, y luego volvió a concentrar su atención en la carretera. Fin de la conversación.

—Menos mal que tienes un buen culo —dije. Porque desde luego puedes ser muy *borde*.

—El culo no es mi mejor parte, cariño —dijo Ranger sonriéndome.

Y aquello sí que daba por terminada la conversación. No tuve respuesta.

Diez minutos después llegábamos al cámping. Estaba situado entre la carretera y el río, y pasaba completamente desapercibido. No tenía ningún cartel indicador. Y no tenía nombre, que nosotros supiéramos. Un camino de tierra bajaba a una pradera de casi media hectárea. En la orilla del río había desperdigadas una serie de cabañas y de caravanas destartaladas, todas ellas con una mesa de picnic y una parrilla en el exterior. En aquel momento tenía cierto aire de abandono. Y producía una ligera sensación de riesgo e intriga, como un campamento gitano.

Ranger recorrió la entrada, inspeccionando los alrededores.

—Ni un coche —dijo.

Metió el vehículo en el camino y aparcó. Introdujo la mano debajo del salpicadero, sacó una Glock y nos apeamos.

Examinamos sistemáticamente todas las cabañas y caravanas, intentado abrir las puertas, mirando por las ventanas, comprobando si las parrillas se habían usado recientemente.

La cerradura de la cuarta cabaña estaba rota. Ranger llamó una vez con los nudillos y abrió la puerta.

La habitación central tenía una pequeña cocina en un extremo. Nada de alta tecnología. Fregadero, fogón y un frigorífico de los años cincuenta. El suelo estaba revestido de linóleo sucio. Al fondo había un sofá grande, una mesa y cuatro sillas. La otra habitación de la cabaña era un dormitorio con dos pares de literas. Éstas tenían colchones, pero no había ni sábanas ni mantas. El cuarto de baño era minúsculo. Un lavabo y un retrete. Ni ducha ni bañera. La pasta de dientes que encontramos en el lavabo parecía reciente.

Ranger recogió del suelo una pinza del pelo de color rosa, de niña.

—Se han marchado —dijo.

Examinamos el frigorífico. Estaba vacío. Salimos de allí e inspeccionamos las cabañas y caravanas restantes. Todas estaban cerradas. Inspeccionamos el contenedor de basura y encontramos una sola bolsa de desperdicios.

—¿Tienes alguna otra pista? —preguntó Ranger.

—No.

—Vamos a pasarnos por sus casas.


Recogí mi coche en Washington Crossing y crucé el río. Lo dejé aparcado delante de la casa de mis padres y volví a meterme en el coche de Ranger. Primero fuimos a casa de Dotty. Ranger aparcó a la entrada, sacó otra vez la Glock de debajo del salpicadero y nos dirigimos a la puerta principal.

Ranger colocó una mano en el picaporte, con su utilísima herramienta de forzar cerraduras en la otra. Y la puerta se abrió sola. Sin la menor violencia. Al parecer éramos los segundos en la carrera del allanamiento.

—Espera aquí —dijo Ranger.

Entró en el salón e hizo un reconocimiento rápido. Luego recorrió el resto de la casa con la pistola en la mano. Regresó al salón y me hizo un gesto para que entrara.

—¿No hay nadie en casa? —pregunté, al tiempo que entraba y cerraba la puerta con pestillo.

—No. Los cajones están abiertos y hay papeles tirados por la encimera de la cocina. O ha entrado alguien o Dotty se fue muy deprisa.

—Yo estuve aquí después de que Dotty se marchara. No entré en la casa, pero miré por las ventanas y estaba todo recogido. ¿Crees que pueden haber entrado ladrones? —en el fondo de mi corazón sabía que no eran ladrones, pero hay que mantener la esperanza.

—No creo que el motivo haya sido el robo. Hay un ordenador en la habitación de la niña y un anillo de compromiso con un diamante en el joyero de la madre. La televisión sigue aquí. Lo que yo creo es que no somos los únicos que buscamos a Evelyn y Annie.

—Puede que fuera Jeanne Ellen. Había puesto un micro en la casa. Puede que regresara a recogerlo antes de irse a Puerto Rico.

—Jeanne Ellen no es tan descuidada. No habría dejado la puerta principal abierta. Y nunca dejaría pruebas de su presencia.

Mi voz subió una octava involuntariamente.

—A lo mejor tenía un mal día. Joder, ¿o es que nunca tiene un mal día?

Ranger me miró y sonrió.

—Vale, es que estoy empezando a hartarme de la perfecta Jeanne Ellen —dije.

—Jeanne Ellen no es perfecta —dijo Ranger—. Sólo es muy buena —me pasó un brazo por encima de los hombros y me besó debajo de la oreja—. Puede que encontremos un terreno en el que tus habilidades superen las de Jeanne Ellen.

Le miré con los ojos entornados.

—¿Se te ocurre algo?

—Nada que quiera comprobar en este preciso instante —sacó un par de guantes de goma del bolsillo—. Me gustaría hacer una investigación más exhaustiva. No se llevó muchas cosas. Casi toda su ropa está aquí —entró en el dormitorio y encendió el ordenador. Abrió todos los archivos que podían parecer interesantes—. Nada que nos pueda servir —dijo por fin, apagando el ordenador.

Su teléfono no tenía identificador de llamadas y no había ningún mensaje en el contestador. Facturas y listas de la compra se amontonaban sobre la encimera de la cocina. Las revisamos, conscientes de que probablemente sería un esfuerzo inútil. Si hubiera habido algo provechoso, el intruso se lo habría llevado.

—¿Y ahora qué? —pregunté.

—Ahora nos vamos a visitar la casa de Evelyn.

Uh-uh.

—Hay un problema con la casa de Evelyn. Abruzzi le ha puesto vigilancia. Cada vez que me paso por allí, Abruzzi aparece a los diez minutos.

—¿Por qué le iba a importar a Abruzzi que tú estuvieras en casa de Evelyn?

—La última vez que me lo encontré me dijo que sabía que yo estaba metida en esto por el dinero, que yo sabía lo que estaba en juego. Y que yo sabía lo que intentaba recuperar. Creo que Abruzzi anda detrás de algo y que, lo que sea, está relacionado con Evelyn. Es posible que Abruzzi piense que esa *cosa* está escondida en la casa y no quiere que yo ande metiendo la nariz por allí.

—¿Tienes alguna idea de qué es lo que quiere recuperar?

—No. Ni la menor idea. He registrado la casa y no encontré nada que me llamara la atención. Claro que no buscaba escondites secretos. Buscaba algo que me llevara hasta Evelyn.

Ranger tiró de la puerta al salir y se aseguró de que quedaba bien cerrada.

Cuando llegamos a casa de Evelyn el sol estaba ya muy bajo. Ranger recorrió la calle con el coche.

—¿Conoces a la gente de esta calle?

—A casi todos. A unos mejor que a otros. Conozco a la vecina de Evelyn. Linda Clark vive dos casas más abajo. Los Rojack viven en la de la esquina. Betty y Arnold Lando, en la acera de enfrente. Los Lando están de alquiler y no conozco a la familia que vive junto a ellos. Si buscara un soplón, mi sospechas recaerían en alguien de esa familia. Hay un anciano que parece estar siempre en casa. Se pasa el día sentado en el porche. Tiene toda la pinta de haberse dedicado a romper piernas hace cien años.

Ranger aparcó delante de la mitad de la casa que correspondía a Carol Nadich. Luego rodeó la vivienda y entró en la mitad de Evelyn por la puerta de la cocina. Ranger no tuvo que romper una ventana para entrar. Introdujo una fina herramienta en la cerradura y diez segundos más tarde la puerta estaba abierta.

La casa seguía igual que como yo la recordaba. Los platos en el fregadero. El correo cuidadosamente apilado. Los cajones cerrados. Ninguna de las señales de exploración que habíamos encontrado en casa de Dotty.

Ranger hizo su habitual recorrido, empezando por la cocina y acabando arriba, en el dormitorio de Evelyn. Iba detrás de él cuando, de repente, recordé algo. Lo que me había contado Kloughn sobre los dibujos de Annie. Unos dibujos aterradores, según había dicho Kloughn. Sangrientos.

Entré en la habitación de Annie y pasé las hojas del cuaderno que tenía encima de su escritorio. La primera página tenía un dibujo de una casa, similar al que había abajo. Después había una página llena de garabatos y rayajos. Y luego, un dibujo infantil de un hombre. Tirado en el suelo. El suelo era rojo. De un rojo que manaba del cuerpo del hombre.

—¡Eh! —llamé a Ranger—. Ven a echar un vistazo a esto.

Ranger se puso a mi lado y observó el dibujo. Pasó la hoja y encontró un segundo dibujo con rojo en el suelo. Dos hombres tendidos en un suelo rojo. Otro hombre los apuntaba con una pistola. Alrededor de la pistola había muchas marcas de goma de borrar. Supongo que las pistolas son difíciles de dibujar.

Ranger y yo nos miramos.

—Podría ser sólo la televisión —dije.

—No nos vendrá mal llevarnos el cuaderno, por si acaso no lo es.

Ranger acabó de registrar la habitación de Evelyn, pasó a la de Annie y, luego, al cuarto de baño. Cuando terminó con él, se quedó en el centro con las manos en las caderas.

—Si hay algo aquí está bien escondido —dijo—. Sería más fácil si supiera qué es lo que estamos buscando.

Nos fuimos de la casa como habíamos venido. Abruzzi no nos esperaba en el porche de atrás. Y tampoco junto al coche de Ranger. Me senté a su lado y recorrí la calle con la mirada. No había ni rastro de Abruzzi. Casi me sentí decepcionada.

Ranger encendió el motor, me llevó a casa de mis padres y aparcó detrás de mi coche. El sol se había puesto y la calle estaba oscura. Ranger apagó las luces y se giró para verme mejor.

—¿Vas a pasar la noche aquí otra vez?

—Sí. Mi apartamento sigue precintado. Supongo que podré entrar mañana —y entonces, ¿qué? Un escalofrío incontrolable me estremeció la espalda. Mi sofá tenía mal fario.

—Veo que te mueres de ganas de volver —dijo Ranger.

—Ya pensaré en algo. Gracias por ayudarme.

—Me siento engañado —dijo Ranger—. Normalmente, cuando estoy contigo, explota un coche o se incendia un edificio.

—Siento desilusionarte.

—La vida es una putada —dijo Ranger. Me agarró por las mangas de la cazadora, me atrajo hacia él y me besó.

—¿*Ahora* me besas? ¿Por qué no lo hiciste cuando estábamos solos en mi apartamento?

—Habías bebido tres copas de vino y te quedaste dormida.

—Ah, sí. Ya me acuerdo.

—Y te dio un ataque de pánico sólo de pensar en acostarte conmigo.

Estaba casi tumbada en el asiento, encajada contra el volante, medio sentada en el regazo de Ranger. Sus labios rozaban los míos al hablar y sentía el calor de sus manos a través de la camiseta.

—Tú no eras el único causante de mi pánico —dije—. Había tenido un día desastroso.

—Cariño, tú tienes *un montón* de días desastrosos.

—Hablas como Morelli.

—Morelli es un buen tío. Y te quiere.

—¿Y tú?

Ranger sonrió.

Otro escalofrío me recorrió la columna vertebral.

La luz del porche se encendió y la abuela nos miró desde la ventana de la sala.

—Salvado por la abuela —dijo Ranger soltándome—. Voy a esperar a que entres en casa. No quiero que te secuestren durante mi turno de guardia.

Abrí la puerta y bajé del coche. Hice una mueca mental, ya que ser secuestrada, o que me pegaran un tiro, no era del todo inverosímil.

Cuando crucé la puerta, la abuela me estaba esperando.

—¿Quién es el chico del coche molón?

—Ranger.

—Ese hombre está buenísimo —dijo la abuela—. Si yo tuviera veinte años menos...

—Si tuvieras veinte años menos todavía tendrías veinte años de más —dijo mi padre.

Valerie estaba en la cocina ayudando a mi madre a glasear magdalenas. Me serví un vaso de leche y una magdalena, y me senté a la mesa.

—¿Qué tal te ha ido el trabajo? —pregunté a Valerie.

—No me han despedido.

—Genial. Antes de que te des cuenta, te estará proponiendo matrimonio.

—¿Tú crees?

Le eché una mirada de soslayo.

—Era una broma.

—Podría pasar —dijo Valerie espolvoreando una magdalena con confites de colores.

—Valerie, no te vas a casar con el primer hombre que te encuentres...

—Pues sí. Con tal de que tenga una casa con dos cuartos de baño, juro por Dios que me da lo mismo que sea Jack el Destripador.

—Estoy pensando en comprarme un ordenador para practicar cibersexo —dijo la abuela—. ¿Alguna de vosotras sabe cómo funciona eso?

—Entras en un *chat* —contestó Valerie—. Y conoces a alguien. Y luego cada uno le escribe guarrerías al otro.

—Parece divertido —dijo la abuela—. ¿Y cómo se hace la parte del *sexo?*

—Bueno, la parte del sexo te la tienes que hacer tú misma.

—Sabía que era demasiado bueno para ser cierto —dijo la abuela—. Todo tiene su lado negativo.

Por la mañana, mientras estaba la última en la cola del baño, empecé a considerar el punto de vista de Valerie. Si tuviera que enfrentarme a las opciones de vivir eternamente con mis padres, casarme con Jack el Destripador o volver a casa con el sofá del mal fario, tenía que admitir que la de Jack el Destripador resultaba la más seductora. Bueno, puede que no Jack el Destripador, pero Pepe el Plasta podía tolerarse.

Llevaba mi atuendo habitual: vaqueros, botas y una camiseta elástica. Me había peinado con rizos y llevaba una buena capa de rímel. Llevo toda mi vida de adulta escondida detrás del rímel. Y si me siento *muy* insegura, añado perfilador de ojos. Hoy era día de perfilador. Además, me había pintado las uñas de los pies. Había sacado la artillería pesada, ¿no? Morelli había llamado para decirme que ya habían quitado la cinta de precinto. Se había encargado de que una empresa de limpieza le diera un repaso al apartamento, derrochando lejía concentrada donde fuera necesario. Él creía que acabarían más o menos a mediodía. Por mí podían acabar más o menos en noviembre.

Estaba en la cocina, tomando una última taza de café antes de empezar el día, cuando Mabel apareció por la puerta de atrás.

—Acabo de tener noticias de Evelyn —dijo—. Me ha llamado y me ha dicho que se encuentran bien. Que está con una amiga y que no me preocupe —se puso la mano sobre el corazón—. Me siento mucho mejor. Y saber que tú la estabas buscando me ha ayudado mucho. Me daba tranquilidad de espíritu. Muchas gracias.

—¿Ha dicho Evelyn cuándo pensaba volver?

—No. Pero me ha dicho que no estaría aquí para el funeral de Steven Soder. Supongo que todavía hay resentimientos.

—¿Ha dicho dónde se encontraba? ¿O quién era la amiga con la que estaba?

—No. Tenía prisa. Me ha parecido que llamaba desde una tienda o un restaurante. Se oía mucho ruido de fondo.

—Si vuelve a llamar, dile que quiero hablar con ella.

—No pasa nada malo, ¿verdad? Ahora que ha desaparecido Steven todo debería estar en orden.

—Me gustaría hablar con ella sobre su casero.

—¿Estás buscando una casa de alquiler?

—Podría ser —y era cierto.

Sonó el teléfono y la abuela corrió a contestar.

—Para ti —dijo pasándome el auricular—. Es Valerie.

—Necesito ayuda —pidió Valerie—. Tienes que venir aquí corriendo.

Y colgó.

—Tengo que irme —dije—. A Valerie le pasa algo.

—Antes era de lo más lista —reflexionó la abuela—. Pero se fue a California. Supongo que todo ese sol de California le secó el cerebro como si fuera una pasa.

¿Sería un problema realmente serio?, pensé. ¿Más sopa de pollo en el ordenador? ¿Y qué le podía importar a Kloughn? No tenía archivos porque no tenía clientes.

Llegué al aparcamiento y dejé el coche de morro delante de la oficina de Kloughn. Miré por los enormes ventanales de la oficina pero no vi a Valerie. Salí del coche y Valerie vino corriendo desde la lavandería.

—Por aquí —dijo—. Está en la lavandería.

—¿Quién?

—¡Albert!

Una hilera de sillas de plástico color turquesa se alineaban contra la pared, enfrente de las secadoras. Dos mujeres mayores fumaban, sentadas en las sillas, sin quitarle ojo a Valerie. Sin perder detalle. No había nadie más.

—¿Dónde? —dije—. No le veo.

Valerie reprimió un sollozo y señaló una de las secadoras industriales.

—Está ahí.

Me acerqué a mirar. Decía la verdad. Albert Kloughn estaba metido dentro de la secadora. Todo apelotonado y con el culo contra la puerta redonda de cristal, tenía el mismo aspecto que Winnie the Pooh atascado en la madriguera del conejo.

—¿Está vivo? —pregunté.

—¡Sí! Claro que está vivo —Valerie se acercó a la puerta y dio unos golpecitos—. Por lo menos, *creo* que está vivo.

—¿Qué hace ahí dentro?

—La mujer del jersey azul creyó que había perdido su alianza en la secadora. Dijo que se había quedado enganchada en el fondo del tambor. Así que Albert se metió dentro para recuperarla. Pero, no sé cómo, la puerta se cerró de repente y ahora no podemos abrirla.

—Dios. ¿Y por qué no has llamado a los bomberos o a la policía?

Dentro del tambor hubo movimiento y Kloughn emitió unos ruidos ahogados. Sonaban algo parecido a «no, no, no».

—Creo que le da vergüenza —dijo Valerie—. Piensa en cómo quedaría. Imagínate que le hacen una foto y sale en los periódicos. Nadie volvería a contratarle y yo me quedaría sin trabajo.

—Ahora tampoco le contrata nadie —dije. Intenté abrir la puerta. Probé a tocar todos los botones. Busqué un cierre de seguridad—. No consigo nada de nada—dije.

—Esa secadora está estropeada —intervino la señora del jersey azul—. Siempre se queda atascada. Le pasa algo al cierre. La semana pasada envié una reclamación, pero parece que aquí nadie hace el menor caso. La máquina de jabón tampoco funciona.

—Yo creo que necesitamos ayuda especializada —dije a Valerie—. Deberíamos llamar a la policía.

Los movimientos frenéticos y el «no, no, no» se repitieron una vez más. Y luego se oyó dentro de la secadora algo que sonó como un pedo.

Valerie y yo retrocedimos un paso.

—Me parece que está nervioso —dijo Valerie.

Seguramente había algún mecanismo de apertura dentro, pero Kloughn estaba encajado de espaldas a la puerta y no podía acceder a él.

Rebusqué en el fondo del bolso y encontré algunas monedas. Introduje una en la ranura, bajé el calor al mínimo y puse la secadora en marcha.

Los balbuceos de Kloughn se convirtieron en gritos mientras se bamboleaba un poco, pero en general mantenía bastante bien la estabilidad. Al cabo de cinco minutos la secadora detuvo su bamboleo. Hoy en día no te dan mucho más por una moneda de veinticinco centavos.

La puerta se abrió con facilidad y entre Valerie y yo sacamos a Kloughn y le ayudamos a ponerse en pie. Tenía el pelo esponjado, como el plumón de una cría de petirrojo. Estaba calentito y olía bien, igual que la ropa recién planchada. Tenía la cara enrojecida y los ojos vidriosos.

—Creo que me he tirado un pedo —dijo.

—¿Sabes una cosa? —dijo la señora del jersey azul—. He encontrado mi alianza. No estaba en la secadora después de todo. Me la guardé en el bolsillo y se me olvidó.

—Qué bien —dijo Kloughn con la mirada perdida y un poco de saliva en la comisura de los labios.

Valerie y yo le teníamos sujeto por los sobacos.

—Ahora nos vamos a la oficina —dije a Kloughn—. Intenta andar.

—Todo me da vueltas. Estoy fuera de la máquina, ¿verdad? Sólo estoy un poco mareado, ¿verdad? Todavía oigo el motor. Tengo el motor metido en la cabeza —Kloughn movía las piernas como el monstruo de Frankenstein—. No siento los pies —dijo—. Se me han dormido.

A tirones y empujones conseguimos llevarle al despacho y le sentamos en su silla.

—Ha sido como montarse en una atracción de feria —dijo—. ¿Habéis visto cómo daba vueltas? Era como la casa de la risa, ¿verdad? Como en el parque de atracciones. Yo siempre me subo a todo. Estoy acostumbrado a ese tipo de cosas. Siempre me pongo en primera fila.

—¿De verdad?

—Bueno, no. Pero lo pienso muchas veces.

—¿A que es una monada? —dijo Valerie, y le besó en la coronilla de su esponjosa cabeza.

—Caramba —dijo Kloughn con una amplia sonrisa—. Caray.

# 11

ECLINÉ LA INVITACIÓN a comer de Kloughn y preferí pasarme por la oficina de fianzas.

—¿Alguna novedad? —pregunté a Connie—. Me he quedado sin fugitivos.

—¿Y qué pasa con Bender?

—No me gustaría quitárselo a Vinnie.

—Vinnie tampoco lo quiere —dijo Connie.

—No es eso —gritó Vinnie desde dentro de su despacho—. Lo que pasa es que tengo muchas cosas que hacer. Cosas importantes.

—Sí —dijo Lula—, tiene que tocarse las pelotas.

—Será mejor que me traigas a ese tío —gritó Vinnie—. No me hace ninguna gracia perder la fianza de Bender.

—Creo que Bender tiene algo —dijo Lula—. Es uno de esos borrachos con suerte. Es como si tuviera línea directa con Dios. Dios protege a los débiles y a los inútiles, como ya sabéis.

—No es Dios quien protege a Bender —gritó Vinnie—. Bender sigue libre porque tengo en nómina a un par de taradas incompetentes.

—Vale, muy bien —dije—. Vamos a atrapar a Bender.

—¿Nosotras? —preguntó Lula.

—Sí, tú y yo.

—Ya lo hemos intentado —dijo Lula—. Te estoy diciendo que está bajo la protección de Dios. Y yo no voy a meter las narices en los asuntos de Dios.

—Te invito a comer.

—Voy a por el bolso.

—Una cosa —dije a Connie—. Necesito unas esposas.

—No hay más esposas —gritó Vinnie—. ¿Tú te crees que las esposas caen del cielo?

—No puedo detenerle sin esposas.

—Improvisa.

—Oye —dijo Lula mirando por el gran ventanal de la oficina—, fijaos en el coche que acaba de aparcar al lado del de Stephanie. Dentro van un oso y un conejo. Y el oso es el que conduce.

Todas nos asomamos a la ventana.

—Ah-ah —dijo Lula—, ¿no acaba de tirar el conejo algo en el coche de Stephanie?

Se oyó un ensordecedor *¡buuuuumm!*, y el CR-V voló varios metros por el aire y estalló en una llamarada.

—Parece que era una bomba —dijo Lula.

Vinnie salió corriendo de su despacho.

—¡La hostia! —exclamó—. ¿Qué ha sido eso? —se detuvo y se quedó sin respiración al ver la columna de fuego que se elevaba delante de su oficina.

—No es nada, sólo otro de los coches de Stephanie volando por los aires —dijo Lula—. Un enorme conejo le ha tirado una bomba.

—¿No te revienta que hagan eso? —dijo Vinnie. Y se volvió a su despacho.

Lula, Connie y yo bajamos a la calle a ver cómo ardía el CR-V. Un par de coches patrulla llegaron ululando al lugar, seguidos de una ambulancia y dos coches de bomberos.

Carl Costanza salió de uno de los vehículos de la policía.

—¿Hay algún herido?

—No.

—Bien —dijo, mientras en su cara se dibujaba una sonrisa—. Entonces puedo disfrutarlo. Me perdí lo de las arañas y el fiambre del sofá.

El compañero de Costanza, Big Dog, se acercó a nosotras.

—Así se hace, Steph —dijo—. Todos nos preguntábamos cuándo te cargarías otro coche. Apenas me acuerdo de la última explosión.

Costanza asintió con la cabeza.

—Hace meses.

Vi a Morelli aparcar detrás de un coche de bomberos. Se bajó de la camioneta y se acercó caminando.

—Dios bendito —dijo, contemplando lo que se estaba transformando a toda velocidad en un montón de chatarra calcinada.

—Era el coche de Steph —explicó Lula—. Lo ha bombardeado un conejo gigante.

Morelli adoptó un gesto de seriedad y me miró.

—¿Es cierto?

—Lula lo vio.

—Supongo que no quieres ni plantearte la posibilidad de tomarte unas vacaciones —dijo Morelli—. Irte a Florida un mes o dos, por ejemplo.

—Me lo pensaré —contesté—. En cuanto detenga a Andy Bender.

Morelli conservaba el gesto serio.

—Me sería más fácil detenerle si tuviera un par de esposas.

Morelli metió la mano debajo de su jersey y sacó unas esposas. Me las entregó sin decir una palabra, con la misma expresión en la cara.

—Dales un beso de despedida —murmuró Lula detrás de mí.


En términos generales, un Trans Am rojo no es un buen coche para hacer guardias. Afortunadamente, con el nuevo pelo teñido de amarillo canario de Lula y mis ojos sobrecargados de rímel, teníamos toda la pinta de dos mujeres de negocios, de esas que podían estar en un Trans Am rojo enfrente de la casa de Bender.

—¿Y ahora qué? —preguntó Lula—. ¿Se te ocurre alguna idea?

Yo estaba observando con prismáticos las ventanas de Bender.

—Creo que hay alguien dentro, pero no consigo ver lo suficiente para saber quién es.

—Podríamos llamar por teléfono y ver quién contesta —dijo Lula—. Lo malo es que me he quedado sin dinero para el móvil y el tuyo ardió en el coche.

—Podríamos ir y llamar a la puerta.

—Sí, me gusta la idea. A lo mejor nos vuelven a tirotear. Tenía la esperanza de que alguien me disparara hoy. Ha sido lo primero que he pensado al levantarme: jo, espero que alguien me pegue un tiro hoy.

—Sólo nos han disparado aquella vez.

—Eso me tranquiliza mucho —dijo Lula.

—Bueno, ¿y qué se te ocurre?

—Se me ocurre que nos vayamos a casa. Ya te lo he dicho: Dios no quiere que pillemos a ese sujeto. Hasta mandó a un conejo para volar tu coche.

—*Dios* no envió a un conejo a volar mi coche.

—¿Qué otra explicación le encuentras? ¿Crees que se ve todos los días un conejo conduciendo un coche por la calle?

Abrí la puerta de un empujón y salí del Trans Am. Llevaba las esposas en una mano y el espray de pimienta en la otra.

—Estoy de mal humor —dije a Lula—. Estoy hasta la coronilla de serpientes, arañas y cadáveres. Y ahora no tengo ni coche. Voy a entrar y voy a sacar a Bender a rastras. Y después de entregar su lamentable culo en la comisaría de policía me voy a ir a Chevy's y me voy a tomar uno de esas margaritas de tres litros que hacen.

—Ya —dijo Lula—. Y supongo que quieres que vaya contigo.

Yo ya estaba a mitad del jardín.

—Lo que quieras —dije—. Haz lo que te salga de las narices.

Oía a Lula resoplando detrás de mí.

—Oye, conmigo no te pongas así —decía—. No me digas que haga lo que me salga de las narices. Ya te he dicho lo que quiero hacer. Y ¿ha servido de algo? Pues no.

Llegué a la puerta de la casa de Bender y probé el picaporte. La puerta estaba cerrada por dentro. Llamé con fuerza, tres veces. No hubo respuesta, así que llamé otras tres veces con el puño.

—Abran la puerta —grité—. Agentes de fianzas.

La puerta se abrió y la mujer de Bender se me quedó mirando.

—No es el momento oportuno —dijo.

—Nunca es el momento oportuno —respondí, y la retiré a un lado.

—Ya, pero es que no lo entiende. Andy está enfermo.

—¿Espera que nos lo creamos? —preguntó Lula—. ¿Es que parecemos tontas?

Bender entró en la sala tambaleándose. Tenía el pelo revuelto y los ojos medio cerrados. Llevaba la chaqueta del pijama y unos pantalones caquis manchados.

—Me muero —dijo—. Me estoy muriendo.

—No es más que una gripe —dijo su mujer—. Tienes que volverte a la cama.

Bender alargó los brazos.

—Espósame. Entrégame. Tienen un médico que hace visitas de vez en cuando, ¿no?

Le puse las esposas a Bender y le pregunté a Lula.

—¿Hay algún médico?

—Tienen un pabellón en St. Francis.

—Seguro que tengo ántrax —dijo Bender—. O la viruela.

—Sea lo que sea, no huele muy bien —dijo Lula.

—Tengo diarrea. Y vómitos —se quejaba Bender—. Me gotea la nariz y siento la garganta irritada. Y creo que tengo fiebre. Tócame la frente.

—Sí, claro —dijo Lula—. Estaba loca por que llegara esta ocasión.

Se limpió la nariz con una manga y dejó una mancha de mocos en la chaqueta del pijama. Echó la cabeza hacia atrás y estornudó rociando la mitad de la habitación.

—¡Eh! —gritó Lula—. ¡Cúbrete! ¿No has oído hablar de los pañuelos? ¿Y por qué haces eso con la manga?

—Me estoy mareando —dijo Bender—. Voy a potar otra vez.

—¡Vete al baño! —gritó su mujer. Agarró un cubo de plástico azul del suelo—. Toma el cubo.

Bender metió la cabeza en el cubo y vomitó.

—La hostia —dijo Lula—. Esto es la Casa de la Peste. Yo me largo de aquí. Y tampoco vas a meterle en mi coche —me dijo—. Si quieres llevártelo, llama a un taxi.

Bender sacó la cabeza del cubo y alargó las manos temblorosas.

—Bueno, ya estoy mejor. Ahora puedo irme contigo.

—Espérame —dije a Lula—. Tenías razón con lo de Dios.


—Ha sido muy difícil llegar hasta aquí, pero merecía la pena —dijo Lula lamiendo la sal del borde de su copa—. Es la madre de todos los margaritas.

—Y además es terapéutico. El alcohol se cargará todos los gérmenes que podamos haber pillado de Bender.

—Claro, joder —dijo Lula.

Di un trago de mi copa y eché un vistazo alrededor. El bar estaba lleno de gente que acababa de salir del trabajo. La mayoría era de mi edad. Y casi todos parecían más felices que yo.

—Mi vida es una mierda —dije a Lula.

—Dices eso porque has tenido que ver a Bender vomitando en un cubo.

En parte era cierto. Ver a Bender vomitando en un cubo no había elevado mi estado de ánimo, precisamente.

—Estoy pensando en buscarme otro trabajo —dije—. Quiero trabajar donde trabajan todos estos. Parecen muy felices.

—Porque han llegado aquí antes que nosotras y están ya medio mamados.

O puede que fuera porque ninguno de ellos estaba amenazado por un lunático.

—He perdido otro par de esposas —confesé—. Se las dejé puestas a Bender.

Lula echó la cabeza para atrás y soltó una risotada.

196

—¿Y tú quieres cambiar de trabajo? —dijo—. ¿Por qué ibas a hacer algo así, con lo buena que eres en éste?

Eran las once de la noche y casi todas las casas de la calle de mis padres estaban a oscuras. El Burg era de acostarse y levantarse temprano.

—Siento lo de Bender —dijo Lula, dejando que el Trans Am se detuviera junto a la acera—. Podríamos decirle a Vinnie que ha muerto. Podríamos decirle que estábamos a punto de detenerle y que se murió de repente. Pum. Tieso como un bacalao.

—Mejor aún. ¿Por qué no volvemos y le matamos? —dije. Abrí la puerta para salir, me enganché un pie en la alfombrilla y caí de morros fuera del coche. Me volví boca arriba y me quedé mirando a las estrellas.

—Estoy bien —dije a Lula—. Quizá duerma aquí esta noche.

Ranger entró en mi campo de visión, me agarró de la cazadora vaquera y me puso en pie.

—No es una buena idea, cariño —miró a Lula—. Ya te puedes ir.

El Trans Am aceleró y desapareció de nuestra vista.

—*No* estoy borracha —dije a Ranger—. Sólo he tomado *un* margarita.

Sus dedos seguían aferrados a mi cazadora, pero suavizó la presión.

—He oído que estás teniendo problemas con un conejo.

—Puto conejo.

Ranger sonrió.

—Estás borracha, sin lugar a dudas.

—*No* estoy borracha. Estoy a punto de sentirme feliz —no estaba haciendo eses exactamente, pero el mundo estaba un poco desenfocado. Me apoyé en Ranger para no caerme—. ¿Tú qué haces aquí?

Me soltó la cazadora y me rodeó con sus brazos.

—Quería hablar contigo.

—Podías haberme llamado.

—Intenté llamarte. Pero tu teléfono no funciona.

—Ah, sí. Se me había olvidado. Estaba en el coche cuando voló por los aires.

—He estado investigando a Dotty y he conseguido algunos nombres que deberíamos investigar.

—¿Ahora?

—Mañana. Te paso a recoger a las ocho.

—No me toca entrar en el cuarto de baño hasta las nueve.

—De acuerdo. Paso a las nueve y media.

—¿Te estás riendo? Noto que te estás riendo. ¡Mi vida no tiene gracia!

—Cariño, tu vida debería ser una teleserie en horario de máxima audiencia.


Exactamente a las nueve y media salí de casa medio dormida y el sol me hizo parpadear. Había logrado ducharme y estaba decentemente vestida, pero eso era todo. Media hora no es mucho tiempo para que una chica se ponga guapa. Sobre todo si la chica tiene resaca. Me había recogido el pelo en una coleta y llevaba la barra de labios en el bolsillo de la cazadora vaquera. Cuando me dejaran de temblar las manos y los ojos dejaran de arderme, intentaría pintarme los labios.

Ranger llegó conduciendo un lustroso Mercedes negro y me esperó junto a la acera. La abuela estaba junto a mí, al otro lado de la puerta.

—No me importaría verle desnudo —dijo.

Me acomodé en el asiento de piel color crema al lado de Ranger, cerré los ojos y suspiré. El coche olía delicioso, a cuero y a patatas fritas.

—Que Dios te bendiga —dije. Tenía patatas fritas y Coca-Cola para mí encima del salpicadero.

—Tank y Lester están investigando cámpings en Pensilvania y New Jersey. Han empezado por los más cercanos para luego ir abriendo el radio de acción. Buscan cualquiera de los coches y hablan con toda la gente que pueden. Tenemos tu lista de familiares de Evelyn, pero me parece que son pistas poco fiables. A Evelyn le preocuparía que se pusieran en contacto con Mabel. Y lo mismo pienso de los familiares de Dotty. Hay cuatro compañeras de trabajo que son amigas de Dotty. Tengo sus nombres y direcciones. Creo que deberíamos empezar por ellas.

—Eres muy amable, gracias por ayudarme en esto. La verdad es que no es un encargo de nadie. Lo hago por la seguridad de Annie.

—Yo no lo hago por la seguridad de Annie. Lo hago por tu seguridad. Tenemos que conseguir que encierren a Abruzzi. Ahora está jugando contigo. Pero cuando se aburra de este juego va a ir en serio. Si la policía no le puede culpar de lo de Soder, es posible que Annie pueda acusarle de algo. Asesinato múltiple, por ejemplo, si los dibujos están hechos del natural.

—Si encontramos a Annie, ¿podremos protegerla?

—Al menos hasta que Abruzzi sea condenado. Protegerte a ti es más difícil. Mientras Abruzzi esté libre cualquier cosa que no sea tenerte encerrada en la Baticueva el resto de tu vida será insuficiente.

Humm. Encerrada en la Baticueva el resto de mi vida.

—Dijiste que en la Baticueva hay televisión, ¿no?

Ranger me echó una mirada de reojo.

—Cómete las patatas.

Barbara Ann Guzmán era la primera de la lista. Vivía en una urbanización de East Brunswick, un agradable vecindario de familias de ingresos medios. Kathy Snyder, que también estaba en la lista, vivía dos puertas más abajo. Las dos casas tenían garajes. Ninguno de ellos tenía ventanas.

Ranger aparcó delante de la casa de los Guzmán.

—Las dos tendrían que estar en el trabajo.

—¿Vamos a entrar?

—No. Vamos a llamar a la puerta, y a ver si oímos niños dentro.

Llamamos dos veces y no oímos nada. Me deslicé por detrás de una azalea y miré por la ventana del salón de Barbara Ann. Las luces apagadas, la televisión apagada, ni un zapatito de niño tirado por el suelo.

Anduvimos dos casas más abajo, hasta donde vivía Kathy Snyder. Llamamos al timbre y nos abrió una mujer mayor.

—Buscamos a Kathy —dije.

—Está en el trabajo —contestó la mujer—. Soy su madre. ¿Qué desean?

Ranger le pasó una serie de fotos.

—¿Ha visto a alguna de estas personas?

—Ésta es Dotty —dijo la mujer—. Y su amiga. Pasaron la noche en casa de Barbara Ann. ¿Conocen a Barbara Ann?

—Barbara Ann Guzmán —dijo Ranger.

—Sí. No fue anoche. Estuvieron aquí la noche anterior. Todo un llenazo para la casa de Barbara Ann.

—¿Sabe usted dónde están ahora?

Miró las fotos y negó con la cabeza.

—No. Tal vez lo sepa Kathy. Sólo las vi cuando salí a pasear. Doy un paseo alrededor de la manzana todas las noches, para hacer un poco de ejercicio, y las vi llegar en el coche.

—¿Recuerda qué coche era? —preguntó Ranger.

—Era un coche corriente. Azul, creo —desplazó la mirada de Ranger a mí—. ¿Pasa algo?

—Esa mujer, la amiga de Dotty, ha tenido una racha de mala suerte y estamos intentando ayudarla a enderezar las cosas —dije.

La tercera mujer vivía en un edificio de apartamentos de New Brunswick. Recorrimos metódicamente el garaje subterráneo, fila por fila, buscando el Honda azul de Dotty o el Sentra gris de Evelyn. No obtuvimos ningún resultado en la búsqueda, así que aparcamos y subimos a la sexta planta en el ascensor. Llamamos a la puerta de Pauline Woods y no obtuvimos respuesta. Lo intentamos en los apartamentos vecinos, con igual resultado. Ranger llamó por última vez al apartamento de Pauline y luego se coló dentro. Yo me quedé fuera vigilando. Cinco minutos después Ranger estaba otra vez en el descansillo y la puerta de Pauline cerrada como antes.

—El apartamento estaba limpio —dijo—. Nada que pueda indicar la presencia de Dotty. Ni tampoco su nueva dirección en lugar visible.

Salimos del garaje subterráneo y atravesamos la ciudad en dirección a Highland Park. New Brunswick es una población universitaria, con la universidad estatal Rutgers en un extremo y el Douglass College en el otro. Yo me gradué en el Douglass, sin honores. Estaba en el pelotón, como el noventa y ocho por ciento de la clase, y bien contenta. Me dormía en la biblioteca y me pasaba las clases de historia soñando despierta. Suspendí matemáticas dos veces, y nunca llegué a entender la teoría de las probabilidades. Vamos, es que, para empezar, ¿a quién le importa si sacas una bola blanca o una bola negra de la bolsa? Y segundo, si tienes preferencia por un color, no lo dejes a la suerte. Mira dentro de la puñetera bolsa y elige el color que te guste.

Para cuando tuve edad de ir a la universidad ya había abandonado toda esperanza de volar como Superman, pero nunca fui capaz de sentir verdadero interés por ninguna ocupación alternativa. Cuando era pequeña leía tebeos del Pato Donald y del Tío Gilito. El Tío Gilito siempre iba a sitios exóticos a buscar oro. Una vez que lo conseguía, se lo llevaba a su depósito de dinero y amontonaba las monedas con un bulldozer. Ésa era mi idea de un trabajo interesante. Ir a vivir una aventura. Volver con oro. Amontonarlo con un bulldozer. ¿O es que no suena divertido? Por eso es fácil comprender mi falta de motivación por los estudios. Vamos a ver, ¿qué falta te hacen las buenas notas para conducir un bulldozer?

—Yo estudié aquí —dije a Ranger—. Hace ya un montón de años, pero todavía me siento como una estudiante cuando paso por la ciudad.

—¿Eras buena estudiante?

—Era una estudiante espantosa. No sé cómo, el Estado consiguió educarme a mi pesar. ¿Tú fuiste a la universidad?

—A Rutgers, en Newark. Al cabo de dos años me alisté en el ejército.

Nada más conocer a Ranger esto me habría sorprendido. Ahora, ya nada me sorprendía.

—La última mujer de la lista tendría que estar en el trabajo, pero su marido estará en casa —dijo Ranger—. Trabaja en los comedores universitarios y entra a las cuatro. Se llama Harold Bailey. Y su mujer se llama Louise.

Recorrimos un barrio de casas más viejas. La mayoría eran viviendas de dos pisos, de madera, con porches tan anchos como la casa y un garaje independiente detrás. No eran ni grandes ni pequeñas. Muchas de ellas habían sufrido restauraciones desastrosas, añadiéndoles fachadas de ladrillo falso o ganando habitaciones cerrando los porches.

Aparcamos y nos dirigimos a la casa de los Bailey. Ranger llamó al timbre y, como nos imaginábamos, un hombre nos abrió la puerta. Ranger se presentó y le pasó las fotografías.

—Estamos buscando a Evelyn Soder —dijo Ranger—. Esperábamos que usted pudiera ayudarnos. ¿Ha visto a alguna de estas personas en los últimos días?

—¿Por qué están buscando a esa tal Soder?

—Su ex marido ha sido asesinado. Evelyn ha estado fuera de casa últimamente y su abuela ha perdido el contacto con ella. Y le gustaría asegurarse de que Evelyn se ha enterado de la muerte de su ex marido.

—Estuvo aquí con Dotty anoche. Llegaron justo cuando yo me iba. Pasaron la noche aquí y se fueron por la mañana. Yo casi no las he visto. No sé dónde han ido hoy. Pensaban llevar a las niñas de excursión al campo o algo así. A visitar sitios históricos. Ese tipo de cosas. Es posible que Louise sepa más. Pueden intentar localizarla en el trabajo.

Regresamos al coche y Ranger salió del barrio.

—Vamos siempre un paso por detrás —dije.

—Eso pasa siempre con los niños desaparecidos. He trabajado en muchos casos de secuestros realizados por los padres y no paran de moverse. Normalmente se van más lejos de sus casas y pasan más de una noche en cada sitio. Pero el comportamiento es muy similar. Para cuando recibes alguna información sobre ellos, ya se han ido.

—¿Cómo los atrapas?

—Insistencia y paciencia. Si perseveras el tiempo suficiente, acabas por tener éxito. A veces se tarda años.

—Dios mío, no puedo tardar años. Tendré que esconderme en la Baticueva.

—Una vez que entras en la Baticueva, es para siempre, cariño.

*Ayyyy.*

—Prueba a llamarlas —dijo Ranger—. Los números del trabajo están en el expediente.

Barbara Ann y Kathy se mostraron cautelosas. Ambas admitieron que habían visto a Dotty y a Evelyn, y sabían que también iban a estar con Louise. Las dos insistieron en que no sabían dónde pensaban ir luego. Me dio la impresión de que decían la verdad. Pensé que seguramente Evelyn y Dotty sólo harían planes con un día de antelación. Suponía que habían intentado ir de cámping, pero que, por alguna razón, aquello no había funcionado. Y ahora iban de un sitio a otro para que no se las localizara.

Pauline no tenía ni idea de la historia.

Louise fue la más comunicativa, posiblemente porque era la que estaba más preocupada.

—Sólo se quisieron quedar una noche —dijo—. Sé que lo que me contáis del ex marido de Evelyn es cierto, pero hay algo más. Los niños estaban agotados y se querían ir a casa. También Evelyn y Dotty parecían muy cansadas. No querían hablar de ello, pero yo me di cuenta de que estaban huyendo de algo. Creí que era del ex marido de Evelyn, pero ya veo que no. ¡Santa Madre de Dios! —dijo—. ¿No pensaréis que lo ha matado ella?

—No —dije—. Lo mató un conejo. Una cosa más: ¿te fijaste en el coche que llevaban? ¿Iban todos juntos en un solo coche?

—Era el coche de Dotty. El Honda azul. Al parecer, Evelyn llevaba su coche, pero se lo robaron un momento que lo dejaron en el cámping. Me contaron que se fueron a hacer la compra y al volver el coche y todo lo que tenían en él había desaparecido. ¿Te imaginas?

Le di el teléfono de mi casa y le pedí que me llamara si recordaba cualquier cosa que pudiera servirnos de ayuda.

—Callejón sin salida —dije a Ranger—. Pero sé por qué se fueron del cámping —y le conté lo del robo del coche.

—La versión más probable es que Evelyn y Dotty regresaron de la compra, vieron otro coche aparcado al lado del suyo y se fueron, abandonándolo todo —dijo Ranger.

—Y al ver que no volvían, Abruzzi lo hizo desaparecer.

—Es lo que yo haría —dijo Ranger—. Cualquier cosa con tal de ponerles las cosas difíciles.

Estábamos atravesando Highland Park, acercándonos al puente que cruza el río Raritan. Otra vez estábamos sin pistas, pero al menos teníamos algo más de información. No sabíamos dónde estaba Evelyn ahora, pero sabíamos dónde había estado. Y sabíamos que ya no llevaba el Sentra.

Ranger paró en un semáforo y se volvió hacia mí.

—¿Cuándo disparaste una pistola por última vez? —preguntó.

—Hace un par de días. Maté una serpiente. ¿Esa pregunta tiene truco?

—Es una pregunta muy seria. Deberías llevar pistola. Y deberías sentirte cómoda disparando con ella.

—Vale. Te prometo que la próxima vez que salga llevaré la pistola.

—¿Y le pondrás balas?

Dudé un momento.

—Le *pondrás* balas —dijo Ranger, mirándome fijamente.

—Claro —dije.

Se estiró para abrir la guantera y sacó una pistola. Era una Smith & Wesson 38 especial de cinco tiros. Se parecía muchísimo a *mi* pistola.

—Me pasé por tu apartamento esta mañana y te recogí esto —dijo Ranger—. La encontré en el tarro de las galletas.

—Todos los tipos duros guardan sus pistolas en el tarro de las galletas.

—Dime uno.

—Rockford.

Ranger sonrió.

—Acepto la corrección.

Tomó una carretera que discurría paralela al río y al cabo de un kilómetro se metió en una zona de aparcamiento delante de un edificio grande, parecido a un almacén.

—¿Qué es esto? —pregunté.

—Una galería de tiro. Vas a entrenarte a disparar.

Sabía que era necesario, pero detestaba el ruido y el manejo del arma. No me gustaba la idea de tener en las manos un aparato que, básicamente, producía explosiones. Siempre tenía la sensación de que pasaría algo y me volaría limpiamente el dedo gordo.

Ranger me pertrechó con protectores para los oídos y gafas. Cargó las balas y dejó la pistola en la estantería de la cabina que me habían asignado. Acercó la diana de papel hasta siete metros. Si alguna vez en mi vida iba a disparar contra alguien, lo más probable es que ese alguien estuviera bastante cerca de mí.

—Muy bien, Tex —dijo—, a ver qué tal se te da.

Amartillé y disparé.

—Estupendo —dijo Ranger—. Ahora vamos a probar con los ojos abiertos.

Me corrigió la forma de agarrar el arma y la postura. Y volví a intentarlo.

—Mejor.

Practiqué hasta que me dolía el brazo y no podía seguir apretando el gatillo.

—¿Cómo te sientes ahora con la pistola? —preguntó Ranger.

—Más cómoda, pero sigue sin gustarme.

—No hace falta que te guste.

Ya era tarde cuando salimos de la galería de tiro y, de vuelta a la ciudad, nos encontramos con el tráfico de hora punta. No tengo paciencia con el tráfico. Si hubiera sido yo la que conducía habría soltado maldiciones y me habría dado cabezazos contra el volante. Ranger estuvo impasible, con un control total. Calma zen. Podría jurar que varias veces hasta dejó de respirar.

Cuando nos encontramos en el atasco de entrada a Trenton, Ranger se desvió por una salida, giró por una calle lateral y se detuvo en un pequeño aparcamiento situado entre tiendas con fachadas de ladrillo y casas adosadas de tres pisos. Los escaparates de las tiendas estaban sucios y turbios. Pintadas de espray negro cubrían los pisos bajos de las viviendas.

Si en aquel preciso momento alguien hubiera salido de una casa tambaleándose, con la sangre manando de varios orificios de bala en diversas partes del cuerpo, no me habría sorprendido lo más mínimo.

Miré por la ventanilla del coche y me mordí el labio inferior.

—No iremos a la Baticueva, ¿verdad?

—No, cariño. Vamos a Shorty's a comernos una pizza.

Un pequeño rótulo de neón colgaba sobre la puerta del edificio contiguo al aparcamiento. Como era de esperar, en él se leía «Shorty's». Las dos pequeñas ventanas de la fachada del edificio habían sido pintadas de negro. La puerta era de madera gruesa y no tenía ventana.

Miré a Ranger con desconfianza.

—¿Es rica la pizza de aquí? —intenté que la voz no me temblara, pero en mi cabeza la oí débil y lejana. Era la voz del miedo. Puede que «miedo» sea una palabra demasiado fuerte. Después de lo que había pasado la última semana, quizá habría que reservar «miedo» para situaciones de peligro de muerte. Aunque no sé; tal vez «miedo» fuera adecuada en este caso.

—La pizza de aquí es muy rica —contestó Ranger, y me abrió la puerta.

La repentina oleada de ruido y el olor a pizza casi me tiran al suelo. El interior de Shorty's estaba oscuro y lleno de gente. Los laterales aparecían cubiertos de reservados y el centro de la sala, atestado de mesas. Una vieja sinfonola berreaba música desde una esquina del fondo. La mayor parte de los clientes de Shorty's eran hombres. Las mujeres que se veían tenían toda la pinta de sabérselas arreglar solas. Los hombres llevaban vaqueros y botas de trabajo. Eran jóvenes y viejos, con caras marcadas por años de sol y cigarrillos. Y no parecían necesitar clases de tiro.

Nos acomodamos en el reservado de una esquina lo bastante oscura como para que no se vieran ni las manchas de sangre ni las cucarachas. Ranger parecía encontrarse a gusto, con la espalda apoyada en la pared y la camisa negra fundiéndose con las sombras.

La camarera iba vestida con una camiseta blanca de Shorty's y una falda corta negra. Tenía unas tetas enormes, el pelo castaño, rizado y muy abundante, y más rímel del que yo me hubiera puesto en mi vida, ni siquiera en mis días de mayor inseguridad. Sonrió a Ranger como si le conociera mucho mejor que yo.

—¿Qué vais a tomar? —dijo.

—Pizza y cerveza —contestó Ranger.

—¿Vienes mucho por aquí? —pregunté.

—Bastante a menudo. Tenemos un piso franco en el barrio. La mitad de la gente que hay aquí es de la zona. La otra mitad son de una parada de camiones que hay en la manzana de al lado.

La camarera dejó caer sobre la maltratada mesa unos posavasos de cartón y puso un vaso de cerveza helada en cada uno de ellos.

—Creía que no bebías —dije a Ranger—. Por ese rollo tuyo de que el cuerpo es un templo. Y ahora resulta que bebes vino en mi apartamento y cerveza en Shorty's.

—No bebo cuando estoy trabajando. Y nunca me emborracho. Y el cuerpo es un templo solamente cuatro días a la semana.

—Vaya —dije—, te estás echando a perder con tanta pizza y tanta cerveza tres días a la semana. Ya me parecía haberte notado una acumulación de grasa alrededor de la cintura.

Ranger levantó una ceja.

—Una acumulación de grasa alrededor de la cintura. ¿Alguna cosa más?

—Puede que una papada incipiente.

La cierto era que Ranger no tenía grasa en ningún sitio. Ranger era perfecto. Y los dos lo sabíamos.

Dio un trago de cerveza y me miró atentamente.

—¿No te parece que estás arriesgando mucho con esas observaciones cuando yo soy lo único que te separa de ese sujeto de la barra que tiene una serpiente tatuada en la frente?

Miré al sujeto de la serpiente.

—Parece un buen chico —bueno para ser un psicópata asesino.

Ranger sonrió.

—Trabaja para mí.

# 12

EL SOL SE ESTABA PONIENDO cuando regresamos al coche.

—Posiblemente ésta haya sido la mejor pizza que he comido en mi vida —dije a Ranger—. En general ha sido una experiencia aterradora, pero la pizza estaba buenísima.

—La hace el mismo Shorty.

—¿También trabaja para ti?

—Sí. Sirve todos los cócteles que doy.

Otra broma de Ranger. Al menos estaba bastante segura de que era broma.

Ranger llegó a la avenida Hamilton y se volvió a mirarme.

—¿Dónde vas a pasar la noche?

—En casa de mis padres.

Enfiló hacia el Burg.

—Le diré a Tank que te lleve un coche. Puedes utilizarlo hasta que sustituyas el CR-V. O hasta que te lo cargues.

—¿De dónde sacas todos esos coches?

—No lo quieres saber de verdad, ¿no?

Me tomé un instante para pensar.

—No —dije—. Supongo que no. Si lo supiera tendrías que matarme, ¿verdad?

—Algo por el estilo.

Paró delante de la casa de mis padres y ambos miramos a la puerta. Mi madre y mi abuela estaban allí, de pie, mirándonos.

—No estoy muy seguro de sentirme cómodo con la manera en que me mira tu abuela —dijo Ranger.

—Le gustaría verte desnudo.

—Ojalá no me lo hubieras contado, cariño.

—Todas las personas que conozco quieren verte desnudo.

—¿Y tú?

—Nunca se me ha pasado por la cabeza —contuve la respiración después de decir aquello y esperé que Dios no me fulminara con un rayo por mentirosa. Me apeé del coche y corrí a casa.

La abuela Mazur me esperaba en el vestíbulo.

—Esta tarde me ha pasado una cosa de lo más rara —dijo—. Volvía de la panadería, cuando se me acercó un coche. Y dentro había un conejo. Era quien conducía. Y entonces me entregó uno de esos sobres de correos y me dijo que te lo diera a ti. Todo sucedió muy rápido. Y en cuanto se alejó, me acordé de que tu coche lo había incendiado un conejo. ¿Tú crees que podría ser el mismo?

Normalmente habría hecho algunas preguntas. Como qué clase de coche era y si había logrado ver la matrícula. En esta ocasión las preguntas eran inútiles. Los coches eran siempre diferentes. Y siempre robados.

Cogí el sobre cerrado, lo abrí con cuidado y miré su interior. Fotos. Unas instantáneas en que yo aparecía dormida en el sofá de mis padres. Estaban tomadas la noche anterior. Alguien había entrado en la casa y me había estado observando mientras dormía. Y me había hecho unas fotos. Sin que yo me enterara. Quienquiera que fuese había elegido una buena noche. Había dormido como un tronco gracias al margarita gigante que me había tomado y a que había pasado la noche anterior en blanco.

—¿Qué hay en el sobre? —preguntó la abuela—. Parecen fotos.

—No es nada interesante —dije—. Me parece que el conejo estaba de cachondeo.

Mi madre me miró como si supiera algo más, pero no dijo nada. Al final de la noche tendríamos un nuevo cargamento de galletas y se habría despachado todo lo que hubiera para planchar. Ése es el sistema de mi madre para luchar contra el estrés.

Pedí prestado el Buick y me acerqué a casa de Morelli. Vivía nada más salir del Burg, en un barrio muy parecido a éste, a menos de medio kilómetro de la casa de mis padres. Había heredado la casa de su tía y resultó ser un buen legado. La vida está llena de sorpresas. Joe Morelli, el gamberro del instituto de Trenton, motero, mujeriego, camorrista de bares, era ahora un semirrespetable propietario. A lo largo de los años, Morelli había ido madurando. Lo que no era poco para un varón de su familia.

Bob vino hacia mí corriendo cuando me vio en la puerta. Se le alegraron los ojos y meneó la cola. Morelli estuvo más contenido.

—¿Qué pasa? —me dijo, con la mirada fija en mi camiseta.

—Me acaba de ocurrir algo espeluznante.

—Vaya, ¡qué sorpresa!

—Más espeluznante de lo habitual.

—¿Debería tomarme una copa antes de que me lo cuentes?

Le di las fotos.

—Muy bonitas —dijo—, pero ya te he visto dormida en varias ocasiones.

—Me las sacaron anoche sin mi consentimiento. Un conejo gigante paró hoy a la abuela en la calle y le pidió que me las entregara.

Levantó la mirada hacia mí.

—¿Me estás diciendo que alguien se coló en casa de tus padres y te hizo estas fotos mientras estabas dormida?

—Sí —había intentado mantener la calma, pero por dentro me sentía destrozada. La idea de que alguien, tal vez el mismo Abruzzi, o uno de sus hombres, hubiera estado observándome mientras dormía me ponía los nervios de punta. Me sentía violada y vulnerable.

—Este tío tiene un par de pelotas —dijo Morelli. Su voz al decirlo era tranquila, pero las líneas de su boca se tensaron y me di cuenta de que estaba luchando para contener la rabia. Un Morelli más joven habría arrojado una silla por la ventana.

—No quiero criticar a la policía de Trenton —dije—, pero ¿no te parece que alguien tendría que detener a ese conejo? Va por ahí tan tranquilo, repartiendo fotos.

—¿Anoche teníais cerradas las puertas?

—Sí.

—¿Con qué tipo de cierre?

—Con llave.

—A un experto no le cuesta mucho abrir una cerradura. ¿Puedes convencer a tus padres de que pongan una cadena de seguridad?

—Puedo intentarlo. No quiero asustarles con estas fotos. Adoran su casa y se sienten seguros en ella. No quiero privarles de esa sensación.

—Sí, pero tú estás amenazada por un loco.

Estábamos de pie en el diminuto vestíbulo de entrada y Bob se frotaba contra mí y me olisqueaba la pierna. Bajé la mirada y vi una gran mancha de humedad formada por la baba de Bob justo encima de mi rodilla. Le rasqué la cabeza y le sacudí las orejas.

—Tengo que irme de casa de mis padres. Y ahorrarles toda esta movida.

—Ya sabes que puedes quedarte aquí.

—¿Y ponerte a ti en peligro?

—Estoy acostumbrado a ponerme en peligro.

Aquello era cierto. Pero también había sido el motivo de casi todas nuestras discusiones. Y fue la causa principal de nuestra ruptura. Aquello y mi incapacidad para comprometerme. Morelli no quería casarse con una cazarrecompensas. No quería que la madre de sus hijos fuera por ahí pegando tiros. Supongo que no se lo puedo reprochar.

—Gracias —añadí—. Quizá acepte tu ofrecimiento. También le puedo pedir a Ranger que me esconda en uno de sus pisos francos. O puedo volver a mi apartamento. Si vuelvo a mi apartamento tengo que instalar un sistema de seguridad. No quiero encontrarme ni una sorpresa más al volver a casa.

Desgraciadamente no tenía dinero para un sistema de seguridad. Claro que tampoco importaba mucho, porque no me sentía capaz de acercarme a menos de quince metros del sofá del mal fario.

—¿Qué vas a hacer esta noche?

—Voy a quedarme en casa de mis padres y a cerciorarme de que nadie vuelva a entrar. Mañana me mudaré. Supongo que una vez que me vaya estarán seguros.

—¿Te vas a quedar despierta toda la noche?

—Sí. Si quieres, puedes pasarte más tarde y jugaremos al Monopoly.

Morelli sonrió.

—Monopoly, ¿eh? ¿Cómo podría resistirme? ¿A qué hora se va tu abuela a la cama?

—Después de las noticias de las once.

—Me presentaré alrededor de las doce.

Jugueteé con una oreja de Bob.

—¿Qué? —preguntó Morelli.

—Estaba pensando en *nosotros*.

—No hay un *nosotros*.

—Pues parece que somos un poco nosotros.

—Lo que yo pienso es que somos tú y yo, y que a veces estamos juntos. Pero no somos *nosotros*.

—Resulta un poco triste.

—No lo pongas más difícil de lo que es —dijo Morelli.

Me metí en el Buick y me fui a buscar una tienda de juguetes. Una hora después estaba volviendo a casa en el coche, con las compras hechas. Me paré en un semáforo en Hamilton y al cabo de una fracción de segundo me dieron un golpe por detrás. No fue un gran golpe. Sólo un toque. Suficiente para hacer que el Buick se tambaleara, pero no para zarandearme a mí. Mi primera reacción fue pensar en la frase que mi madre utilizaba ante cualquier cosa que le complicara la vida: «¿Por qué a mí?». Dudaba que hubiera muchos desperfectos, pero de todas maneras iba a ser un coñazo. Tiré del freno de mano para inmovilizar el Buick. Seguramente tendría que salir para el rollo de comprobar las posibles abolladuras. Lancé un suspiro y miré por el espejo retrovisor.

No se veía demasiado en la oscuridad, pero lo que vi no me gustó. Vi unas orejas. Unas grandes orejas de conejo, que llevaba el sujeto que conducía. Me di la vuelta sobre el asiento y miré por la ventanilla trasera. El conejo retrocedió unos metros con el coche y se lanzó otra vez sobre mí. Esta vez con más fuerza. Lo suficiente para hacer que el Buick pegara un salto.

Mierda.

Solté el freno, metí la marcha y salí lanzada, saltándome el semáforo en rojo. El conejo me seguía de cerca. Giré en la calle Chambers y fui callejeando hasta detenerme delante de la casa de Morelli. No vi las luces detrás de mí, pero eso no me garantizaba que el conejo se hubiera ido. Podía haber apagado las luces y estar aparcado. Salí del Buick de un salto y corrí hacia la puerta de Morelli y llamé al timbre; luego llamé con los puños; luego grité: «¡Abre!».

Morelli abrió la puerta y entré de un salto.

—Me sigue el conejo —dije.

Morelli asomó la cabeza y recorrió la calle con la mirada.

—No veo ningún conejo.

—Iba en coche. Me dio un golpe por detrás en Hamilton y luego me siguió hasta aquí.

—¿Qué coche era?

—No lo sé. No podía verlo porque estaba oscuro. No podía ver más que las orejas saliendo por encima del volante —el corazón me iba a cien por hora y me costaba recobrar el aliento—. Me estoy volviendo loca —dije—. Este tío me está sacando de quicio. Un conejo, ¡por Dios bendito! ¿A qué demente se le ocurriría hacerme acosar por un conejo?

Claro que, al mismo tiempo que despotricaba contra el conejo y la mente diabólica que lo había mandado, recordé que en parte era culpa mía. Yo le había dicho a Abruzzi que me gustaban los conejitos.

—No hemos dado publicidad al hecho de que uno de los sospechosos del asesinato de Soder iba de conejo, de manera que las posibilidades de que sea un imitador son muy escasas —dijo Morelli—. Si seguimos suponiendo que Abruzzi está detrás de esto, la mente en cuestión es muy aguda. A Abruzzi no se le conoce por ser precisamente estúpido.

—¿Sólo loco?

—Como una cabra. Por lo que me han contado, colecciona objetos que luego se pone mientras juega a la guerra. Y se disfraza de Napoleón.

La imagen de Abruzzi vestido de Napoleón me hizo sonreír. Estaría ridículo; sólo lo superaría el fulano del traje de conejo.

—El conejo debe de haberme seguido desde la casa de mis padres —dije.

—¿Dónde fuiste al salir de aquí?

—A comprar un Monopoly. Tengo la versión clásica del juego. Y quiero tener el coche de carreras.

Morelli descolgó la correa de Bob de un gancho y agarró una cazadora.

—Voy a ir contigo. Pero si la abuela quiere jugar, me tienes que ceder el coche de carreras. Es lo mínimo que puedes hacer por mí.

A las cuatro en punto me desperté sobresaltada. Estaba en el sofá con Morelli. Me había quedado dormida sentada, con su brazo rodeándome. Había perdido dos partidas de Monopoly y luego habíamos puesto la televisión. Ahora la televisión estaba apagada y Morelli estaba arrellanado en el sofá, con la pistola encima de la mesa de centro, junto al teléfono móvil. Las luces estaban apagadas, con la sola excepción de la de la cocina. Bob dormía profundamente en el suelo.

—Hay alguien ahí fuera —dijo Morelli—. He llamado para que venga un coche.

—¿Es el conejo?

—No lo sé. No quiero acercarme a la ventana y asustar a quien sea hasta que lleguen refuerzos. Han intentado abrir la puerta y, luego, han dado la vuelta a la casa y han intentado abrir la de atrás.

—No oigo sirenas.

—No vendrán con las sirenas encendidas —susurró—. He hablado con Mickey Lauder. Le he dicho que venga en un coche sin distintivos y que se acerque a pie.

Se oyó un ruido sordo en la parte de atrás, seguido de varios gritos. Morelli y yo corrimos hacia allí y encendimos la luz del porche. Mickey Lauder y dos polis de uniforme tenían a dos personas inmovilizadas en el suelo.

—¡Dios! —exclamó Morelli con una sonrisa—. Son tu hermana y Kloughn.

Mickey Lauder también sonreía. Había salido con Valerie cuando iban al instituto.

—Lo siento —dijo, ayudándola a levantarse—. No te he reconocido a la primera. Te has cambiado el pelo.

—¿Estás casado? —preguntó Valerie.

—Sí. Y me va muy bien. Tengo cuatro niños.

—Era sólo por curiosidad —dijo Valerie con un suspiro.

—Estoy casi seguro de que no ha hecho nada ilegal —intervino Kloughn, que seguía en el suelo—. No podía entrar. Las puertas estaban cerradas con llave y no quería despertar a nadie. Eso no será allanamiento de morada, ¿verdad? No se puede allanar la casa propia, ¿verdad? O sea, que eso es lo que uno hace cuando se olvida las llaves, ¿verdad?

—Si te he visto irte a la cama con las niñas —dije a Valerie—. ¿Cómo es que estabas fuera?

—Igual que hacías tú para escaparte cuando estabas en el instituto —explicó Morelli con una sonrisa cada vez más amplia—. Por la ventana del cuarto de baño al tejado del porche y de éste al cubo de basura.

—Debes de ser algo impresionante, Kloughn —dijo Lauder, cada vez más divertido—. Nunca conseguí que se escapara de casa por mí.

—No me gusta fanfarronear —respondió Kloughn—, pero sé lo que me hago.

La abuela apareció detrás de mí, envuelta en su albornoz.

—¿Qué está pasando aquí?

—Han detenido a Valerie.

—¿En serio? —dijo la abuela—. Bravo por ella.

Morelli se guardó la pistola en la cintura de los pantalones.

—Voy por mi cazadora, y le voy a pedir a Lauder que me lleve a casa. Ahora ya no va a pasar nada. La abuela puede quedarse contigo. Siento lo del Monopoly, pero es que eres una jugadora desastrosa.

—Te he dejado ganar porque me estabas haciendo un favor.

—Sí, claro.


—Perdona por interrumpirte el desayuno —dijo la abuela—, pero hay un fulano gigantesco y con una pinta que da miedo en la puerta, y dice que quiere hablar contigo. Dice que te trae un coche.

Tenía que ser Tank.

Salí a la puerta y Tank me entregó un juego de llaves. Miré detrás de él, hacia la calzada. Ranger me había conseguido un CR-V negro nuevo. Muy parecido al coche que había volado por los aires. Ya sabía, por experiencias anteriores, que sería mucho mejor en todos los sentidos. Y probablemente tendría algún dispositivo para localizarme, escondido en algún lugar en el que a mí nunca se me ocurriría mirar. A Ranger le gustaba tener controlados sus coches y su gente. Un flamante Land Rover negro con chófer esperaba detrás del CR-V.

—Esto también es para ti —dijo Tank, ofreciéndome un teléfono móvil—. Está programado con tu número.

Y se marchó.

—¿Era de la empresa de coches de alquiler? —preguntó la abuela, al tiempo que lo seguía con la vista.

—Algo así.

Regresé a la cocina y me tomé el café mientras escuchaba el contestador de mi apartamento. Tenía dos llamadas de la compañía aseguradora. La primera decía que me mandaban unos formularios por correo urgente. La segunda era para decirme que cancelaban mi póliza. Había tres llamadas en las que sólo se oían resuellos. Suspuse que sería el conejo. El último era de la vecina de Evelyn, Carol Nadich.

—Hola, Steph —decía—. No he visto ni a Evelyn ni a Annie, pero aquí está pasando algo raro. Llámame tan pronto como puedas.

—Me marcho —dije a mi madre y a mi abuela—. Y me llevo mis cosas. Voy a quedarme con una amiga un par de días. Pero dejo a Rex aquí.

Mi madre levantó la vista de las verduras que estaba picando para hacer sopa.

—No te irás a vivir con Joe Morelli otra vez, ¿verdad? —preguntó—. No sé qué decirle a la gente. ¿Qué les digo?

—No me voy a vivir con Morelli. No le digas nada a la gente. No hay nada que decir. Si me necesitas, puedes localizarme en el móvil —me paré junto a la puerta—. Morelli cree que deberíais poner cadenas de seguridad en las puertas, que tal como están no son seguras.

—¿Qué va a pasar? —dijo mi madre—. No tenemos nada que puedan robar. Éste es un barrio respetable. Aquí nunca pasa nada.

Llevé mi bolsa hasta el coche, la tiré en el asiento trasero y me senté al volante. Sería mejor hablar con Carol en persona. Tardé menos de dos minutos en llegar a su casa. Aparqué y observé la calle. Todo parecía normal. Llamé una vez y ella abrió en seguida.

—Qué tranquila está la calle —dije—. ¿Dónde está todo el mundo?

—En el partido de fútbol. Todos los padres y todos los hijos de esta calle van al fútbol los sábados.

—¿Y qué es lo que pasa?

—¿Conoces a los Pagarelli?

Negué con un movimiento de cabeza.

—Viven en la casa de al lado de Betty Lando. Se mudaron hace unos seis meses. El anciano señor Pagarelli se pasa todo el día sentado en el porche. Es viudo y vive con su hijo y su nuera. Y la nuera no le deja fumar al pobre viejo dentro de casa, por eso está siempre en el porche. Total, Betty me dijo que el otro día estaba hablando con él y que se puso a presumir de que trabajaba para Eddie Abruzzi. Le contó a Betty que Abruzzi le paga por vigilar mi casa. ¿No te parece escalofriante? Quiero decir que ¿a él que le importa que Evelyn se haya ido? No veo cuál es el problema mientras le siga pagando el alquiler.

—¿Algo más?

—El coche de Evelyn está aparcado a la entrada de su casa. Ha aparecido esta mañana.

Aquello me desinfló un poco. Stephanie Plum, experta detective. Había pasado junto al coche de Evelyn y ni me había dado cuenta.

—¿Lo oíste llegar? ¿Viste a alguien?

—No. Fue Lenny el que se dio cuenta. Salió a por el periódico y se encontró con que el coche de Evelyn estaba ahí.

—¿Has oído a alguien en la casa de al lado?

—Sólo a ti.

Hice una mueca.

—Al principio vino cantidad de gente preguntando por Evelyn —dijo Carol—. Soder y sus amigos. Y Abruzzi. Soder solía entrar directamente en la casa. Supongo que seguía teniendo una copia de la llave. Abruzzi también.

Miré hacia la puerta principal de Evelyn.

—¿Crees que Evelyn estará en casa ahora?

—He llamado a la puerta y he mirado por la ventana de atrás y no he visto a nadie.

Pasé del porche de Carol al de Evelyn y ella me siguió pisándome los talones. Llamé a la puerta, con fuerza. Pegué la oreja a la ventana. Me encogí de hombros.

—Ahí dentro no hay nadie —dijo Carol—, ¿verdad?

Fuimos a la parte de atrás de la casa y miramos por la ventana de la cocina. No habían tocado nada que yo pudiera notar. Intenté abrir el picaporte. Seguía cerrado. Qué lástima que ya hubieran arreglado el cristal. Me habría gustado entrar. Me encogí de hombros por segunda vez.

Carol y yo volvimos al coche. Nos paramos a un metro de distancia.

—No he mirado dentro el coche —dijo Carol.

—Pues deberíamos mirar.

—Tú primero —dijo ella.

Respiré profundamente y di dos pasos gigantes hacia adelante. Miré dentro del coche y solté un profundo suspiro de alivio. No había muertos. Ni miembros desgajados. Ni conejitos. Aunque, ahora que estaba tan cerca, no olía precisamente a rosas.

—A lo mejor deberíamos llamar a la policía —dije.

Ha habido momentos en mi vida en los que la curiosidad ha vencido al sentido común. Éste no era uno de ellos. El coche estaba junto a la entrada, sin cerrar y con las llaves puestas en el contacto. Me habría sido muy fácil abrir el maletero y echar una mirada a su interior, pero no tenía ninguna gana de hacerlo. Estaba casi segura de saber a qué correspondía aquel olor. Encontrar a Soder en mi sofá ya había sido bastante traumático. No quería ser yo la que descubriera el cadáver de Annie o de Evelyn en el maletero de su coche.

Carol y yo esperamos muy juntas a que llegara el coche patrulla. Ninguna de las dos estaba muy dispuesta a decir lo que pensaba. Era demasiado espantoso para expresarlo en voz alta.

Me levanté cuando llegó la policía, pero no salí del porche. Vinieron dos coches patrulla. Costanza iba en uno de ellos.

—Estás muy pálida —me dijo—. ¿Te encuentras bien?

Asentí con la cabeza. No confiaba demasiado en mi voz.

Big Dog estaba junto al maletero. Lo había abierto y lo miraba con las manos en las caderas.

—Tienes que ver esto —dijo a Costanza.

Costanza fue hasta allí y se colocó al lado de Big Dog.

—Caray.

Carol y yo teníamos las manos agarradas para darnos ánimos.

—Cuéntame —pedí a Costanza.

—¿Estás segura de que quieres saberlo?

Asentí con la cabeza.

—Es un tío muerto, vestido de oso.

El mundo se detuvo durante un instante.

—¿No son ni Evelyn ni Annie?

—No. Ya te lo he dicho: es un muerto vestido de oso. Ven a verlo tú misma.

—Me basta con tu palabra.

—Tu abuela se va a sentir muy decepcionada si no echas un vistazo. No se ve todos los días un muerto disfrazado de oso.

Llegaron los de la ambulancia seguidos por un par de coches sin distintivos. Costanza acordonó la escena del crimen con cinta de la policía.

Morelli aparcó al otro lado de la calle y se acercó andando con calma. Miró el interior del maletero y luego me miró a mí.

—Es un tipo muerto disfrazado de oso.

—Eso me han dicho.

—Tu abuela no te perdonará nunca que no vengas a verlo.

—¿De verdad crees que debería verlo?

Morelli observó el cadáver del maletero.

—No, probablemente no —dijo, acercándose a mí—. ¿De quién es el coche?

—De Evelyn. Pero nadie la ha visto. Carol dice que el coche ha aparecido esta mañana. ¿Llevas tú este caso?

—No —contestó Morelli—. Lo lleva Benny. Yo sólo estoy de visita. Bob y yo íbamos de camino al parque cuando oí el aviso.

Bob nos observaba desde la camioneta de Morelli. Tenía la nariz aplastada contra la ventanilla y jadeaba.

—Estoy bien —dije a Morelli—. Te llamo cuando acabe con esto.

—¿Tienes teléfono?

—Me han dado uno con el CR-V.

Morelli miró el coche.

—¿Alquiler?

—Algo así.

—Mierda, Stephanie, no le habrás aceptado este coche a Ranger, ¿verdad? No, no me digas nada —levantó las manos—. No quiero saberlo —me miró de soslayo—. ¿Alguna vez le has preguntado de dónde saca todos estos coches?

—Me dijo que me lo podía contar, pero que entonces tendría que matarme.

—¿Alguna vez se te ha ocurrido pensar que a lo mejor lo dice en serio?

Entró en la camioneta, se puso el cinturón de seguridad y encendió el motor.

—¿Quién es Bob? —preguntó Carol.

—Bob es el que está sentado en la camioneta, jadeando.

—Yo también jadearía si estuviera en la camioneta de Morelli —dijo Carol.

Benny se nos acercó con el cuaderno en la mano. Tenía cuarenta y tantos años y probablemente estaría planteándose la jubilación para dentro de un par de años. Seguro que un caso como éste hacía que la jubilación pareciera más apetecible. No conocía a Benny personalmente, pero había oído a Morelli hablar de él de vez en cuando. Por lo que sabía, era un poli bueno y equilibrado.

—Tengo que hacerte unas preguntas —dijo.

Empezaba a saberme aquellas preguntas de memoria.

Me senté en el porche, de espaldas al coche. No quería ver cómo sacaban al fulano del maletero. Benny se sentó frente a mí. Detrás de Benny podía ver al viejo señor Pagarelli observándonos. Me pregunté si Abruzzi nos estaría observando también.

—¿Sabes una cosa? —dije a Benny—. Esto empieza a ser aburrido.

Me miró como pidiéndome perdón.

—Casi hemos acabado.

—No me refiero a ti. Me refiero a esto. Al oso, al conejo, al sofá, a todo.

—¿Te has planteado alguna vez cambiar de profesión?

—Cada minuto del día —aunque el trabajo tiene sus momentos—. Tengo que irme —dije—. Tengo cosas que hacer.

Benny cerró su libreta de policía.

—Ten cuidado.

Eso era exactamente lo que no iba a hacer. Me metí en el CR-V y sorteé los vehículos de urgencias que bloqueaban la calle. Aún no era mediodía. Lula estaría en la oficina. Tenía que hablar con Abruzzi y era demasiado cagueta para hacerlo yo sola.

Aparqué junto a la acera y crucé la puerta de la oficina.

—Quiero hablar con Eddie Abruzzi —dije a Connie—. ¿Tienes idea de dónde puedo encontrarle?

—Tiene un despacho en el centro. No sé si estará allí, siendo sábado.

—Yo sé dónde puedes dar con él —gritó Vinnie desde su sanctasanctórum—. En las carreras. Va a las carreras todos los sábados, aunque caigan chuzos de punta, mientras los caballos corran.

—¿A Monmouth? —pregunté.

—Sí, a Monmouth. Estará en la barrera.

Miré a Lula.

—¿Te apetece ir a las carreras?

—Hombre, claro. Hoy me siento con suerte. Puede que apueste y todo. Mi horóscopo decía que hoy iba a tomar decisiones acertadas. Pero otra cosa: tú tienes que tener cuidado. *Tu* horóscopo de hoy era una mierda.

Aquello no me pilló por sorpresa.

—Veo que ya llevas un coche nuevo —observó Lula—. ¿De alquiler?

Apreté los labios.

Lula y Connie intercambiaron miradas de complicidad.

—Chica, lo que *vas a pagar* por ese coche... —dijo Lula—. Quiero enterarme de todos los detalles. Será mejor que tomes notas.

—Yo quiero medidas —dijo Connie.

Hacía un día agradable y el tráfico estaba bien. Íbamos en dirección a la costa y, afortunadamente para nosotras, no era julio, porque en julio toda la carretera sería un aparcamiento.

—Tu horóscopo no decía nada de decisiones acertadas —dijo Lula—. Por eso creo que hoy debería tomar las riendas yo. Y acabo de decidir que deberíamos apostar a los caballos y olvidarnos de Abruzzi. Además, ¿de qué demonios tienes que hablar con él? ¿Qué le vas a decir a ese tipo?

—No lo tengo pensado del todo, pero irá más o menos en la línea de «vete a tomar por culo»...

—Ay, ay, ay —dijo Lula—. A mí no me parece una decisión muy acertada.

—Benito Ramírez se alimentaba del miedo. Me da la impresión de que Abruzzi también es de ésos. Quiero que sepa que no le va a funcionar conmigo —y quiero saber qué es lo que busca. Quiero saber por qué Evelyn y Annie son tan importantes para él.

—Benito Ramírez no sólo se alimentaba del miedo —dijo Lula—. Eso era el principio. Era el calentamiento. A Ramírez le gustaba hacer daño a la gente. Y le gustaba hacerlo hasta que morías... o deseabas estar muerto.

Estuve pensando en aquello los cuarenta y cinco minutos que tardé en llegar al hipódromo. Lo peor era que sabía que era verdad. Lo sabía por experiencia propia. Había sido yo la que había encontrado a Lula después de que Ramírez hubiera terminado con ella. Lo de encontrar a Steven Soder había sido una fiesta comparado con el estado en que hallé a Lula.

—Ésta es mi idea del trabajo —dijo Lula mientras entraba en el aparcamiento—. No todo el mundo tiene un trabajo tan bueno como el nuestro. Es cierto que de vez en cuando nos pegan un tiro, pero, mira, hoy no estamos encerradas en un asqueroso edificio de oficinas.

—Hoy es sábado —dije—. La mayoría de la gente no trabaja.

—Bueno, sí. Pero esto lo podríamos hacer un miércoles si quisiéramos.

Sonó mi móvil.

—Apuesta diez dólares por Roger Dodger en la quinta —dijo Ranger, y colgó.

—¿Qué? —preguntó Lula.

—Ranger. Quiere que apueste diez dólares a Roger Dodger en la quinta.

—¿Le habías dicho que veníamos a las carreras?

—No.

—¿Cómo lo hace? —preguntó Lula—. ¿Cómo sabe dónde estamos? Si te digo que no es humano. Es un alienígena o algo por el estilo.

Miramos alrededor para ver si nos seguían. En aquella ocasión, ni se me había ocurrido pensar que podía haber alguien pisándonos los talones.

—Probablemente le ha puesto un chivato electrónico al coche —dije—. Como el satélite OnStar, con la diferencia de que éste manda la información a la Baticueva.

Atravesamos la verja de acceso, siguiendo la marea de gente que entraba al interior del hipódromo. La primera carrera se acababa de terminar y en la zona de apuestas el ambiente estaba todavía impregnado del olor a sudor nervioso. El aire era denso, por la ansiedad colectiva, la esperanza y la energía frenética que bulle en las carreras.

A Lula, los ojos se le iban de un lado a otro, sin saber hacia dónde ir primero, sintiendo la llamada irresistible de los nachos, la cerveza y las ventanillas de apuestas.

—Necesitamos un programa de carreras —dijo—. ¿Cuánto tiempo tenemos? No quiero perderme la próxima. Hay un caballo que se llama Decisivo. Es una señal del cielo. Primero mi horóscopo y ahora esto. Estaba escrito que tenía que venir hoy aquí y apostar a ese caballo. Quítate de en medio. Me estás bloqueando el paso.

Me quedé esperando mientras Lula hacía la apuesta. A mi alrededor la gente hablaba de caballos y de jockeys, vivía el momento y disfrutaba. A mí, por el contrario, la diversión me estaba vetada. No podía quitarme a Abruzzi de la cabeza. Me sentía acosada. Estaban jugando con mis emociones. Mi integridad estaba amenazada. Y me sentía furiosa. Estaba hasta la coronilla de aquello. Lula tenía toda la razón sobre Benito Ramírez y su crueldad sádica. Y probablemente también tenía toda la razón respecto a que hablar con Abruzzi era un error. Pero iba a hacerlo de todas formas. No podía evitarlo. Claro que, antes, tenía que encontrarle. Y no iba a ser tan fácil como había creído en un principio. Había olvidado lo grande que era la zona de barrera y la cantidad de gente que se congregaba allí.

Sonó el timbre que anunciaba el cierre de las ventanillas y Lula se me acercó apresurada.

—Ya está. He llegado justo a tiempo. Tenemos que darnos prisa y conseguir asientos. No quiero perdérmelo. Estoy completamente segura de que este caballo va a ganar. Y es una oportunidad única. Esta noche salimos a cenar. Yo invito.

Encontramos unos asientos en las gradas y nos dispusimos a ver la carrera. Si hubiera tenido mi propio CR-V, habría unos prismáticos en la guantera. Desgraciadamente, ahora los prismáticos serían una masa informe de cristal y plástico derretidos, reducida al espesor de una moneda.

Observé metódicamente a la gente que ocupaba la barrera, intentando localizar a Abruzzi. Los caballos tomaron la salida y la multitud se lanzó hacia adelante, gritando y agitando los programas. No se veía más que una masa difusa de colores. Lula gritaba y daba saltos a mi lado.

—¡Corre, pedazo de cabrón! —aullaba—. ¡Corre, corre, corre, maldito hijo de puta!

Yo no estaba muy segura de lo que quería. Por un lado quería que ganara, pero me temía que si ganaba se pondría insoportable con el rollo del horóscopo.

Los caballos cruzaron la línea de meta y Lula no dejaba de saltar.

—¡Sí! —gritaba—. ¡Sí, sí, sí!

La miré.

—Has ganado, ¿verdad?

—Puedes apostar el culo a que sí. Veinte a uno. Debo de ser la única genio en todo este puñetero sitio que ha apostado por esa maravilla de cuatro patas. Voy por mi dinero. ¿Vienes conmigo?

—No, me voy a quedar aquí. Quiero buscar a Abruzzi ahora que esto se va despejando de gente.

# 13

PARTE DEL PROBLEMA era que veía a toda la gente de barrera de espaldas. Ya es bastante difícil reconocer a alguien que conoces íntimamente de esa manera. Casi imposible localizar a una persona que sólo has visto dos veces y muy brevemente.

Lula se dejó caer en el asiento de mi lado.

—No te lo vas a creer —dijo—. Acabo ver los ojos del diablo.

Tenía su recibo de apuestas agarrado fuertemente en una mano e hizo la señal de la cruz.

—Santa Madre de Dios. Fíjate. Me estoy santiguando. ¿Pero qué hago? Soy baptista. Los baptistas no hacemos ese rollo de la cruz.

—¿Los ojos del diablo? —pregunté.

—Abruzzi. Me he encontrado con Abruzzi. Venía de recoger el dinero y de hacer otra apuesta, y me di de bruces con él, como si fuera el destino. Me miró de arriba a abajo y yo le miré a los ojos y casi me meo en los pantalones. Cuando veo esos ojos siento como si la sangre se me helara.

—¿Te ha dicho algo?

—No. Me ha sonreído. Ha sido espantoso. Una de esas sonrisas que son como un corte en la cara que no alcanza a los ojos. Y, con una tranquilidad escalofriante, se ha dado la vuelta y se ha alejado.

—¿Estaba solo? ¿Cómo iba vestido?

—Estaba con ese tal Darrow otra vez. Creo que Darrow debe de ser su guardaespaldas. Y no sé cómo iba vestido. Cuando estoy a dos metros de Abruzzi es como si se me paralizara el cerebro. Esos espeluznantes ojos me anulan por completo —Lula se estremeció—. Diosssss —dijo.

Al menos ya sabía que Abruzzi estaba allí. Y que estaba con Darrow. Volví a recorrer con la mirada la gente de la barrera. Empezaba a reconocer a algunos. Se iban a hacer las apuestas y volvían a su lugar preferido.

Era gente de Jersey. Los más jóvenes iban vestidos con camisetas y vaqueros o pantalones de trabajo. Los mayores llevaban pantalones de poliéster Sansabelt y polos de punto de tres botones. Sus expresiones eran animadas. Los de Jersey no son muy comedidos. Y sus cuerpos estaban acolchados con una buena capa protectora a base de pescado frito y grasa de bocadillos de salchicha.

Con el rabillo del ojo vi a Lula santiguarse otra vez.

—Me reconforta —dijo al darse cuenta de que la observaba—. Creo que es posible que los católicos hayan acertado con esto.

Empezó la tercera carrera y Lula se levantó de su asiento como un cohete.

—¡Corre, Elección de Dama! —gritó—. ¡Elección de Dama! ¡Elección de Dama!

Elección de Dama ganó por media cabeza y Lula se quedó anonadada.

—He vuelto a ganar —dijo—. Aquí pasa algo raro. Yo no gano nunca.

—¿Por qué has apostado a Elección de Dama?

—Era obvio. Yo soy una dama. Y tenía que elegir.

—¿Tú crees que eres una dama?

—Joder, claro —dijo Lula.

Esta vez salí con ella de las gradas y la acompañé a las ventanillas. Se movía con cautela, mirando a todas partes, intentando evitar otro encuentro con Abruzzi. Yo miraba con la intención contraria.

Lula se paró y se puso rígida.

—Ahí está —dijo—. En la ventanilla de cincuenta dólares.

Yo también le había visto. Era el tercero de la cola. Darrow estaba detrás de él. Sentí que todos los músculos de mi cuerpo se contraían. Era como si me tensara desde los ojos hasta el mismísimo esfínter.

Fui hasta donde estaba y me planté delante de su cara.

—Hola —dije—. ¿Se acuerda de mí?

—Por supuesto —dijo Abruzzi—. Tengo tu retrato enmarcado encima de la mesa de mi despacho. ¿Sabes que duermes con la boca abierta? La verdad es que resulta muy sensual.

Me quedé inmóvil para no mostrar ninguna emoción. Lo cierto era que me dejaba sin respiración. Y me provocaba una punzada de repulsión que me revolvía el estómago. Esperaba que dijera algo de las fotos. Pero no esperaba aquello.

—Supongo que tiene que organizar esas bromas estúpidas para compensar que no está teniendo ningún éxito en localizar a Evelyn —dije—. Ella tiene algo que usted quiere y no puede obtenerlo, ¿verdad?

Ahora le tocó a Abruzzi quedarse parado. Durante un aterrador instante creí que me iba a pegar. Luego recuperó la compostura y la sangre volvió a correr por su rostro.

—Eres una putilla estúpida —dijo.

—Sí —respondí—. Y además soy su peor pesadilla —de acuerdo, era una frase como de película mala, pero *siempre* había querido decirla—. Y no me impresiona nada lo del conejo. Estuvo bien la primera vez, cuando metieron a Soder en mi apartamento, pero empieza a resultar manido.

—Tú dijiste que te gustaban los conejos —dijo Abruzzi—. ¿Ya no te gustan tanto?

—Espabile —le contesté—. Búsquese otro pasatiempo.

Y giré sobre mis talones y me largué.

Lula me esperaba a la entrada del túnel que llevaba a nuestros asientos.

—¿Qué le has dicho?

—Le he dicho que no apostara a Sueño de Melocotón en la cuarta.

—Y un cuerno —replicó Lula—. No es frecuente ver a un hombre ponerse tan pálido.

Cuando llegamos a los asientos las rodillas me flaqueaban y las manos me temblaban tanto que me costaba sujetar el programa.

—¡Dios! —dijo Lula—. ¿No estarás teniendo un ataque al corazón o algo parecido, verdad?

—Estoy bien —respondí—. Es la emoción de las carreras.

—Ya, eso me imaginaba.

—No es porque me asuste Abruzzi —se me escapó una risita histérica.

—Claro, ya lo sé —dijo Lula—. A ti no te asusta nada. Eres una cazarrecompensas fuerte y dura.

—Exactamente —afirmé. Y me concentré en estabilizar la respiración.


—Tendríamos que hacer esto más a menudo —dijo Lula saliendo de mi coche y abriendo el Trans Am.

Estaba aparcado en la calle, enfrente de la oficina. La oficina estaba cerrada, pero la librería nueva del edificio de al lado seguía abierta. Las luces estaban encendidas y se veía a Maggie Mason desembalando libros en el escaparate.

—Perdí en la última carrera —dijo Lula—, pero aparte de eso he tenido un día muy bueno. Me lo he tomado con calma. La próxima vez podríamos ir a Freehold y así no tendríamos que preocuparnos por encontrarnos a *ya sabes quién*.

Lula se fue en su coche, pero yo me quedé allí. Ahora estaba como Evelyn. Sin un lugar seguro donde vivir. A falta de algo mejor, me fui al cine. A media película me levanté y me salí. Me metí en el coche y me fui a casa. Aparqué en el estacionamiento y no me permití dudar un instante al volante. Salí del CR-V, lo cerré con el control remoto y me dirigí, decidida, a la puerta trasera que daba al vestíbulo. Subí en ascensor al segundo, recorrí el pasillo y abrí la puerta de mi apartamento. Inspiré profundamente y entré. Estaba muy silencioso. Y oscuro.

Encendí las luces... todas las luces que había en la casa. Pasé de una habitación a otra, sorteando el sofá del mal fario. Volví a la cocina, saqué seis galletas de la bolsa de galletas de chocolate congeladas y las puse encima de una hoja de papel de hornear. Las metí en el horno y me quedé allí, esperando. Al cabo de cinco minutos toda la casa olía a galletas caseras. Animada por el aroma, me dirigí al salón y miré al sofá. Parecía perfecto: ni manchas, ni huellas del cadáver.

«¿Ves, Stephanie?», me dije a mí misma. «El sofá está bien. No hay motivos para tenerle miedo».

«¡Ja!», me susurró al oído una Irma invisible. «Todo el mundo sabe que el mal fario no se ve. Y, créeme, este sofá tiene un mal fario de lo peor y más gordo que haya visto en mi vida. Este sofá tiene la madre de todo el mal fario».

Intenté obligarme a sentarme en él, pero no fui capaz de lograrlo. Soder y el sofá estaban firmemente unidos en mi cabeza. Sentarse en aquel sofá era como sentarse en el regazo serrado por la mitad de Soder. El apartamento era demasiado pequeño para que conviviéramos el sofá y yo. Uno de los dos tendría que marcharse.

—Lo siento —dije al sofá—. No es nada personal, pero has pasado a mejor vida.

Me incliné sobre uno de sus extremos y empujé el sofá por el salón y por el pequeño vestíbulo de enfrente de la cocina, hasta sacarlo por la puerta y dejarlo en el descansillo. Lo coloqué contra la pared, entre mi apartamento y el de la señora Karwatt. Luego entré corriendo en casa, cerré la puerta y solté un suspiro. Sabía que el mal fario no existía. Lamentablemente, eso era en el plano intelectual. Y el mal fario es una realidad emocional.

Saqué las galletas del horno, las puse en un plato y me las llevé al salón. Encendí la televisión y busqué una película. Irma no había dicho nada de que el mal fario se quedara en el mando, por lo que supuse que no se pegaba a los aparatos electrónicos. Acerqué una silla del comedor hacia el televisor, me comí dos galletas y me puse a ver la película.

A mitad de la película sonó el timbre de la puerta. Era Ranger. Vestido, como siempre, de negro. Con su cinturón de herramientas, como si fuera Rambo. El pelo recogido atrás. Cuando abrí la puerta permaneció en silencio. Las comisuras de su boca se curvaban levemente con la promesa de una sonrisa.

—Cariño, tu sofá está en el descansillo.

—Tiene el mal fario de la muerte.

—Sabía que tenía que haber una buena razón.

Le hice un gesto de desaprobación con la cabeza.

—Eres un presuntuoso —no sólo me había localizado en las carreras; además, su caballo había pagado cinco a uno.

—Hasta los superhéroes necesitan divertirse de vez en cuando —dijo, mirándome de arriba a abajo y entrando en el salón por delante de mí—. Huele como si quisieras marcar tu territorio con galletas de chocolate.

—Necesitaba algo con lo que exorcizar los demonios.

—¿Algún problema?

—No —no desde que había sacado el sofá al descansillo—. ¿Qué hay de nuevo? Parece que vas vestido para trabajar.

—He tenido que poner orden en un edificio a primera hora de esta noche.

Una vez estuve con él mientras su equipo ponía orden en un edificio. Consistió en tirar a un traficante de drogas por la ventana de un tercer piso.

Tomó una galleta del plato.

—¿Congeladas?

—Ya no.

—¿Qué tal os ha ido en las carreras?

—Me encontré con Eddie Abruzzi.

—¿Y?

—Tuvimos una pequeña charla. No le saqué todo lo que yo esperaba, pero estoy convencida de que Evelyn tiene algo que él desea.

—Yo sé lo que es —dijo Ranger comiéndose la galleta.

Me quedé mirándole, boquiabierta.

—¿De qué se trata?

Sonrió.

—¿Cuánto interés tienes por saberlo?

—¿Estamos jugando?

Negó con la cabeza lentamente.

—Esto no es un juego —me apoyó contra la pared y se acercó a mí. Una de sus piernas se deslizó entre mis piernas y sus labios rozaron ligeramente los míos—. ¿Cuánto interés tienes por saberlo, Steph? —preguntó otra vez.

—*Dímelo.*

—Lo añadiré a tu deuda.

Como si eso me fuera a importar. ¡Hacía semanas que había superado mi crédito!

—¿Me lo vas a decir o no?

—¿Recuerdas que te conté que a Abruzzi le gustan los juegos de guerra? Bueno, pues no se trata sólo de jugar. Colecciona objetos: armas antiguas, uniformes del ejército, medallas militares. Y no sólo los colecciona. Se los pone. Sobre todo cuando juega. Algunas veces cuando está con mujeres, según me han contado. Y otras, cuando va a cobrar una deuda importante. Se dice por ahí que Abruzzi ha perdido una medalla que, supuestamente, perteneció a Napoleón. Se cuenta que Abruzzi intentó comprarle la medalla al tipo que la tenía, pero éste no se la quiso vender, de modo que Abruzzi le mató y se la quitó. Abruzzi guardaba esa medalla en el escritorio de su casa. Se la ponía para competir. Creía que le hacía invencible.

—¿Y es eso lo que tiene Evelyn? ¿La medalla?

—Eso he oído.

—¿Cómo se hizo con ella?

—No lo sé.

Se apretó contra mí y el deseo me recorrió el estómago y me abrasó el bajo vientre. Estaba duro *por todas partes*. Los muslos, la pistola... *todo* estaba duro.

Bajó la cabeza y me besó en el cuello. Tocó con la lengua el lugar en que me acababa de besar. Y volvió a besarme. Su mano se deslizó por debajo de mi camiseta, con la palma calentando mi piel y sus dedos en la base de mi pecho.

—Hora de pagar —dijo—. Me voy a cobrar la deuda.

Casi me desplomo en el suelo. Me agarró de la mano y tiró de mí hacia el dormitorio.

—La película —dije—. Lo mejor de la película viene ahora —con toda sinceridad, no podía recordar ni un solo detalle de la película. Ni el título ni los actores.

Estaba pegado a mí, la cara a unos milímetros de la mía y su mano en mi nuca.

—Vamos a hacerlo, cariño —dijo—. Va a ser estupendo.

Y me besó. El beso se hizo más profundo, más urgente y más íntimo. Yo tenía las manos apoyadas sobre su pecho y sentía sus músculos vigorosos y los latidos de su corazón. O sea que tiene corazón, pensé. Eso es buena señal. Por lo menos debe tener *algo* humano.

Dejó de besarme y me metió en el dormitorio. Se quitó las botas, dejó caer el cinturón de herramientas y se desnudó. La luz era escasa, pero suficiente para ver que lo que Ranger prometía con su ropa de trabajo puesta se mantenía cuando se la quitaba. Era todo músculos firmes y piel oscura. Su cuerpo tenía unas proporciones perfectas. Su mirada era intensa e intencionada.

Me quitó la ropa y me tendió en la cama. Y de repente estaba dentro de mí. Una vez me dijo que acostarme con él me incapacitaría para estar con otros hombres. En aquel momento pensé que era una advertencia ridícula. Ya no me parecía nada ridícula.

Cuando acabamos, nos quedamos un rato tumbados el uno junto al otro. Luego recorrió todo mi cuerpo con una mano.

—Ha llegado el momento —dijo.

—¿De qué?

—No creerías que ibas a pagar la deuda tan fácilmente, ¿verdad?

—Huy, huy, huy ¿ha llegado el momento de las esposas?

—No necesito esposas para esclavizar a una mujer —dijo Ranger besándome un hombro.

Me besó suavemente en los labios y luego bajó la cabeza para besarme la barbilla, el cuello, la clavícula. Siguió bajando, besándome el relieve de los pechos y los pezones. Me besó el ombligo y el estómago, y luego puso la boca en mi... *¡oh, Dios mío!*

A la mañana siguiente, seguía en mi cama. Estaba pegado a mí, sujetándome contra él con un brazo. Me despertó el sonido de la alarma de su reloj. Apagó la alarma y se separó de mí para ver el busca que había dejado en la mesilla, al lado de la pistola.

—Tengo que irme, cariño —dijo. Y al momento siguiente estaba vestido. Y al siguiente se había ido.

*¡Mierda!* ¿Qué había hecho? Lo *había hecho* con el Mago. ¡Hostias! Bueno, tranquilidad. Vamos a analizarlo con sensatez. ¿Qué acababa de pasar? Que lo habíamos hecho. Y que se había ido. Se había ido de una manera ligeramente brusca, pero, por otro lado, era Ranger. ¿Qué esperaba? Y la noche anterior no había sido nada brusco. Había sido... asombroso. Suspiré y me levanté de la cama. Me di una ducha, me vestí y fui a la cocina a decirle buenos días a Rex. Pero Rex no estaba allí. Rex estaba viviendo con mis padres.

El piso parecía vacío sin él, así que decidí pasarme por casa de mis padres. Era domingo, y existía el aliciente añadido de los donuts. Mi madre y mi abuela siempre compraban donuts a la vuelta de la iglesia.

La niña caballo galopaba por toda la casa vestida con la ropa de la catequesis. Al verme, dejó de galopar y me miró con expresión meditabunda.

—¿Ya has encontrado a Annie?

—No —le contesté—. Pero he hablado por teléfono con su madre.

—La próxima vez que hables con su madre, dile que Annie se está perdiendo muchas cosas en el colegio. Dile que me han puesto en el grupo de lectura de los Corceles Negros.

—Ya estás contando mentiras —dijo la abuela—. Te han puesto en el grupo de los Pájaros Azules.

—Yo no quiero ser un pájaro azul —protestó Mary Alice—. Los pájaros azules son una caca. Quiero ser un corcel negro.

Y se fue galopando.

—Me encanta esa cría —dije a la abuela.

—Sí. Me recuerda muchísimo a ti cuando tenías su edad. Una gran imaginación. Lo ha sacado de mi familia. Aunque se saltó una generación con tu madre. Tu madre, Valerie y Angie son unos pájaros azules sin remedio.

Cogí un donut y me serví una taza de café.

—Tienes un aspecto distinto —dijo la abuela—. No consigo saber qué es. Y no has dejado de sonreír desde que has entrado.

Maldito Ranger. Había reparado en la sonrisa al lavarme los dientes. ¡No se me borraba!

—Es increíble lo que puede hacer por ti dormir bien una noche —dije a la abuela.

Valerie se acercó a la mesa perezosamente.

—No sé qué hacer con Albert —dijo.

—¿No tiene una casa con dos cuartos de baño?

—Vive con su madre y tiene menos dinero que yo.

Hasta el momento, ninguna sorpresa.

—Los hombres buenos son difíciles de encontrar —dije—. Y cuando los encuentras, siempre tienen algo malo.

Valerie rebuscó en la bolsa de los donuts.

—Está vacía. ¿Dónde está mi donut?

—Se lo ha comido Stephanie —dijo la abuela.

—¡Sólo me he comido uno!

—Ah —dijo la abuela—, entonces, a lo mejor he sido yo. Me he comido tres.

—Necesitamos más donuts —pidió Valerie—. Tengo que comerme un donut.

Agarré mi bolso y me lo enganché al hombro.

—Voy por más. Yo también me comería otro.

—Te acompaño —dijo la abuela—. Quiero montar en ese lustroso coche negro. Supongo que no me dejarás conducirlo, ¿verdad?

Mi madre estaba junto a la cocina.

—Ni se te ocurra dejarle conducir. Te hago responsable. Si conduce y tiene un accidente serás tú quien vaya a visitarla a la residencia.

Fuimos al Tasty Pastry de Hamilton. Yo trabajé allí cuando estaba en el instituto. Y también perdí la virginidad allí. Detrás de la vitrina de los pasteles, después de cerrar, con Morelli. No estoy muy segura de cómo ocurrió. Un momento antes estaba vendiéndole un pastel y al momento siguiente estaba tirada en el suelo con las bragas bajadas. A Morelli siempre se le ha dado bien convencer a las señoras de que se quiten las bragas.

Aparqué el coche en el pequeño estacionamiento de al lado del Tasty Pastry. La hora punta de después de misa ya había pasado y el solar estaba vacío. Había siete espacios para aparcar perpendiculares a la pared de ladrillo rojo de la pastelería y estacioné en el del medio.

La abuela y yo entramos en la tienda y compramos otra docena de donuts. A lo mejor eran demasiados, pero es preferible que sobren a tener que pasar por una escasez de donuts.

Salimos de la pastelería y estábamos acercándonos al CR-V de Ranger cuando un Ford Explorer verde entró a toda marcha en el aparcamiento y frenó sonoramente a nuestro lado. El conductor llevaba una máscara de Clinton de goma y el asiento del pasajero estaba ocupado por el conejo. El corazón me dio un salto en el pecho y sentí un chorro de adrenalina.

—Corre —dije a la abuela, empujándola mientras metía la mano en el bolso para buscar la pistola—. Vuelve a entrar en la pastelería.

El tipo de la máscara de goma y el del traje de conejo se bajaron del coche antes incluso de que éste parara. Corrieron hacia la abuela y hacia mí con las pistolas en la mano y nos arrinconaron entre los dos coches. El de la máscara de goma era de altura y complexión normales. Llevaba vaqueros y zapatillas deportivas, y una cazadora de Nike. El conejo llevaba la cabeza del disfraz y ropa de calle.

—Contra el coche, y las manos donde pueda verlas —dijo el tipo de la máscara.

—¿Quién se supone que eres? —preguntó la abuela—. Pareces Bill Clinton.

—Sí, soy Bill Clinton —contestó el tipo—. Póngase contra el coche.

—Nunca he acabado de entender lo del puro —dijo la abuela.

—*¡Póngase contra el coche!*

Me pegué al coche mientras la cabeza me iba a mil por hora. Por la calle, delante de nosotras, pasaban coches constantemente, pero estábamos fuera de su campo visual. Dudaba que, si gritaba, llegaran a oírme, a no ser que alguien pasara por la acera.

El conejo se acercó a mí.

—*Thaaa id ya raa raa da haar id ra raa.*

—¿Qué?

—*Haaar id ra raa.*

—No nos enteramos de lo que estás diciendo por culpa de esa estúpida cabezota de conejo que llevas —dijo la abuela.

—*Raa raa* —contestó el conejo—. *¡Raa raa!*

La abuela y yo miramos a Clinton, que sacudió la cabeza con fastidio.

—No sé que está diciendo. ¿Qué demonios es *raa raa*? —preguntó al conejo.

—*Haaar id ra raa.*

—Dios —se quejó Clinton—. No hay quien te entienda. ¿Nunca antes habías intentado hablar con la careta puesta?

—*Ra raa*, gilipollas *raa* puta —dijo el conejo a la vez que le daba un empujón a Clinton. Éste le hizo un gesto grosero al conejo—. *Jaaaark* —siguió diciendo. Y a continuación se abrió la bragueta y se sacó el pito. Lo sacudió en dirección a Clinton y luego lo sacudió hacia la abuela y hacia mí.

—Creía recordar que eran más grandes —dijo la abuela.

El conejo se la sobó y tiró de ella hasta que logró una medio erección.

—*Rogga. Ga rogga* —murmuró.

—Creo que intenta deciros que esto es sólo un avance —dijo Clinton—. Para que sepáis lo que podéis esperar.

El conejo seguía trabajándosela. Había encontrado el ritmo y le estaba pegando en serio.

—Quizá podrías ayudarle a acabar —dijo Clinton—. Adelante. Tócasela.

Se me torció el gesto.

—¿Estás loco? ¡No pienso tocársela!

—Ya se la toco yo —dijo la abuela.

—*Kraa* —contestó el conejo. Y el pito se le aflojó un poco.

Un coche entró en el aparcamiento y Clinton le dio un tirón del brazo al conejo.

—Vámonos.

Retrocedieron sin dejar de apuntarnos con las pistolas. Los dos hombres se metieron en el Explorer y se marcharon.

—Tal vez tendríamos que haber comprado unos canutillos —dijo la abuela—. De repente me han entrado ganas de comer canutillos.

Metí a la abuela en el CR-V y la llevé a casa.

—Hemos vuelto a ver al conejo —dijo a mi madre—. El mismo que me dio las fotos. Supongo que debe de vivir cerca de la pastelería. Esta vez nos ha enseñado el pajarito.

Mi madre estaba lógicamente horrorizada.

—¿Llevaba anillo de casado? —preguntó Valerie.

—No me he fijado —dijo la abuela—. No le estaba mirando precisamente a las manos.

—Te han apuntado con una pistola y te han acosado sexualmente —dije a la abuela—. ¿No has pasado miedo? ¿No estás nerviosa?

—No eran armas de verdad —contestó la abuela—. Y estábamos en el aparcamiento de una pastelería. ¿Quién podría tomarse en serio una cosa así en el aparcamiento de una pastelería?

—Las armas eran de verdad —aclaré.

—¿Estás segura?

—*Sí*.

—Creo que me voy a sentar un poco —dijo la abuela—. Creía que ese conejo era uno de esos exhibicionistas. ¿Te acuerdas de Sammy el Ardilla? Siempre estaba bajándose los calzones en los patios de los vecinos. A veces le dábamos un sándwich cuando acababa.

El Burg siempre ha tenido unos cuantos exhibicionistas, algunos con problemas mentales, otros borrachos impenitentes, y otros que sólo querían pasar un buen rato. En la mayoría de los casos, la actitud general es de tolerancia resignada. De vez en cuando alguno de ellos se baja los calzones donde no debe y acaba con el culo lleno de perdigones.

Llamé a Morelli y le conté lo del conejo.

—Estaba con Clinton —expliqué—. Y no se llevaban demasiado bien.

—Deberías poner una denuncia.

—Sólo podría reconocer una parte corporal del fulano en cuestión, y no creo que la tengáis en los ficheros policiales.

—¿Llevas la pistola?

—Sí. Pero no me dio tiempo a sacarla.

—Póntela en la cintura. De todas maneras es ilegal llevarla escondida. Y no sería mala idea que la cargaras con un par de balas de verdad.

—La llevo cargada —las balas se las había puesto Ranger—. ¿Han identificado ya al tipo del maletero?

—Thomas Turkello. También conocido como Thomas Turkey. Matón de alquiler de fuera de Filadelfia. Imagino que era prescindible y que era mejor cargárselo que correr el riego de que hablara. El conejo probablemente sea del círculo interno.

—¿Algo más?

—¿Qué más quieres?

—Las huellas de Abruzzi en el arma homicida.

—Lo siento.

No quería colgar, pero no tenía nada más que decir. Lo cierto era que sentía un agujero en el estómago al que no quería poner nombre. Tenía un miedo mortal a que fuera soledad. Ranger era fuego y magia, pero no era real. Morelli era todo lo que yo quería en un hombre, pero él quería que me convirtiera en algo que no era.

Colgué el teléfono y me retiré a la sala de estar. En casa de mis padres, si te sentabas delante de la televisión, no se esperaba que hablaras. Incluso si le hacían una pregunta directa, al televidente se le concedía el privilegio de hacerse el sordo. Ésas eran las reglas.

La abuela y yo estábamos juntas en el sofá, viendo el canal meteorológico. Era difícil decir cuál de las dos estaba más consternada.

—Supongo que fue una buena idea no tocarla —dijo la abuela—. Aunque debo admitir que tenía cierta curiosidad. No es que fuera exactamente bonita, pero al final estaba bastante grande. ¿Habías visto alguna tan grande?

Un momento perfecto para invocar el derecho a no contestar de la televisión.

Tras un par de minutos de previsiones meteorológicas me fui a la cocina y me comí el segundo donut. Recogí mis cosas y me asomé al salón.

—Me voy —dije a la abuela—. Bien está lo que bien acaba, ¿verdad?

La abuela no respondió. Estaba abstraída en el canal meteorológico. Había una área de altas presiones cruzando los Grandes Lagos.

Volví a mi apartamento. Esta vez llevaba la pistola en la mano desde antes de salir del coche. Atravesé el aparcamiento y entré en el edificio. Me detuve al llegar a mi puerta. Ésa era siempre la peor parte. Una vez que estaba dentro del apartamento, me sentía segura. Además de la cerradura, tenía un cerrojo y una cadena de seguridad. Sólo Ranger podía entrar sin previo aviso. No sé si atravesaba la puerta como un fantasma o si se diluía como un vampiro y se deslizaba por debajo. Suponía que un mortal podría hacerlo de alguna manera, pero no sabía cuál.

Abrí la puerta e inspeccioné el apartamento como la versión cinematográfica de un agente de la CIA: agazapada de habitación en habitación, con la pistola en la mano y las piernas flexionadas, lista para disparar. Abría las puertas de golpe y cruzaba los umbrales de un salto. Menos mal que no me podía ver nadie, porque sabía que parecía una idiota. Lo bueno fue que no encontré ningún conejo con sus partes colgando. Comparado con ser violada por un conejo, lo de las serpientes y las arañas parecía peccata minuta.

Ranger llamó a los diez minutos de llegar yo al apartamento.

—¿Vas a estar en casa un rato? —preguntó—. Quiero mandarte a una persona para que instale un sistema de seguridad.

O sea, que el hombre misterioso también lee el pensamiento.

—Se llama Héctor —añadió Ranger—. Ya está en camino.

Héctor era delgado e hispano, y vestía de negro. Tenía el lema de una pandilla tatuado en el cuello y una lágrima solitaria tatuada debajo de un ojo. Tenía veintipocos años y sólo hablaba español.

Héctor tenía la puerta abierta y estaba haciendo los últimos ajustes, cuando llegó Ranger. Dedicó a Héctor un saludo apenas audible en español y comprobó el sensor que acababa de instalar en la entrada.

Acto seguido me miró a mí, sin dejar traslucir el menor pensamiento. Nuestros ojos se encontraron durante unos larguísimos instantes y luego se volvió a Héctor. Mi español se reduce a las palabras «burrito» y «taco», de manera que no me enteré de lo que decían. Héctor hablaba y gesticulaba, y Ranger escuchaba y preguntaba. Héctor le entregó a Ranger un pequeño artefacto, recogió sus herramientas y se fue. Ranger me hizo un gesto con el dedo para que me acercara a él.

—Éste es tu mando. Es lo bastante pequeño para que lo lleves con las llaves del coche. Tienes un código de cuatro dígitos para abrir y cerrar la puerta. Si han forzado la puerta, el mando te avisará. No está conectado a ningún servicio de seguridad. Tampoco tiene alarma. Está diseñado para darte fácil acceso y avisarte si alguien ha entrado en tu casa, para que no te lleves más sorpresas. La puerta es de acero y Héctor ha instalado un cerrojo en el suelo. Si te cierras por dentro, estarás segura. No se puede hacer gran cosa con las ventanas. La escalera de incendios es un problema. Aunque el problema es menor si tienes una pistola en la mesilla de noche.

—¿Esto también lo apuntas en la cuenta? —pregunté mirando el mando.

—No hay cuenta. Y lo que nos damos el uno al otro no tiene precio. De ningún tipo. Ni económico, ni emocional. Tengo que volver al trabajo.

Hizo un intento de irse y yo le agarré por la pechera de la camisa.

—No tan deprisa. Esto no es la televisión. Es mi vida. ¿Hay algo más que deba saber de ese rollo del «sin precio emocional»?

—Así es como tiene que ser.

—¿Y qué trabajo es ése al que tienes que volver?

—Estoy dirigiendo una operación de vigilancia para una agencia gubernamental. Somos trabajadores autónomos. No me irás a freír con preguntas sobre los detalles, ¿verdad?

Le solté la camisa y dejé escapar un suspiro.

—No puedo hacerlo. Esto no va a funcionar.

—Lo sé —dijo Ranger—. Tienes que arreglar tu relación con Morelli.

—Necesitábamos tomarnos un descanso.

—Ahora mismo estoy comportándome como un buen chico porque me interesa, pero soy un oportunista, y me siento atraído por ti. Y volveré a meterme en tu cama si el descanso de Morelli se alarga demasiado. Si me lo propusiera, podría hacerte olvidar a Morelli. Y eso no sería bueno para ninguno de los dos.

—Dios.

Ranger sonrió.

—Cierra bien la puerta.

Y se fue.

Cerré la puerta y puse el cerrojo del suelo. Ranger había logrado que dejara de pensar en el conejo masturbador. Ahora tenía que dejar de pensar en Ranger. Sabía que todo lo que decía era cierto, con la posible excepción de lo de olvidar a Morelli. No era fácil de olvidar. Lo había intentado con todas mis fuerzas durante años y no lo había conseguido.

Sonó el teléfono y, al contestar, alguien hizo ruido de besitos. Colgué y volvió a sonar. Más besitos. A la tercera vez, desconecté el cable.

Media hora después había alguien a mi puerta.

—Sé que estás ahí dentro —gritó Vinnie—. He visto el CR-V en el aparcamiento.

Descorrí el cerrojo del suelo, el de la puerta, la cadena de seguridad y abrí la cerradura.

—Dios bendito —dijo Vinnie cuando por fin abrí—. Cualquiera diría que hay algo valioso en esta ratonera.

—*Yo* soy valiosa.

—Como cazarrecompensas, desde luego que no. ¿Dónde está Bender? Me quedan dos días para entregar a Bender o pagar su fianza al tribunal.

—¿Has venido a decirme eso?

—Sí. Pensé que necesitabas que te lo recordara. Hoy tengo a mi suegra en casa y me está volviendo loco. He pensado que éste era un buen momento para ir por él. He intentado llamarte, pero no te funciona el teléfono.

Qué diablos, no tenía nada mejor que hacer. Estaba encerrada en el apartamento con el teléfono desconectado.

Dejé a Vinnie esperándome en el vestíbulo y fui a buscar mi cartuchera. Regresé con la funda de nailon negra sujeta a la pierna y mi 38 cargada y lista para disparar.

—Vaya —dijo Vinnie, evidentemente impresionado—. Por fin te lo tomas en serio.

Efectivamente. Me tomaba en serio que un conejo me hiciera guarrerías. Salimos del aparcamiento, Vinnie de copiloto y yo al volante. Me dirigí al centro de la ciudad, con un ojo atento a la carretera y el otro puesto en el retrovisor. Un todoterreno verde se puso detrás de mí. Se saltó una línea continua y me adelantó. El fulano de la máscara de Clinton iba al volante y el espantoso conejo iba sentado a su lado. El conejo se volvió, sacó la cabeza por el techo solar y me miró. Las orejas le revoloteaban con el aire y se sujetaba la cabeza con ambas manos.

—Es el conejo —grité— ¡Dispárale! ¡Coge mi pistola y dispárale!

—¿Estás loca? —dijo Vinnie—. No puedo disparar sobre un conejo desarmado.

Intenté sacar la pistola de la funda al mismo tiempo que conducía, sin gran éxito.

—Pues entonces le disparo yo. No me importa que me metan en la cárcel. Merecerá la pena. Le voy a pegar un tiro en esa estúpida cabeza de conejo —conseguí sacar la pistola de la funda, pero no quería disparar a través del parabrisas de Ranger—. Ocúpate del volante —dije a Vinnie. Abrí la ventanilla, me asomé y disparé.

244

El conejo se protegió inmediatamente en el interior del coche. El todoterreno aceleró y giró a la izquierda por una calle lateral. Esperé a que pasara el tráfico y fui detrás. Les vi delante de mí. Giraron una y otra vez hasta que completaron el círculo y volvimos a meternos en la calle State. El todoterreno se detuvo en una tienda abierta las veinticuatro horas y los dos hombres salieron corriendo por detrás del edificio de ladrillo. Vinnie y yo nos bajamos del CR-V y corrimos detrás de ellos. Les seguimos un par de manzanas, se metieron por un jardín y desaparecieron.

—¿Por qué seguimos a un conejo? —Vinnie estaba doblado por la cintura, jadeando.

—Es el que tiró la bomba a mi CR-V.

—Ah, sí. Ahora lo recuerdo. Tendría que habértelo preguntado antes. Me habría quedado en el coche. Dios, no puedo creer que hayas estado disparando por la ventanilla del coche. ¿Quién te crees que eres, Terminator? Joder, tu madre me arranca los huevos si se entera de esto. ¿En qué estabas pensando?

—Me he puesto nerviosa.

—No te has puesto nerviosa. ¡Te has vuelto loca!

# 14

ESTÁBAMOS EN UN VECINDARIO de grandes casas antiguas. Algunas habían sido restauradas. Otras necesitaban una buena reforma. Algunas habían sido transformadas en edificios de apartamentos. La mayoría estaban situadas en parcelas de buenas dimensiones y daban la espalda a la carretera. El conejo y su compañero habían desaparecido por el lateral de una de las casas de apartamentos. Vinnie y yo merodeamos alrededor del edificio, quedándonos quietos de vez en cuando para escuchar, con la esperanza de que el conejo se descubriera. Inspeccionamos entre los coches que había aparcados a la entrada y miramos detrás de los arbustos.

—No los veo —dijo Vinnie—. Creo que se han ido. O han pasado por delante de nuestras narices y han vuelto al coche o se han metido en esta casa.

Los dos miramos a la casa.

—¿Quieres que la inspeccionemos? —preguntó Vinnie.

Era una gran casa victoriana. Había estado en casas como aquélla en otras ocasiones, y estaban llenas de armarios y pasillos y puertas cerradas. Casas buenas para esconderse y difíciles de inspeccionar. Especialmente para una cagueta como yo. Ahora que me encontraba al aire libre, iba recuperando la cordura. Y cuanto más paseaba por allí, menos deseaba encontrar al conejo.

—Creo que voy a pasar de la casa.

—Buena elección —dijo Vinnie—. En una casa como ésta es fácil que te vuelen la cabeza. Claro que eso a ti te dará lo mismo, porque estás como una puta cabra. Tienes que dejar de ver esas películas antiguas de Al Capone.

—Mira quién habla. ¿Qué me dices de la vez que te pusiste a disparar en casa de Pinwheel Soba? Casi la destrozaste.

La cara de Vinnie se contrajo con una sonrisa.

—Me dejé llevar por la situación.

Nos encaminamos al coche con las pistolas todavía desenfundadas, atentos a cualquier ruido y movimiento. A media manzana de la tienda de veinticuatro horas vimos una columna de humo que se elevaba desde el otro lado del edificio de ladrillo. Era un humo negro y acre, que olía a goma quemada. La clase de humo que sale de un coche incendiado.

Se oían sirenas en la lejanía y tuve otro de esos presentimientos inquietantes. Terror en la boca del estómago. Le siguió una oleada de tranquilidad que anunciaba la llegada de la negación. No podía ser. Otro coche, no. El coche de Ranger, no. Tenía que ser *cualquier otro* coche. Empecé a hacer pactos con Dios. Que sea el Explorer, le sugerí a Dios, y seré mejor persona. Iré a la iglesia. Comeré más verdura. Dejaré de abusar del masaje de la ducha.

Doblamos la esquina y, como era de esperar, el coche de Ranger estaba en llamas. Muy bien, se acabó, dije a Dios. No vale ninguno de los pactos.

—¡Hostias! —dijo Vinnie—. Es tu coche. Es el segundo CR-V que te cargas esta semana. Con esto puede que hayas batido tu propio récord.

El dependiente de la tienda de veinticuatro horas estaba en la calle, disfrutando del espectáculo.

—Lo he visto todo —dijo—. Ha sido un conejo gigante. Entró en la tienda y compró una lata de combustible para barbacoas. Luego roció el coche negro y le echó una cerilla. A continuación se fue en el todoterreno verde.

Guardé el arma y me senté en el reborde de cemento de la tienda. Por si fuera poco que me hubieran achicharrado el coche, me había dejado el bolso dentro. Las tarjetas de crédito, el carné de conducir, el brillo de labios, el espray de defensa y mi nuevo teléfono móvil habían desaparecido. Y había dejado las llaves en el contacto. Y el mando de mi sistema de seguridad estaba metido en el llavero.

Vinnie se sentó a mi lado.

—Siempre que salgo contigo me lo paso genial —dijo—. Deberíamos hacerlo más a menudo.

—¿Llevas tu móvil?

El primer número que marqué fue el de Morelli, pero no estaba en casa. Bajé la cabeza. Ranger era el siguiente de la lista.

—Sí —contestó Ranger.

—Tengo un pequeño problema.

—No me digas. Tu coche se ha ido a tomar viento.

—Bueno, se ha quemado un poco.

Silencio.

—¿Y te acuerdas de aquel mando que me diste? Estaba en el coche.

—Cariño...

Vinnie y yo seguíamos sentados en el bordillo cuando llegó Ranger. Llevaba vaqueros, camiseta negra y botas, y parecía casi normal. Echó una mirada al coche achicharrado, luego me miró a mí y sacudió la cabeza. En realidad, más que sacudir la cabeza, *insinuó* que sacudía la cabeza. No quise ni intentar imaginar qué pensamiento había provocado aquel gesto. Pero supuse que no sería bueno. Habló con uno de los policías y le dio una tarjeta. Luego nos recogió a Vinnie y a mí y nos llevó a mi casa. Vinnie se metió en su Cadillac y se marchó.

Ranger sonrió y señaló a la pistola que llevaba en mi cadera.

—Tienes buen aspecto, cariño. ¿Le has pegado un tiro a alguien hoy?

—Lo he intentado.

Soltó una risita suave, me pasó un brazo por el cuello y me besó justo encima de la oreja.

Héctor nos esperaba en el descansillo. Tenía toda la pinta de que le quedaría bien un mono naranja y grilletes en los tobillos. Pero, oye, ¿qué sé yo? A lo mejor es un tío encantador. A lo mejor ni siquiera sabe que una lágrima tatuada debajo del ojo significa un asesinato cometido por la pandilla. E, incluso *aunque* lo sepa, es una lágrima nada más, o sea, que tampoco es un asesino en serie, ¿no?

Héctor le dio a Ranger un mando nuevo y dijo algo en español. Ranger le contestó, se saludaron con uno de esos apretones de manos complicados y Héctor se fue.

Ranger abrió la puerta con el mando y entró conmigo.

—Héctor ya lo ha revisado. Dice que el apartamento está limpio —dejó el mando encima de la repisa de la cocina—. El mando nuevo está programado exactamente como el anterior.

—Siento lo que ha pasado con el coche.

—Era sólo cuestión de tiempo, cariño. Lo consideraré como gastos de esparcimiento —echó un vistazo a la pantalla de su buscapersonas—. Tengo que irme. No te olvides de echar el cerrojo del suelo cuando me vaya.

Bajé el cerrojo con el pie y paseé por la cocina. Se supone que pasear calma los nervios, pero cuanto más paseaba más nerviosa me ponía. Necesitaba un coche para el día siguiente y no se lo iba a pedir a Ranger. No me gustaba ser su esparcimiento. Ni esparcimiento motorizado, ni esparcimiento sexual.

*¡Ajá!*, dijo una voz en mi interior. Ahora estamos llegando a algún sitio. Este nerviosismo que sientes no es por el coche. El motivo es el sexo. Estás deprimida porque te has tirado a un tío que no quería nada más que sexo puro y duro. *¿Sabes lo que eres?*, preguntó la voz. *Una hipócrita.*

Bueno, le dije a la voz. ¿Y qué? ¿Adónde quieres ir a parar?

Revolví los armarios y el frigorífico intentando encontrar un Tastykake. Ya sabía que no me quedaba ninguno, pero busqué de todas formas. Otro ejercicio de futilidad. Mi especialidad.

Vale. Muy bien. Me voy a la calle a comprarlo. Agarré el mando que me acababa de dar Ranger y salí del apartamento como una fiera. Cerré de un portazo, marqué la clave del sistema de seguridad y me di cuenta de que había salido sin nada más que el mando. No tenía ni las llaves del coche, innecesarias puesto que ya no tenía coche. Tampoco tenía ni dinero ni tarjetas de crédito. Gran suspiro. Debía volver a entrar y replantearme la situación.

Volví a marcar el código y empujé la puerta. No se abría. Marqué otra vez el código. Nada. No tenía llave. Lo único que tenía era aquel estúpido mando de mierda. No había motivos para asustarse. Debía de estar haciendo algo mal. Repetí la operación. No era tan difícil. Marcar los números y la puerta se abre. A lo mejor no me acordaba bien de los números. Probé otro par de combinaciones. No hubo suerte.

Mierda de tecnología. Odio la tecnología. La tecnología es una putada.

Vale, tómatelo con calma, me dije. No querrás repetir la escenita del tiroteo por la ventanilla del coche. No querrás que se te vaya la olla por un estúpido mando. Respiré profundamente un par de veces y marqué los números en el aparato una vez más. Agarré el picaporte, tiré y lo giré, pero la puerta no se abrió.

—¡A la mierda! —tiré el mando al suelo y me puse a saltar encima de él—. ¡Mierda, mierda, mierda!

Le di una patada que lo envió al otro extremo del pasillo. Corrí por el descansillo, desenfundé la pistola y le pegué un tiro al mando. ¡PUM! El mando saltó en el aire y le disparé otra vez.

Una mujer asiática abrió la puerta al otro lado del descansillo. Me miró, ahogó un chillido, se metió dentro y cerró la puerta con llave.

—Lo siento —grité en su dirección—. Me he dejado llevar.

Recogí el mando despanzurrado y volví a mi parte del pasillo. Mi vecina de al lado, la señora Karwatt, estaba en la puerta de su casa.

—¿Tienes algún problema, querida? —me preguntó.

—Me he quedado fuera del apartamento y no puedo abrir.

Afortunadamente la señora Karwatt tenía una copia. Me dio la llave, la inserté en la cerradura y la puerta no se abría. Entré con la señora Karwatt en su casa y llamé a Ranger desde su teléfono.

—La puta puerta no se abre —dije.

—Ahora te mando a Héctor.

—¡No! No le entiendo. No puedo hablar con él —y me da un miedo que me muero.

Veinte minutos después estaba sentada en el suelo del pasillo, con la espalda apoyada en la pared, cuando Ranger y Héctor llegaron.

—¿Qué pasa? —preguntó Ranger.

—La puerta no se abre.

—Seguramente no es más que un problema de programación. ¿Tienes el mando?

Puse el mando en su mano. Ranger y Héctor lo miraron. Luego se miraron el uno al otro, levantaron las cejas y sonrieron.

—Creo que ya sé lo que ha pasado —dijo Ranger—. Alguien se ha cargado el mando a tiros —le dio vueltas en la mano—. Por lo menos has sido capaz de acertarle. Es agradable comprobar que la práctica de tiro ha merecido la pena.

—Soy buena en las distancias cortas.

Héctor tardó veinte segundos en abrir la puerta y diez minutos en desmontar los sensores.

—Si quieres que volvamos a montar un sistema de seguridad, dímelo —dijo Ranger.

—Te agradezco el ofrecimiento, pero prefiero entrar con los ojos vendados en un apartamento lleno de cocodrilos.

—¿Quieres probar suerte con otro coche? Podemos correr el riesgo. Podría conseguirte un Porsche.

—Es tentador, pero no. Espero que me llegue el cheque de la compañía de seguros mañana. En cuanto lo tenga, le diré a Lula que me lleve a un concesionario.

Ranger y Héctor se fueron y yo me encerré en mi apartamento. Había descargado mucha agresividad disparando al mando y me sentía mucho más tranquila. El corazón sólo se saltaba un latido de vez en cuando y el tic del ojo apenas se notaba. Me comí el último trozo de masa de galleta congelada. No era un Tastykake, pero aun así estaba bastante bueno. Encendí la televisión y me puse a ver un partido de hockey.

—Ah-ah —dijo Lula a la mañana siguiente—. ¿Has venido a la oficina en taxi? ¿Qué le ha pasado al coche de Ranger?

—Se incendió.

—¿Cómo dices?

—Y tenía el bolso dentro. Me tengo que ir a comprar otro bolso.

—Soy la persona ideal para ese cometido —dijo Lula—. ¿Qué hora es? ¿Ya están abiertas las tiendas?

Eran las diez en punto de la mañana del lunes. Las tiendas estaban abiertas. Ya había anulado las tarjetas de crédito derretidas. Estaba lista para echarme a la calle.

—Un momento —dijo Connie—. ¿Qué pasa con lo que hay que archivar?

—Ya está casi todo archivado —dijo Lula, y agarró una pila de carpetas y las metió en un cajón—. Además, no vamos a tardar mucho. Stephanie siempre compra el mismo bolso aburrido. Va directamente al departamento de la marca Coach, elige uno de esos bolsazos de cuero negro con bandolera y se acabó la historia.

—Resulta que también se me ha quemado el carné de conducir —dije—. Esperaba que, de paso, me acercaras a las oficinas de tráfico.

Connie hizo un aparatoso gesto de resignación.

—Marchaos.

Era mediodía cuando llegamos al centro comercial de Quaker Bridge. Compré el bolso y Lula y yo probamos unos perfumes. Estábamos en la planta superior, yendo hacia las escaleras mecánicas para bajar al aparcamiento, cuando una silueta familiar nos cortó el paso.

—¡Tú! —dijo Martin Paulson—. ¿Qué pasa contigo? No consigo librarme de ti.

—No empieces otra vez —dije—. No estoy nada contenta contigo.

—Vaya, qué pena. Casi me preocupa. ¿Qué haces hoy aquí? ¿Estás buscando otra persona a la que maltratar?

—No te maltraté.

—Me tiraste al suelo.

—Tú *te caíste*. Dos veces.

—Te dije que tenía un sentido del equilibrio muy malo.

—Mira, quítate de en medio. No me voy a quedar aquí discutiendo contigo.

—Sí, ya has oído —dijo Lula—. Quítate de en medio.

Paulson se giró para mirar a Lula y, al parecer, no estaba preparado para lo que vio, porque perdió la estabilidad y se cayó de espaldas por las escaleras mecánicas. Había un par de personas detrás de él y las derribó como si fueran bolos. Todos acabaron revueltos en el suelo.

Lula y yo corrimos escaleras abajo hacia el montón de cuerpos.

Paulson parecía ser el único perjudicado.

—Me he roto una pierna —se quejó—. Os apuesto lo que queráis a que me he roto una pierna. Ya te había dicho que tenía problemas de equilibrio. Nadie me hace caso.

—Seguro que hay una buena razón para que nadie te haga caso —dijo Lula—. A mí me pareces un bocazas, por si te interesa mi opinión.

—Es todo por tu culpa —protestó Paulson—. Me has dado un susto de muerte. Deberían mandar a la policía de la moda para que te detenga. ¿Y ese pelo amarillo? Pareces Harpo Marx.

—Bueno —dijo Lula—. Me largo. No me voy a quedar aquí aguantando que me insulten. Tengo que volver al trabajo.

Estábamos saliendo del aparcamiento en el coche cuando Lula frenó en seco.

—Un momento. ¿Están las bolsas con mis compras en el asiento de atrás?

Me di la vuelta y miré.

—No.

—¡Mierda! Se me han debido de caer cuando me ha empujado ese saco de mierda de mono.

—No pasa nada. Acércate a la puerta y voy a recogerlas de una carrera.

Lula fue hasta la entrada y yo desanduve nuestros pasos por el centro comercial. Tuve que pasar junto a Paulson para llegar a las escaleras. Los de la ambulancia le habían puesto en una camilla y estaban a punto de llevárselo. Subí en las escaleras hasta la segunda planta y encontré las bolsas en el suelo junto a un banco, exactamente donde las había dejado Lula.

Treinta minutos después estábamos en la oficina y Lula tenía todas sus bolsas esparcidas por el sofá.

—Uh-uh —dijo—. Hay una bolsa de más. ¿Ves esa bolsa grande marrón? No es mía.

—Estaba en el suelo con las otras bolsas —respondí.

—Ay, madre —suspiró Lula—. ¿Estás pensando lo mismo que yo? No quiero ni mirar dentro de esa bolsa. Me da muy mal rollo.

—Tenías razón con tu presentimiento —dije mirando dentro de la bolsa—. Aquí dentro hay un par de pantalones que sólo podrían ser de Paulson. Más un par de camisas. ¡Mierda¡ Hay una caja envuelta en papel de regalo infantil.

—Te sugiero que tires esa bolsa al contenedor de basura y te laves las manos.

—No puedo hacer eso. El hombre se acaba de romper la pierna. Y esto es el regalo de cumpleaños de un niño.

—No te preocupes —me consoló Lula—. Puede entrar en Internet, robar otro poquito y conseguir otro regalo.

—Es culpa mía —dije—. Yo me he llevado el regalo de Paulson. Tengo que devolvérselo.

Había varios hospitales en la zona de Trenton. Si hubieran llevado a Paulson a St. Francis, podría acercarme dando un paseo y entregarle su bolsa antes de que le dieran el alta. Y había muchas posibilidades de que estuviera en St. Francis, porque era el hospital más próximo a su casa.

Llamé a ingresos y les pedí que consultaran con el servicio de urgencias. Me dijeron que, efectivamente, Paulson estaba en urgencias, y que creían que todavía estaría allí un buen rato.

No es que me hiciera mucha ilusión ver a Paulson, pero era un bonito día de primavera y daba gusto estar en la calle. Decidí ir andando hasta el hospital, luego caminar hasta la casa de mis padres, gorronear la cena y decirle hola a Rex. Llevaba mi bolso nuevo al hombro y me sentía segura porque en él iba mi pistola. Además de un brillo de labios nuevo. ¿Soy una profesional o no?

Bajé paseando por Hamilton un par de manzanas y luego doblé por la calle anterior a la entrada principal del hospital para meterme por el acceso de urgencias. Busqué a la enfermera responsable y le pedí que le entregara la bolsa a Paulson.

Así quedaba libre; la bolsa ya no era mi responsabilidad. Había hecho un esfuerzo para devolvérsela a Paulson y me fui del hospital sintiéndome satisfecha de mi bondad.

Mi padres vivían detrás del hospital, en el corazón del Burg. Pasé por delante del aparcamiento subterráneo y me paré en el cruce. Era media tarde y había muy pocos coches por la calle. En los colegios todavía estaban dando clase. Los restaurantes estaban vacíos.

Un coche solitario bajó por la calle y se paró en la señal de stop. Había un coche aparcado a mi derecha. Oí el sonido de unos pasos sobre la gravilla. Giré la cabeza para ver qué era, y el conejo apareció por detrás del coche estacionado. En esta ocasión iba completamente ataviado.

—¡Bu! —dijo.

Solté un chillido involuntario. Me había pillado por sorpresa. Metí la mano en el bolso para buscar la pistola, pero de repente se plantó otra persona delante de mí y me tiró de la bandolera. Era el tipejo de la máscara de Clinton. Si hubiera conseguido alcanzar la pistola les habría pegado un tiro muy a gusto. Y si hubiera sido un solo hombre, tal vez habría podido llegar a la pistola. Pero, en aquellas circunstancias me tenían dominada.

Caí al suelo gritando, pataleando y arañando, con los dos hombres encima. Las calles estaban desiertas, pero yo hacía mucho ruido y había casas cerca. Sabía que si gritaba lo bastante alto y el tiempo suficiente, alguien acabaría por oírme. El coche que había parado en el cruce giró y se paró a unos centímetros de nosotros.

El conejo abrió la puerta de atrás y tiró de mí para meterme dentro. Abrí piernas y brazos ante la puerta del coche, agarrándome con uñas y dientes y gritando como una fiera. El de la máscara de Clinton intentó agarrarme de las piernas y, cuando se acercó lo suficiente para hacerlo, le lancé una patada y le di debajo de la barbilla con mis botas Caterpillar. Retrocedió tambaleándose y se desplomó. *¡Crash!* Boca arriba en la acera.

El conductor salió del coche. Llevaba una máscara de Richard Nixon y yo estaba segura de reconocer su figura. Estaba segura de que era Darrow. Me escabullí del conejo. Es difícil sujetar algo cuando llevas un disfraz de conejo con patas de conejo. Tropecé con el bordillo y caí sobre una rodilla. Me levanté como pude y escapé de allí, corriendo como una loca. El conejo salió corriendo detrás de mí.

Había un coche en el cruce y pasé por delante de él corriendo y gritando. Sentía la voz ronca y probablemente más que gritar, graznaba. La rodilla me asomaba por un desgarrón en los vaqueros, el brazo estaba arañado y sangraba y el pelo me caía sobre la cara, revuelto y enmarañado tras haber rodado por el suelo con el conejo. Apenas miré al coche, y sólo me di cuenta de que era plateado. Oía al conejo detrás de mí. Los pulmones me ardían y sabía que no podría correr más que él. Estaba demasiado asustada para pensar en alguna salida. Corría calle abajo a lo loco.

Oí el chirrido de unas llantas y el motor de un coche poniéndose en marcha. Darrow, pensé. Que viene por mí. Me volví a mirar y vi que no era Darrow quien me seguía. Era el coche plateado. Un Buick LeSabre. Y mi madre iba al volante. Se lanzó sin contemplaciones sobre el conejo. Éste salió volando por los aires, en una explosión de piel falsa, y aterrizó convertido en bulto informe a un lado de la calzada. El coche que conducía Darrow se paró junto al conejo. Darrow y el otro tipo con máscara se apearon, recogieron al conejo, lo metieron en el asiento trasero y se fueron.

Mi madre se había detenido a unos centímetros de mí. Cojeé hasta el coche, ella abrió la puerta y me subí.

—Santa María, Madre de Dios —dijo—. Te estaban persiguiendo Richard Nixon, Bill Clinton y un conejo.

—Sí. Menos mal que has aparecido tú.

—He atropellado al conejo —gimoteó—. Seguramente lo he matado.

—Era un conejo malo. Merecía morir.

—Se parecía al Conejo de Pascua. He matado al Conejo de Pascua —dijo sollozando.

Saqué un pañuelo de papel del bolso de mi madre y se lo di. Luego revisé el bolso más concienzudamente.

—¿No tienes Valium por aquí? ¿O algún Klonapin o Ativan?

Mi madre se sonó la nariz y puso el coche en marcha.

—¿Tienes la menor idea de lo que es para una madre ir por la calle y ver que a su hija la persigue un conejo? No sé por qué no puedes tener un trabajo normal, como tu hermana.

Puse los ojos en blanco. Otra vez mi hermana. Santa Valerie.

—Y está saliendo con un hombre muy agradable —siguió mi madre—. Creo que tiene buenas intenciones. Y es abogado. Algún día vivirá muy bien —mi madre volvió al cruce para que yo pudiera recoger el bolso—. ¿Y tú, qué? —quiso saber—. ¿Con quién estás saliendo tú?

—No me preguntes —contesté. No estaba saliendo con nadie. Estaba fornicando con Batman.

—No sé muy bien qué hacer ahora —dijo mi madre—. ¿Crees que debería denunciar todo esto a la policía? ¿Qué les podría contar? Quiero decir que, ¿cómo iba a quedar? Iba a Giovichinni a comprar fiambres y vi a un conejo que seguía a mi hija por la calle, así que lo atropellé, pero ha desaparecido.

—¿Te acuerdas de que, cuando era pequeña, un día íbamos todos al cine y papá atropelló a un perro en Roebling? Todos nos bajamos del coche para buscarlo pero no pudimos encontrarlo. Simplemente salió corriendo y desapareció.

—Me sentí fatal aquel día.

—Sí, pero fuimos al cine de todas formas. Quizá deberíamos ir a por esos fiambres y ya está.

—Era un conejo —dijo mi madre—. Y no tenía por qué estar en la carretera.

—Exacto.

Fuimos hasta Giovichinni en silencio y aparcamos delante de la tienda. Las dos salimos del coche y fuimos a mirar el morro del Buick. Había un poco de piel de conejo pegada al radiador, pero, aparte de eso, el LeSabre estaba en perfectas condiciones.

Mientras mi madre charlaba con el carnicero, salí fuera y llamé a Morelli desde un teléfono público.

—Esto te va a sonar un poco raro —dije—, pero mi madre acaba de atropellar al conejo.

—¿Atropellar?

—Como en las carreteras campestres. No estamos muy seguras de qué hacer al respecto.

—¿Dónde estáis?

—En Giovichinni, comprando fiambre.

—¿Y el conejo?

—Desaparecido. Estaba con otros dos tipos. Lo recogieron de la carretera y se lo llevaron en el coche.

Hubo un largo silencio al teléfono.

—Estoy sin palabras, joder —dijo Morelli por fin.

Una hora después oí la camioneta de Morelli aparcando delante de la casa de mis padres. Llevaba vaqueros y botas, y una sudadera de algodón con las mangas subidas. La sudadera era lo bastante holgada como para ocultar la pistola que siempre llevaba en la cintura.

Yo me había duchado y arreglado el pelo, pero no tenía ropa limpia para cambiarme, así que seguía con los vaqueros rasgados y ensangrentados y la camiseta manchada de tierra. Tenía un corte abierto en la rodilla, una buena rozadura en el brazo y otra en la mejilla. Salí al encuentro de Morelli en el porche y cerré la puerta detrás de mí. No quería que la abuela Mazur se uniera a nosotros. Morelli me miró lentamente de arriba a abajo.

—Podría darte un beso en la rodilla y se te pondría mejor.

Una habilidad adquirida tras años de jugar a los médicos.

Nos sentamos juntos en un escalón y le conté lo del conejo en la pastelería y el intento de secuestro en el cruce.

—Y estoy casi segura de que era Darrow el que conducía.

—¿Quieres que haga que le detengan?

—No. No podría identificarle con certeza.

La cara de Morelli se iluminó con una sonrisa.

—¿De verdad atropelló tu madre al conejo?

—Vio que me perseguía y lo atropelló. Lo lanzó unos tres metros por el aire.

—Le gustas.

Asentí con la cabeza y los ojos se me humedecieron.

Un coche pasó por delante. Con dos hombres.

—Podrían ser ellos —dije—. Dos de los esbirros de Abruzzi. Intento estar en guardia, pero los coches son siempre diferentes. Y sólo conozco a Abruzzi y a Darrow. Los otros han llevado siempre la cara tapada. No puedo darme cuenta a tiempo de que me van a asaltar. Y de noche, cuando sólo veo luces que vienen y van, es todavía peor.

—Estamos haciendo horas extras para encontrar a Evelyn, peinando los barrios en busca de testigos, pero hasta el momento no ha habido nada. Abruzzi sabe protegerse muy bien.

—¿Quieres hablar con mamá de lo del conejo?

—¿Hubo algún testigo?

—Sólo los dos tipos del coche.

—Normalmente no investigamos accidentes con conejos. Y éste *era un conejo*, ¿verdad?


Morelli no quiso quedarse a cenar. No me extraña. Valerie había invitado a Kloughn y en la mesa sólo quedaba sitio para cenar de pie.

—¿A que es una monada? —me susurró la abuela en la cocina—. Igualito que el muñeco de las pastas Pillsbury.

Después de la cena le pedí a mi padre que me llevara a casa.

—¿Qué piensas del clown ese? —me preguntó por el camino—. Parece que le gusta mucho Valerie. ¿Crees que hay alguna posibilidad de que haya algo?

—No se ha levantado y se ha ido cuando la abuela le ha preguntado si era virgen. Eso me parece una buena señal.

—Sí, lo ha aguantado. Debe de estar completamente desesperado si está dispuesto a entrar en una familia como la nuestra. ¿Alguien le ha dicho que la niña caballo es de Valerie?

Me imaginé que no habría problemas con Mary Alice. Kloughn, probablemente, se entendería con una niña que fuera diferente. Lo que a lo mejor no entendería serían las zapatillas de peluche rosa de Valerie. Tendríamos que ocuparnos de que no las viera nunca.

Cuando mi padre me dejó en casa eran casi las nueve. El aparcamiento estaba lleno y en las ventanas de las casas se veían las luces encendidas. Los mayores ya se habían encerrado para pasar la noche, víctimas de la mala visión nocturna y de la adicción a la televisión. A las nueve en punto estaban felizmente acampados y automedicados con largos vasos de licor y *Diagnóstico: asesinato*. A las diez se tragaban una pastillita blanca y se zambullían en horas de apnea del sueño.

Me acerqué a la puerta de mi apartamento y reconocí que había rechazado el sistema de seguridad de Ranger con demasiada ligereza. Habría estado bien saber si me esperaba alguien dentro. Llevaba la pistola guardada en la cintura de los vaqueros. Y tenía un plan trazado en mi cabeza. El plan era abrir la puerta, sacar la pistola, encender todas las luces de la casa y hacer otra bochornosa imitación de los polis de la tele.

La cocina era fácil de inspeccionar. No había nada. Lo siguiente eran el salón y el comedor. También eran fáciles. El cuarto de baño era más peliagudo. Tenía que vérmelas con la cortina de la ducha. Tenía que acordarme de no cerrarla. Descorrí la cortina y solté un suspiro de alivio. No había ningún muerto en la bañera.

A primera vista, el dormitorio parecía en orden. Desgraciadamente, sabía por experiencias anteriores que el dormitorio estaba lleno de escondrijos para todo tipo de cosas desagradables, como serpientes. Miré debajo de la cama y en todos los cajones. Abrí el armario y solté otro suspiro. No había nadie. Había recorrido todo el apartamento y no había encontrado ni muertos ni vivos. Podía encerrarme con total seguridad.

Estaba saliendo del dormitorio cuando caí en la cuenta. El recuerdo visual de algo extraño. Algo fuera de lugar. Regresé al armario y abrí la puerta. Y allí estaba, colgado con el resto de mi ropa, entre la chaqueta de ante y una camisa vaquera. El disfraz de conejo.

Me puse unos guantes de goma, saqué el traje de conejo del armario y lo dejé en el ascensor. No quería que mi apartamento volviera a ser objeto de otra investigación policial a gran escala. Utilicé el teléfono público del vestíbulo para hacer una llamada anónima a la policía, contando lo del disfraz de conejo en el ascensor. A continuación regresé a mi apartamento y metí *Los cazafantasmas* en el reproductor de DVD. A media película me llamó Morelli.

—No sabrás nada del disfraz de conejo que hay en el ascensor de tu casa, ¿verdad?

—¿Quién, yo?

—Extraoficialmente, sólo por curiosidad morbosa, ¿dónde lo has encontrado?

—Estaba colgado en mi armario.

—Dios.

—¿Tú crees que eso significa que el conejo ya no lo necesita? —pregunté.


Llamé a Ranger a primera hora de la mañana.

—Quiero hablarte del sistema de seguridad —dije.

—¿Sigues teniendo visitas?

—Anoche encontré un disfraz de conejo en mi armario.

—¿Con alguien dentro?

—No. Sólo el traje.

—Te mando a Héctor.

—Héctor me aterroriza.

—Sí, a mí también —dijo Ranger—. Pero no ha matado a nadie desde hace más de un año. Y es gay. Seguro que estarás a salvo.

# 15

L A SIGUIENTE LLAMADA era de Morelli.

—Acabo de llegar al trabajo y me he enterado de una cosa muy interesante —dijo—. ¿Conoces a Leo Klug?

—No.

—Es carnicero, trabaja en la tienda de Sal Carto. Tu madre seguramente compra las salchichas allí. Leo es como de mi altura pero más corpulento. Tiene una cicatriz que le recorre la cara. Pelo oscuro.

—Vale. Ya sé quién es. Hace un par de semanas estuve allí comprando salchichas y me atendió él.

—Aquí es bien sabido que Klug hace algunos trabajos de carnicería extras.

—No estás hablando de vacas.

—Las vacas son el trabajo fijo —dijo Morelli.

—Tengo la sensación de que no me va a gustar el rumbo que está tomando esta conversación.

—Últimamente, a Klug se le ha visto con un par de tíos que trabajan para Abruzzi. Y esta mañana, Klug ha aparecido muerto, víctima de un accidente de coche.

—Ay, Dios mío.

—Lo encontraron en una cuneta, a media manzana de la carnicería.

—¿Se sabe quién le atropelló?

—No, pero hay muchas posibilidades de que fuera un conductor borracho.

Pensamos en ello durante un instante.

—Lo mejor sería que tu madre llevara el LeSabre a un túnel de lavado —sugirió Morelli.

—Hostias. Mi madre ha matado a Leo Klug.

—Eso no lo he oído —dijo Morelli.

Colgué el teléfono y preparé café. Me hice un huevo revuelto y metí una rebanada de pan en la tostadora. Stephanie Plum, diosa del hogar. Salí sigilosamente del apartamento, le birlé el periódico al señor Wolesky y lo leí mientras desayunaba.

Lo estaba devolviendo a su sitio cuando Ranger y Héctor salieron del ascensor.

—Ya sé dónde están —dijo Ranger—. Acabo de recibir una llamada. Vámonos.

Dirigí la mirada a Héctor.

—No te preocupes por Héctor —dijo Ranger.

Agarré el bolso y la chaqueta y apreté el paso para alcanzar a Ranger. Otra vez llevaba el todoterreno de los faros especiales. Me encaramé al asiento y me puse el cinturón de seguridad.

—¿Dónde está?

—En el aeropuerto de Newark. Jeanne Ellen volvía con su fugitivo y vio a Dotty, a Evelyn y a los niños en la sala de espera de la puerta de embarque contigua. Hice que Tank comprobara qué vuelo era. Tenía que salir a las diez, pero lo han retrasado una hora. Tenemos que llegar a tiempo.

—¿Adónde iban?

—A Miami.

Había mucho tráfico en la zona de Trenton. Durante un rato se fue aligerando, pero volvió a complicarse en la autopista. Afortunadamente, mantenía un flujo constante. El típico tráfico de Jersey. De ese que te hace subir la adrenalina. Parachoques contra parachoques a ciento veinte kilómetros por hora.

Miré el reloj cuando tomamos la desviación del aeropuerto. Eran casi las diez. Unos minutos después, Ranger entraba en la terminal de salidas y se detenía junto a la acera.

—Vamos muy ajustados de tiempo —dijo—. Adelántate tú mientras aparco. Si llevas un arma, tendrás que dejarla en el coche.

Le entregué la pistola y salí corriendo. Revisé el panel de salidas en cuanto entré en la terminal. El vuelo no se había vuelto a retrasar. Y seguía en la misma puerta de embarque. Me chasqueé los nudillos mientras esperaba en la cola del control de seguridad. Estaba a un paso de Evelyn y Annie. Si las perdía aquí sería una faena enorme.

Pasé el control de seguridad y seguí los indicadores hasta la puerta de embarque. Mientras recorría los pasillos iba mirando a todo el mundo. Miré al frente y vi a Evelyn y a Dotty con los niños, dos puertas más allá. Estaban sentados, esperando. No había en ellos nada de raro. Dos madres con sus hijos, de viaje a Florida.

Me acerqué a ellas sigilosamente y me senté en un asiento vacío junto a Evelyn.

—Tenemos que hablar —dije.

Dieron la impresión de sorprenderse sólo ligeramente. Como si ya nada les pudiera sorprender demasiado. Ambas tenían aspecto cansado. Parecía que hubieran dormido con la ropa puesta. Los niños se entretenían dando voces y poniéndose pesados. Como todos los niños que se ven habitualmente en los aeropuertos. Hartos.

—Pensaba llamarte —dijo Evelyn—. Te habría llamado al llegar a Miami. Para que le dijeras a la abuela que me encontraba bien.

—Quiero saber de qué huyes. Y si no me lo cuentas te voy a causar problemas. Voy a impedir que te vayas.

—¡No! —exclamó Evelyn—. Por favor, no lo hagas. Es importante que nos vayamos en ese avión.

Dieron el primer aviso de embarque.

—La policía de Trenton te está buscando —dije—. Te quieren interrogar sobre dos asesinatos. Puedo llamar a seguridad y hacer que te lleven a Trenton.

Evelyn se puso pálida.

—Me mataría.

—¿Abruzzi?

Ella asintió.

—Quizá deberías contárselo —intervino Dotty—. No nos queda mucho tiempo.

—Cuando Steven perdió el bar, Abruzzi vino a casa con sus hombres y me *hizo* una cosa.

Instintivamente, resollé con fuerza.

—Lo siento —dije.

—Era su modo de asustarnos. Le gusta jugar al ratón y al gato. Se divierte jugando antes de matar. Y le encanta dominar a las mujeres.

—Tendrías que haber ido a la policía.

—Me habría matado antes de que llegara a testificar. O peor aún, le habría hecho algo a Annie. La Justicia se mueve demasiado despacio para un hombre como Abruzzi.

—¿Y ahora por qué te persigue? —Ranger ya me había dado la respuesta, pero quería oírla de labios de Evelyn.

—Abruzzi es un chiflado de la guerra. Participa en juegos de guerra y colecciona medallas y cosas así. Y había una que guardaba en su escritorio. Creo que era su medalla favorita porque perteneció a Napoleón. Total que, cuando nos divorciamos Steven y yo, el juez le concedió derechos de visita. Todos los sábados Annie se iba con él. Hace un par de semanas, Abruzzi celebró en su casa la fiesta de cumpleaños de su hija y exigió a Steven que llevara a Annie.

—¿Annie era amiga de la hija de Abruzzi?

—No. Para Abruzzi era sólo una forma de demostrar su poder. Siempre está haciendo cosas por el estilo. A los que trabajan con él les llama «sus tropas». Y ellos tienen que tratarle como si fuera el Padrino, o Napoleón, o algún general importante. La cosa es que hizo esa fiesta para su hija y toda su tropa tuvo que asistir con sus hijos. A Steven lo consideraba parte de su tropa. Le había ganado el bar y, después de eso, era como si le perteneciera. A Steven no le hizo gracia perder el bar, pero sí creo que le gustaba pertenecer a la familia de Abruzzi. Le hacía sentirse importante estar asociado a alguien que todo el mundo temía.

Hasta que lo serraron por la mitad.

—Resulta que, durante el transcurso de la fiesta, Annie se metió en el despacho de Abruzzi, encontró la medalla en el escritorio y se la llevó a la fiesta para enseñársela al resto de los chavales. Nadie le prestó demasiada atención y, no sé cómo, Annie se la metió en el bolsillo. Y se la trajo a casa.

Dieron el segundo aviso de embarque y por el rabillo del ojo vi a Ranger observando desde lejos.

—Continúa —dije—. Todavía tenemos tiempo.

—En cuanto vi la medalla supe lo que significaba.

—¿Tu billete de huida?

—*Sí*. Mientras continuara en Trenton, Abruzzi seguiría siendo nuestro dueño. Y no tenía dinero para marcharme. Ni cualificación profesional. Y lo que es peor, estaba el acuerdo de divorcio. Pero aquella medalla valía un montón de dinero. Abruzzi no hacía más que presumir de ello. Así que hice las maletas y me marché. Salí de casa una hora después de que entrara la medalla. Acudí a pedirle ayuda a Dotty porque no sabía a quién más recurrir. Hasta que vendiera la medalla no tenía nada de dinero.

—Lamentablemente, lleva su tiempo vender una medalla como ésa —dijo Dotty—. Y había que hacerlo con discreción.

Una lágrima se deslizó por la mejilla de Evelyn.

—Le he complicado la vida a Dotty. La metí en esta historia y ahora no puede salir de ella.

Dotty vigilaba a la pandilla de críos.

—Todo se arreglará —dijo. Pero no parecía estar muy convencida.

—¿Y qué me dices de los dibujos que hizo Annie en su cuaderno? —pregunté—. Eran imágenes de personas asesinadas. Llegué a pensar que tal vez había presenciado un asesinato.

—Si te fijas bien, verás que los hombres de los dibujos llevan medallas. Hizo esos dibujos mientras yo hacía las maletas. Todo el mundo que entraba en contacto con Abruzzi, incluidos los niños, adquirían conocimientos sobre la guerra y las medallas al mérito militar. Era una obsesión.

De repente me sentí derrotada. Yo no sacaba nada en limpio de aquello. No había testigos de ningún asesinato. Nadie que me pudiera ayudar a eliminar a Abruzzi de mi vida.

—En Miami nos espera un comprador —explicó Dotty—. He vendido mi coche para pagar estos billetes.

—¿Podéis confiar en ese comprador?

—Parece que sí. Y un amigo mío nos va a buscar al aeropuerto. Es un chico muy agudo y se va a encargar de supervisar la transacción. Tengo entendido que la operación es muy sencilla. Un experto examina la medalla, y le dan a Evelyn un maletín lleno de dinero.

—Y luego ¿qué?

—Probablemente tengamos que permanecer escondidas. Empezar una nueva vida. Cuando detengan o maten a Abruzzi podremos volver a casa.

No tenía motivos para detenerlas. Me parecía que habían tomado algunas decisiones equivocadas, pero ¿quién era yo para juzgarlas?

—Buena suerte —dije—. No perdáis el contacto conmigo. Y llama a Mabel. Se preocupa mucho por vosotras.

Evelyn se levantó y me dio un abrazo. Dotty reunió a los niños y todos juntos partieron hacia Miami.

Ranger se acercó y me echó un brazo por encima.

—Te han contado una historia lacrimógena, ¿a que sí?

—Sí.

Sonrió y me besó en la coronilla.

—Realmente deberías pensar en dedicarte a otro tipo de cosas. A cuidar gatitos, tal vez. O al diseño floral.

—Ha sido muy convincente.

—¿La niña fue testigo de un asesinato?

—No. Robó una medalla que vale un maletín lleno de dinero.

Ranger levantó las cejas y sonrió.

—Bien por ella. Me gustan los niños emprendedores.

—No tengo testigos de ningún asesinato. Y el conejo y el oso están muertos. Creo que estoy jodida.

—Puede que después de la comida —dijo él—. Yo invito.

—Quieres decir que invitas a *comer*.

—Eso también. Conozco un sitio aquí, en Newark, que hace que Shorty's parezca un bar de mariquitas.

Madre mía.

—Y, por cierto, revisé tu treinta y ocho cuando la dejaste en el coche y sólo tiene dos balas. Tengo la penosa impresión de que la pistola volverá al tarro de las galletas en cuanto vacíes el tambor.

Sonreí a Ranger. Yo también puedo ser misteriosa.

Ranger mandó un mensaje a Héctor mientras volvíamos a casa y éste estaba delante de mi apartamento, esperándonos, cuando salimos del ascensor. Le entregó el nuevo mando a Ranger y a mí me sonrió y me apuntó con los dedos pulgar e índice como si fueran una pistola.

—*Bang* —dijo.

—Muy bien —comenté a Ranger—. Héctor está aprendiendo inglés.

Ranger me lanzó el mando y se fue con Héctor.

Entré en el apartamento y me quedé en la cocina. ¿Y ahora qué? Ahora tenía que esperar y seguir preguntándome cuándo vendría Abruzzi a por mí. ¿Cómo lo haría? ¿Y cómo sería de espantoso? Más espantoso de lo que podía imaginar, seguro.

Si fuera mi madre me pondría a planchar. Mi madre planchaba para quitarse los nervios. Cuando mi madre planchaba había que mantenerse a distancia. Si fuera Mabel estaría haciendo pasteles. ¿Y la abuela Mazur? Lo suyo sí que era fácil: el Canal Meteorológico. ¿Y yo qué hago? Como Tastykakes.

Bueno, pues ahí estaba el problema. Que no tenía Tastykakes. Había comido una hamburguesa con Ranger, pero me había saltado el postre. Y ahora necesitaba un Tastykake. Sin Tastykake me quedaría allí sentada, preocupada pensando en Abruzzi. Desgraciadamente, no tenía medio de acercarme a Tastykakelandia, porque no tenía coche. Todavía estaba esperando que llegara el puñetero cheque del seguro.

Eh, un momento. Podía *ir andando* hasta la tienda de veinticuatro horas. Cuatro manzanas. No es el tipo de cosas que hace una chica normal de Jersey, pero qué demonios... Llevaba la pistola en el bolso con dos balas preparadas. Eso me daba cierta confianza. Me la habría metido en la cintura del vaquero como Ranger y Joe, pero no había espacio. A lo mejor debería limitarme a un solo Tastykake.

Cerré la puerta y bajé por las escaleras hasta la primera planta. No vivía en un edificio lujoso. Estaba siempre limpio y bien cuidado. La construcción no tenía grandes fantasías. Y, en realidad, tampoco era de una gran calidad. Pero era resistente. Tenía una puerta principal y una trasera y ambas daban a un pequeño vestíbulo. Las escaleras y el ascensor también daban a él. Una de las paredes estaba cubierta por los cajetines del correo. El suelo era de baldosas. Los propietarios habían añadido una maceta con una palmera y un par de sillones de orejas para compensar la falta de piscina.

Abruzzi estaba sentado en uno de los sillones. Llevaba un traje impecable. La camisa era de un blanco deslumbrante. Su cara, inexpresiva. Hizo un gesto hacia el otro sillón.

—Siéntate —dijo—. Creo que deberíamos charlar un rato.

Darrow estaba inmóvil junto a la puerta.

Me senté en el sillón, saqué la pistola del bolso y apunté a Abruzzi.

—¿De qué le gustaría hablar?

—¿Esa pistola es para asustarme?

—Es por precaución.

—No es una buena estrategia militar para una rendición.

—¿Quién de los dos se supone que se está rindiendo?

—Tú, por supuesto —contestó—. Muy pronto vas a ser tomada como prisionera de guerra.

—Últimas noticias: necesita ayuda psiquiátrica urgente.

—He sufrido bajas en mis tropas por tu culpa.

—¿El conejo?

—Era un valioso miembro de mis huestes.

—¿Y el oso?

Abruzzi sacudió la mano con desprecio.

—El oso era un subcontratado. Hubo que sacrificarlo en tu beneficio y por mi protección. Tenía la mala costumbre de chismorrear con gente de fuera de la familia.

—De acuerdo, ¿y Soder? ¿Era de sus tropas?

—Soder me falló. No tenía carácter. Era un cobarde. No era capaz de controlar ni a su propia esposa ni a su hija. Era un riesgo inútil. Lo mismo que su bar. El seguro del bar valía más que el bar mismo.

—No estoy segura de cuál es mi papel en todo esto.

—Tú eres el enemigo. Elegiste ponerte del lado de Evelyn en este juego. Como seguro que sabrás, Evelyn tiene algo que quiero. Te doy una última oportunidad de sobrevivir. Me puedes ayudar a recuperar lo que es legítimamente mío.

—No sé de qué me está hablando.

Abruzzi miró mi pistola.

—¿Dos balas?

—Es todo lo que necesito —madre mía, no podía creer que hubiera dicho aquello. Tenía la esperanza de que Abruzzi se marchara, porque lo más probable era que me hubiera hecho pis en la silla.

—Entonces, ¿es la guerra? —preguntó Abruzzi—. Deberías pensártelo dos veces. No te va a gustar lo que te va a pasar. Se acabaron los juegos y la diversión.

No dije nada.

Abruzzi se levantó y se dirigió a la puerta. Darrow le siguió.

Me quedé un rato sentada en el sillón, con la pistola en la mano, esperando a que los latidos de mi corazón recuperaran su ritmo habitual. Me levanté y comprobé la superficie del sillón. Luego comprobé la superficie de *mis* asentaderas. Ambos secos. Era un milagro.

Andar cuatro manzanas para comprar un Tastykake había perdido parte de su encanto. Tal vez sería mejor ocuparme de dejar mis asuntos en orden. Aparte de buscar una familia adoptiva para Rex, el único cabo suelto de mi vida era Andy Bender. Subí al apartamento y llamé a la oficina.

—Voy a detener a Bender —dije a Lula—. ¿Quieres venir conmigo?

—Para nada, monada. Tendrías que meterme en un traje anticontaminación completo para que me acercara a ese sitio. Y aun así, no iría. Ya te he dicho que Dios tiene algo con ese tío. Tiene planes.

Colgué a Lula y llamé a Kloughn.

—Voy a ir a detener a Bender —dije—. ¿Quieres venirte conmigo?

—Ah, qué rabia. No puedo. Me gustaría. Ya sabes lo mucho que me gustaría. Pero no puedo. Me acaban de encargar un caso. Un accidente de coche que ha ocurrido justo enfrente de la lavandería. Bueno, no ha sido exactamente enfrente de la lavandería. He tenido que correr unas cuantas manzanas para llegar a tiempo. Pero creo que va a haber algunas lesiones muy buenas.

Tal vez sea lo mejor, me dije. Tal vez, a estas alturas, sea mejor que haga el trabajo yo sola. Tal vez hubiera sido mejor que lo hubiera hecho yo sola también antes. Lamentablemente, sigo sin esposas. Y lo que es peor, no tengo coche. Lo único que tengo es una pistola con dos balas.

Así que elegí la única alternativa que me quedaba: llamé a un taxi.

—Espéreme aquí —dije al taxista—. No tardaré mucho.

Me miró fijamente y luego desvió la mirada hacia las viviendas de protección oficial.

—Tienes suerte de que conozca a tu padre; si no fuera por eso, no me quedaría aquí ni loco. Éste no es precisamente un barrio elegante.

Llevaba la pistola enfundada en la cartuchera de nailon negra, sujeta a la pierna. Dejé el bolso en el taxi. Me acerqué a la puerta y llamé.

Me abrió la mujer de Bender.

—Vengo a buscar a Andy —dije.

—Estás de broma, ¿no?

—Lo digo en serio.

—Ha muerto. Suponía que te habrías enterado.

Por un momento se me quedó la mente en blanco. Mi segunda reacción fue de incredulidad. Me estaba mintiendo. Entonces miré detrás de ella y me di cuenta de que el apartamento estaba limpio, y de que no había ni rastro de Andy Bender.

—No me había enterado —dije—. ¿Qué pasó?

—¿Recuerdas que tenía la gripe?

Asentí.

—Pues la gripe le mató. Resultó ser uno de esos supervirus. Cuando tú te fuiste, le pidió a un vecino que le llevara al hospital, pero ya le había alcanzado los pulmones y se acabó. Fue voluntad divina.

El vello de los brazos se me puso de punta.

—Lo siento.

—Sí, ya, claro —dijo, y cerró la puerta.

Regresé al taxi y me desmoroné en el asiento trasero.

—Estás terriblemente pálida —dijo el taxista—. ¿Te encuentras bien?

—Me acaba de pasar una cosa muy absurda, pero estoy bien. Me estoy acostumbrando a las cosas absurdas.

—¿Adónde vamos ahora?

—Lléveme a la oficina de Vinnie.

Entré como una tromba en la oficina.

—No os lo vais a creer —dije a Lula—. Andy Bender ha muerto.

—Anda ya. ¿Me estás vacilando?

La puerta del despacho de Vinnie se abrió de golpe.

—¿Había testigos? Joder, no le habrás disparado por la espalda, ¿verdad? La compañía de seguros *odia* que hagamos eso.

—No le he disparado en ningún sitio. Ha muerto de gripe. Acabo de pasar por su apartamento. Su mujer me ha dicho que había muerto. De gripe.

Lula se santiguó.

—Me alegro de haberme aprendido esto de la señal de la cruz —dijo.

Ranger estaba junto al escritorio de Connie. Tenía un expediente en la mano y sonreía.

—¿Te acabas de bajar de un taxi?

—Puede.

Su sonrisa se ensanchó.

—Has ido a por un fugitivo en taxi.

Puse la mano encima de mi pistola y solté un suspiro.

—No me fastidies. No estoy teniendo muy buen día y, como sabes, todavía me quedan dos balas en el arma. Puede que acabe utilizándolas con alguno de los presentes.

—¿Necesitas que te lleven a casa?

—Sí.

—Soy tu hombre —dijo Ranger.

Connie y Lula se abanicaron sin que éste las viera.

Me subí al coche y miré alrededor.

—¿Buscas a alguien?

—A Abruzzi. Me ha vuelto a amenazar.

—¿Le ves?

—No.

No hay mucha distancia entre la oficina y mi apartamento. Un par de kilómetros. Los semáforos y el tráfico ralentizan el tráfico, dependiendo de la hora del día. En aquel momento me habría gustado que la distancia fuera mayor. Me sentía a salvo de Abruzzi cuando estaba con Ranger.

Entró en el aparcamiento y frenó.

—Hay un tipo en el todoterreno aparcado junto al contenedor de basura —dijo Ranger—. ¿Le conoces?

—No. No vive en el edificio.

—Vamos a hablar con él.

Salimos del coche, nos acercamos al todoterreno y Ranger dio unos golpecitos en la ventanilla del conductor.

El conductor bajó el cristal.

—¿Sí?

—¿Espera a alguien?

—¿Y a usted qué le importa?

Ranger metió una mano, agarró al tipo por las solapas de la chaqueta y le sacó medio cuerpo por la ventanilla.

—Quiero que le lleves un mensaje a Eddie Abruzzi —dijo Ranger—. ¿Me harás ese favor?

El conductor asintió.

Ranger soltó al sujeto y retrocedió un paso.

—Dile a Abruzzi que ha perdido la guerra y que abandone ya.

Los dos estuvimos con las armas desenfundadas y apuntando al todoterreno hasta que desapareció de nuestra vista.

Ranger levantó la vista hacia mi ventana.

—Vamos a quedarnos aquí un minuto para permitir que el resto del equipo salga de tu apartamento. No quiero tener que dispararle a nadie. Hoy voy con prisa. No quiero perder el tiempo rellenando formularios de la policía.

Esperamos cinco minutos, entramos en el edificio y subimos por las escaleras. El pasillo del segundo piso estaba vacío. El mando de seguridad informaba de que la puerta de mi apartamento había sido forzada. Ranger entró primero y recorrió la casa. Estaba vacía.

El teléfono sonó cuando Ranger estaba a punto de irse. Era Eddie Abruzzi, que no perdió el tiempo conmigo. Preguntó por Ranger.

Éste se puso al aparato y pulsó la tecla del altavoz.

—No te metas en esto —dijo Abruzzi—. Es un asunto privado entre la chica y yo.

—Error. Desde este momento, has desaparecido de su vida.

—¿O sea, que estás poniéndote de su parte?

—Sí, me estoy poniendo de su parte.

—Entonces no me dejas elección —dijo Abruzzi—. Te sugiero que te asomes a la ventana y mires al aparcamiento.

Y colgó.

Ranger y yo nos acercamos a la ventana y miramos. El todoterreno había vuelto. Se acercó al coche con faros especiales de Ranger, el tipo del asiento del copiloto lanzó un paquete en su interior y el coche fue inmediatamente envuelto por las llamas.

Nos quedamos quietos unos minutos, observando el espectáculo, mientras escuchábamos las sirenas acercándose.

—Me gustaba ese coche —dijo Ranger.

Cuando llegó Morelli ya eran más de las seis y los restos del coche estaban siendo izados a la plataforma de un coche grúa. Ranger estaba acabando con el papeleo policial. Miró a Morelli y le saludó con un movimiento de cabeza.

Morelli se situó muy cerca de mí.

—¿Quieres contármelo? —preguntó.

—¿Extraoficialmente?

—Extraoficialmente.

—Nos enteramos de que Evelyn estaba en el aeropuerto de Newark. Fuimos hasta allí y la encontramos antes de que subiera al avión. Después de escuchar su historia decidí que tenía que tomar aquel avión, así que dejé que se marchara. En cualquier caso, no tenía motivos para detenerla. Sólo quería saber de qué iba todo esto. Cuando volvimos, nos esperaban los hombres de Abruzzi. Tuvimos unas palabras e incendiaron el coche.

—Tengo que hablar con Ranger —dijo Morelli—. No te vas a ningún sitio, ¿verdad?

—Si me dejaras el coche iría a por una pizza. Me muero de hambre.

Morelli me dio sus llaves y un billete de veinte.

—Trae dos. Yo me encargo de llamar a Pino's.

Salí del aparcamiento y puse rumbo al Burg. Giré en el hospital y miré por el espejo retrovisor. Iba con mucho cuidado. Intentaba no dejar traslucir mi miedo, pero hervía dentro de mí. No cesaba de repetirme que sólo era cuestión de tiempo el que la policía encontrara algo contra Abruzzi. Era demasiado evidente. Estaba demasiado encerrado en su propia locura con aquel juego. Había demasiada gente involucrada. Había matado al oso y a Soder para que no hablaran, pero había otros. No podía matarlos a todos.

No vi a nadie girar detrás de mí, pero eso no era ninguna garantía. A veces resulta difícil descubrir que te siguen si usan más de un coche. Por si acaso, desenfundé la pistola después de aparcar junto al bar. Sólo tenía que recorrer una pequeña distancia. Una vez dentro estaría a salvo. Siempre había un par de polis en Pino's. Me apeé del coche y me dirigí a la puerta del bar. Di dos pasos y una furgoneta verde surgió de la nada. Frenó en seco, la ventanilla se abrió y Valerie me miró con la boca sellada con cinta adhesiva y los ojos desencajados de miedo. Dentro de la furgoneta había otros tres hombres, incluido el conductor. Dos de ellos llevaban máscaras de goma: Nixon y

Clinton otra vez. El otro llevaba una bolsa de papel con agujeros para los ojos. Supuse que el presupuesto sólo daba para dos máscaras. El Bolsa sostenía una pistola pegada a la cabeza de Valerie.

No sabía qué hacer. Me quedé helada. Mental y físicamente paralizada.

—Tira la pistola —dijo el Bolsa—. Y acércate despacio a la furgoneta o te juro por Dios que mato a tu hermana.

La pistola cayó de mi mano.

—Deja que se vaya.

—Cuando tú entres.

Me adelanté indecisa y Nixon me tiró en el asiento de atrás. Me tapó la boca con cinta adhesiva y me inmovilizó las manos con más cinta. La furgoneta, con un rugido, salió del Burg y, cruzando el río, se adentró en Pensilvania.

Diez minutos más tarde estábamos en un camino de tierra. Las casas eran pequeñas y escasas, y estaban medio ocultas entre pequeñas arboledas. La furgoneta redujo la velocidad y se paró en un montículo. El Bolsa abrió la puerta y empujó a Valerie. Vi cómo caía al suelo y rodaba por el terraplén hasta dar con las zarzas de la cuneta. El Bolsa cerró la puerta y la furgoneta siguió su camino.

Unos minutos después, la furgoneta se metía por un camino de grava y se detenía. Todos salimos del vehículo y entramos en una pequeña cabaña de madera. Estaba bien decorada. No en plan caro, pero sí resultaba cómoda y limpia. Me llevaron hasta una silla de la cocina y me dijeron que me sentara. Un rato después, un segundo coche rodó sobre la grava y la tierra del camino. La puerta de la cabaña se abrió y entró Abruzzi. Era el único que no llevaba máscara.

Se sentó en otra silla, frente a mí. Estábamos tan cerca que nuestras rodillas se rozaban y podía sentir el calor de su cuerpo. Alargó una mano y me arrancó la cinta adhesiva de la boca.

—¿Dónde está? —preguntó—. ¿Dónde está Evelyn?

—No lo sé.

Me dio una bofetada con la mano abierta que me pilló por sorpresa y me tiró de la silla. Cuando caí al suelo estaba aturdida; demasiado confusa para llorar y demasiado asustada para protestar. Sentí el sabor de la sangre y parpadeé para secar las lágrimas.

El de la máscara de Clinton me levantó por las axilas y me volvió a sentar en la silla.

—Te lo voy a preguntar otra vez —dijo Abruzzi—. Te lo voy a seguir preguntando hasta que me contestes. Cada vez que no me contestes te voy a hacer daño. ¿Te gusta el dolor?

—No sé dónde está. Me das demasiada importancia. No se me da tan bien encontrar a la gente.

—Ah, pero eres amiga de Evelyn, ¿no? Su abuela vive en la casa de al lado de tus padres. Conoces a Evelyn de toda la vida. Creo que sabes dónde está. Y creo que sabes por qué quiero encontrarla.

Abruzzi se levantó y se dirigió a la cocina. Encendió el gas, cogió un atizador de la chimenea y lo puso encima de la llama. Probó el atizador con una gota de agua. El agua chisporroteó y se evaporó.

—¿Qué prefieres primero? —dijo Abruzzi—. ¿Te sacamos un ojo? ¿Hacemos algo sexual?

Si le decía a Abruzzi que Evelyn estaba en Miami iría allí y la encontraría. Probablemente las mataría, a ella y a Annie. Y luego, probablemente, me mataría a mí también, dijera lo que dijera.

—Evelyn está cruzando el país —respondí—. En coche.

—Respuesta incorrecta. Sé que tomó un avión a Miami. Desgraciadamente, Miami es muy grande. Necesito saber en qué parte de Miami está.

El Bolsa me sujetó las manos contra la mesa, el de la máscara de Nixon me arrancó una manga y me sujetó la cabeza, y Abruzzi me aplicó el atizador caliente al brazo. Alguien gritó. Supongo que fui yo. Y me desmayé. Cuando recuperé el sentido estaba en el suelo. El brazo me ardía y la habitación olía como si estuvieran haciendo un asado.

El Bolsa me levantó y me volvió a sentar en la silla. Lo más espantoso de todo aquello era que, de verdad, no sabía dónde estaba Evelyn. Por mucho que me torturaran no podría decírselo. Tendrían que torturarme hasta la muerte.

—Muy bien —dijo Abruzzi—. Una vez más. ¿Dónde está Evelyn?

Se oyó el motor de un coche acelerando fuera y Abruzzi se paró a escuchar. El de la máscara de Nixon se acercó a la ventana y, de repente, una luz cegadora traspasó las cortinas y la furgoneta verde atravesó el ventanal de la fachada, destrozándolo. Hubo un montón de polvo y de confusión. Estaba de pie, sin saber muy bien hacia dónde ir, cuando me di cuenta de que Valerie conducía la furgoneta. Abrí la puerta, me lancé dentro y le grité que saliera de allí. Metió la marcha atrás, salió de la casa de espaldas a unos setenta kilómetros por hora y tomó el camino a toda velocidad.

Valerie todavía tenía la boca y las manos atadas con cinta adhesiva, pero eso no le hacía ir más despacio. Voló por el camino de tierra, entró en la autopista y se acercó a la entrada del puente. Ahora mi miedo era que nos cayéramos al río si no reducía la velocidad. Había trozos de pared enganchados en los limpiaparabrisas, el cristal estaba roto y el morro de la furgoneta destrozado.

Le quité la cinta de la boca y soltó un aullido. Sus ojos seguían desencajados y le moqueaba la nariz. La ropa que llevaba estaba rasgada y sucia. Le grité que fuera más despacio y se puso a llorar.

—Dios mío —dijo entre sollozos—. ¿Qué clase de vida llevas? Esto no es real. Es como en la puta televisión, joder.

—Caramba, Val, has dicho «joder».

—Joder, claro. Estoy alucinando, joder. No puedo creer que te haya encontrado. Me puse a andar sin más. Creía que estaba yendo hacia Trenton, pero iba en dirección contraria. Y entonces vi la furgoneta. Y al mirar por la ventana vi que te estaban quemando. Y habían dejado las llaves en el contacto. Y... y voy a vomitar.

Frenó ruidosamente a un lado de la carretera, abrió la puerta y vomitó.

Después de eso, yo me hice cargo del volante. No podía llevar a Valerie a casa en aquellas condiciones. A mi madre le daría un patatús. Y me daba miedo ir a mi apartamento. No tenía teléfono, así que no podía ponerme en contacto con

Ranger. Sólo quedaba Morelli. Puse rumbo al Burg y a la casa de Morelli y, sólo por probar, me desvié una manzana para pasar por delante de Pino's.

El coche de Morelli seguía allí, y el Mercedes de Ranger y su Range Rover negro. Morelli, Ranger, Tank y Héctor estaban en el aparcamiento. Llevé la furgoneta hasta un lado del coche de Morelli y Valerie y yo salimos tambaleándonos.

—Está en Pensilvania —dije—. En una casa junto a un camino de tierra. Iba a matarme, pero Valerie entró en la casa con la furgoneta y conseguimos largarnos.

—Joder, ha sido espantoso —dijo Valerie; los dientes le castañeteaban—. Estaba asustadísima, joder —se miró las muñecas, todavía inmovilizadas con la cinta adhesiva—. Tengo las manos atadas —observó, como si no se hubiera dado cuenta hasta ese momento.

Héctor sacó una navaja y nos cortó las cintas. Primero a mí y luego a Valerie.

—¿Cómo quieres que lo hagamos? —preguntó Morelli a Ranger.

—Tú llévate a Steph y a Valerie a casa —contestó.

Ranger me miró y nuestros ojos se encontraron por un instante. Entonces Morelli me echó un brazo por encima y me ayudó a subir a su coche. Tank acomodó a Valerie a mi lado.

Morelli nos llevó a su casa. Hizo una llamada de teléfono y apareció ropa limpia. De su hermana, supuse. Estaba demasiado cansada para preguntarlo. Valerie se arregló y la llevamos a casa de mis padres. Nos paramos un instante en la sala de urgencias del hospital para que me vendaran la quemadura y volvimos a casa de Morelli.

—Clávame un tenedor —dije a Morelli—. Estoy muerta.

Morelli cerró la puerta de su casa con llave y apagó las luces.

—Quizá debieras plantearte la posibilidad de hacer un trabajo menos peligroso, como ser bala de cañón humana o muñeco de banco de pruebas.

—Estabas preocupado por mí.

—Sí —dijo Morelli, acercándome a él—. Estaba preocupado por ti.

Me abrazó con fuerza y descansó su mejilla en mi cabeza.

—No he traído pijama —dije.

Sus labios me rozaron la oreja.

—Bizcochito, no lo vas a necesitar.


Desperté en la cama de Morelli con el brazo ardiéndome salvajemente y el labio superior hinchado. Morelli me tenía firmemente abrazada. Y Bob estaba al otro lado. El timbre del despertador sonaba junto a la cama. Morelli alargó un brazo y lo tiró de la mesilla.

—Va a ser uno de esos días... —dijo.

Se levantó de la cama y media hora después estaba vestido y en la cocina. Llevaba zapatillas de deporte, vaqueros y una camiseta. Tomaba café y una tostada apoyado en la encimera.

—Ha llamado Costanza mientras estabas en el cuarto de baño —dijo, dando un sorbo al café y mirándome por encima del borde de la taza—. Uno de los coches patrulla encontró a Eddie Abruzzi hace una hora más o menos. Estaba en su coche, en el aparcamiento del mercado de frutas y verduras de los granjeros. Al parecer, se ha suicidado.

Miré a Morelli estupefacta. No podía creer lo que acababa de oír.

—Dejó una nota —siguió Morelli—. Decía que estaba deprimido por unos asuntos de negocios.

Hubo un largo silencio entre los dos.

—No ha sido un suicidio, ¿verdad? —dije en tono de pregunta, cuando quería ser una afirmación.

—Soy policía —contestó Morelli—. Si creyera que no es un suicidio tendría que investigarlo.

Ranger había matado a Abruzzi. Estaba tan segura de ello como de que estaba allí de pie. Y Morelli también lo sabía.

—Vaya —dije en voz baja.

Morelli me miró.

—¿Te encuentras bien?

Dije que sí con la cabeza.

Se acabó el café y dejó la taza en el fregadero. Me abrazó con fuerza y me besó.

Dije «vaya» otra vez. Ahora con más sentimiento. Morelli sí que sabía besar.

Cogió la pistola de la repisa de la cocina y se la encajó en la cintura.

—Hoy me llevaré la Ducati y te dejo la camioneta. Y cuando vuelva del trabajo tenemos que hablar.

—Madre mía. Más charlas. Hablar nunca nos lleva a nada.

—Vale, a lo mejor no deberíamos hablar. A lo mejor sólo deberíamos dedicarnos al sexo salvaje.

Por fin, un deporte que me gustaba.

Este libro se terminó de imprimir en
los talleres gráficos de Fernández-Ciudad S. L. (Madrid)
en el mes de enero de 2006